W9-AMZ-764

CHICAGO PUBLIC LIBRARY
LOGAN SQUARE BRANCH
3030 W. FULLERTON AVE.
CHICAGO, IL 60647

Edith Wharton
Vieja Nueva York

Edith Wharton nació en Nueva York en 1862. Su familia pertenecía a la alta sociedad de Manhattan. En 1885 se casó con un banquero de Boston del que posteriormente se divorciaría. Su primera novela, *The Valley of Decision*, apareció en 1902. Desde entonces siguió publicando durante toda su vida y obtuvo en dos ocasiones el premio Pulitzer. Hizo numerosos viajes por Europa y a partir de 1907 se estableció en Francia, donde murió en 1937. Entre los más de cuarenta libros que escribió cabe destacar las novelas: *The House of Mirth* (1905); *Ethan Frome* (1911); *Las costumbres del país* (1913); *La edad de la inocencia* (1920) y *The Hudson River Bracketed* (1929).

Edith Wharton

Vieja Nueva York

Traducción
de Héctor Silva

Sp/ FIC WHARTON
Wharton, Edith,
Vieja Nueva York /

Ediciones Destino
Colección
Destinolibro
Volumen 380

Título original: *Old New York*

CHICAGO PUBLIC LIBRARY
LOGAN SQUARE BRANCH
3030 W. FULLERTON
CHICAGO, IL 60647
(312) 744-5295

Diseño e ilustración de cubierta: Opalworks

No se permite la reproducción total o parcial de este libro,
ni su incorporación a un sistema informático, ni su transmisión
en cualquier forma o por cualquier medio, sea éste electrónico,
mecánico, por fotocopia, por grabación u otros métodos, sin el
permiso previo y por escrito de los titulares del copyright.

© Ediciones Destino, S. A.
Diagonal, 662-664. 08008 Barcelona
www.edestino.es
© de la traducción, Héctor Silva
Primera edición: marzo 1989
Primera edición en este formato: julio 2003
ISBN: 84-233-3533-X
Depósito legal: B. 22.599-2003
Impreso por Liberduplex, S. A.
Constitució, 19. 08014 Barcelona
Impreso en España - Printed in Spain

Primera parte

I

Los aromas del heno, la verbena y la reseda perfumaban el lánguido día de julio. Unos enormes fresones de color escarlata, asomando por entre ramitas de menta, flotaban en un cuenco de pálido cristal amarillo sobre la mesa del pórtico: un antiguo bol georgiano, con complicados reflejos sobre las caras poligonales, tallado con el escudo de armas de los Raycie flanqueado por cabezas de león. De vez en cuando los caballeros, advertidos por un zumbido ominoso, se palmeaban la mejilla, la frente o la calva; pero lo hacían lo más disimuladamente posible, pues el señor Halston Raycie, en cuyo pórtico se hallaban, no admitía que hubiese mosquitos en High Point.

Los fresones provenían del huerto del señor Raycie; el bol georgiano, de su bisabuelo (padre del firmante); el pórtico era el de su mansión campestre, que se alzaba en una elevación sobre el Estrecho, a cómoda distancia de su residencia urbana en Canal Street.

— Otra copa, Comodoro —dijo el señor Raycie, haciendo flamear un pañuelo de batista del tamaño de un mantel y tocándose la acalorada frente con una de sus puntas.

El señor Jameson Ledgely sonrió y cogió otro vaso. Sus íntimos le llamaban «el Comodoro» por haber estado en la Marina en su juventud y haber tomado parte, como cadete a las órdenes del almirante Porter, en la guerra de 1812. Aquel jovial célibe tostado por el sol, cuyo rostro recordaba al de uno de los ídolos de bronce que pudo haberse traído consigo, había conservado su aire de marino, aunque se había retirado hacía mucho tiempo del servicio; y sus blancos pantalones de dril, su gorra ribeteada en oro y sus dientes deslumbrantes le daban todavía el aspecto de estar al mando de una fragata. En cambio, acababa de traer a un grupo de amigos desde su casa en la ribera de Long Island y su alba y esbelta balandra descansaba ahora en la cala al pie de High Point.

La residencia de Halston Raycie dominaba una extensión de césped que descendía hacia el Estrecho. El césped era el orgullo del señor Raycie: lo cortaban a hoz una vez por quincena y en primavera lo apisonaba un viejo caballo blanco herrado a propósito. Al pie del pórtico, la continuidad de la hierba estaba interrumpida por tres sucesivas hileras de geranios rosados, heliotropos y rosas de Bengala, que el señor Raycie cultivaba armado de guantes protectores y cubierto por una pequeña sombrilla articulada que se plegaba sobre un mango de marfil tallado. La casa, remodelada y ampliada por el señor Raycie para su matrimonio, había desempeñado un papel en la guerra revolucionaria como la vivienda de colonizador en la que Benedict Arnold había instalado su cuartel general. Un grabado contemporáneo de la casa colgaba en el estudio del señor Raycie; pero nadie habría podido detectar el humilde contorno de la vieja casa en la majestuosa residencia color piedra construida de madera machihembrada, con una torre angular, estrechas ventanas altas y un pórtico sostenido por montantes ochavados, tan audazmente descrita como «villa toscana» en el libro de Downing *Jardinería paisa-*

jística en América. Había la misma diferencia entre la burda litografía de la casa primitiva y el hermoso grabado en acero de su sucesora (con un «espécimen» de haya de colgantes ramas en el césped) que entre las propias edificaciones. El señor Raycie tenía motivos para estar satisfecho de su arquitecto.

Estaba satisfecho de la mayoría de las cosas vinculadas a él por lazos de sangre o de intereses. Nadie había estado nunca suficientemente seguro de que hubiese hecho feliz a la señora Raycie, pero se sabía que tenía de ella la más alta opinión. Lo mismo rezaba en cuanto a sus hijas, Sarah Anne y Mary Adeline, réplicas más lozanas de la linfática señora Raycie; nadie habría jurado que se sintiesen verdaderamente a sus anchas con su enérgico padre y, no obstante, todos sabían lo expresivas que eran en sus alabanzas de él. Pero el más notable de los objetos beneficiados por la aprobación del señor Raycie era su hijo Lewis. Y, sin embargo, como había observado una vez Jameson Ledgely —que era dado a manifestar lo que pensaba—, nadie habría supuesto que el joven Lewis fuera exactamente la clase de producto que Halston hubiese creado, de haber estado en su mano el proyecto de su hijo y heredero.

El señor Raycie era un hombre monumental. Sus dimensiones en altura, anchura y grosor eran tan semejantes que desde cualquier lado en que uno lo mirase tenía de él una visión de amplitud casi equivalente; y cada pulgada de aquella poderosa circunferencia estaba tan exquisitamente cuidada, que a los ojos de un granjero podría haber sugerido una vasta extensión agrícola en la que no hubiese un solo acre sin cultivar. Hasta su calvicie, que guardaba proporción con lo demás, lucía como si recibiese a diario un pulimento especial; y en días muy calurosos, toda su persona era como un magnífico ejemplo del más costoso sistema de irrigación. Era tan abundante y ofrecía tantos planos, que resultaba fascinante observar cada riachuelo de humedad recorriendo su propia vertiente. Incluso en sus grandes manos aparentemente frescas, las gotas se separaban derramándose en diversas direcciones desde la cumbre de los dedos; y en cuanto a la frente y las sienes, así como al abultado cojín de la mejilla debajo de cada párpado inferior, cada una de estas prominencias tenía su particular corriente, sus pequeños estanques y súbitas cataratas; y la visión nunca era desagradable, porque toda aquella anchurosa superficie cubierta de burbujas era de un sano y limpio color rosáceo, y se percibía fácilmente que sobre la humedad exudada actuaban una costosa agua de colonia y el mejor jabón francés.

La señora Raycie, aunque hecha a una escala menos heroica, poseía una discreta amplitud que, cuando se ponía su mejor muaré de seda (de la que se sostiene sola) y enmarcaba su semblante en los innúmeros frunces de encaje y arracimadas uvas púrpura del último sombrero de París, casi igualaba la corpulencia de su marido. No obstante, aquella bien dotada pareja, como había dicho el Comodoro, había producido el pequeño redrojo esmirriado de Lewis, un bebé enteco, un rapazuelo, y ahora un joven tan raquítico como la sombra de un hombre normal al mediodía.

Todo aquello —cavilaba el propio Lewis, encaramado a la barandilla del pórtico con las piernas colgando— estaría sin duda pasando por la mente de los cuatro caballeros que rodeaban el bol acampanado de su padre.

El señor Robert Huzzard, banquero, un hombre alto y corpulento que parecía grande en cualquier compañía que no fuese la del señor Raycie, se inclinó hacia atrás, alzó su vaso e hizo una seña con la cabeza dirigida a Lewis.

—¡Brindo por el Gran Viaje!

—No estés posado sobre esa barandilla como un gorrión, muchacho —dijo el señor Raycie en tono de reprobación; y Lewis se dejó caer al suelo y le de-

volvió el saludo con la cabeza al señor Huzzard.

— Estaba distraído —balbució. Era su más que frecuente disculpa.

El señor Ambrose Huzzard —hermano menor del banquero—, el señor Ledgely y el señor Donaldson Kent alzaron alegremente los vasos y repitieron:

— ¡Por el Gran Viaje!

Lewis volvió a hacer una inclinación de cabeza y se llevó los labios al vaso que había olvidado. En realidad no tenía ojos sino para el señor Donaldson Kent, primo de su padre, un hombre callado de enjuto perfil de ave rapaz, con aspecto de héroe revolucionario retirado, y que vivía a diario el miedo al más insignificante riesgo o responsabilidad.

A aquel prudente y circunspecto ciudadano le había caído, algunos años antes, la inesperada y totalmente inexcusable exigencia de hacerse cargo de la hija de su único hermano, Julius Kent. Julius había muerto en Italia; bueno, eso era cosa suya, ya que había elegido vivir allí. Pero el permitir que su mujer muriese antes que él y el dejar una hija menor y un testamento confiándola a la custodia de su estimado hermano mayor, don Donaldson Kent, de Kent's Point, Long Island, y Great Jones Street, Nueva York... bueno, como decía el propio señor Kent, y su esposa por él, jamás había habido nada, lo que se dice nada, en la actitud o el comportamiento del señor Kent, para justificar que el ingrato Julius (cuyas deudas había pagado más de una vez) echase sobre él aquella última carga.

La muchacha llegó. Tenía catorce años, la encontraron simplona; era pequeña, morena y huesuda. Se llamaba Beatrice, lo que era de por sí suficientemente malo, empeorado por el hecho de que los ignorantes extranjeros lo habían reducido a Treeshy. Pero era dispuesta, servicial y de buen carácter y, como subrayaban los amigos del señor Kent y su esposa, su simpleza lo hacía todo más fácil. Había dos Kent en desarrollo, Bill y Donald; y si aquella prima sin un centavo hubiese estado hecha de crema y rosas... bueno, habría requerido más vigilancia, y podría haber recompensado la bondad de sus tíos con alguna acción de perversa ingratitud. Pero obviado aquel peligro debido a su aspecto, podían ser amables con ella sin reservas, y ser amables era para ellos lo más natural. Así que, con el paso de los años, ella fue convirtiéndose gradualmente en guardiana de sus custodios; puesto que era igualmente natural para el señor y la señora Kent entregarse irremisiblemente a cualquiera que no les inspirase un temor o desconfianza enfermizos.

— Sí, parte el lunes —dijo el señor Raycie, haciendo una enérgica seña con la cabeza a Lewis, que había depositado su vaso después del primer sorbo. «¡Vacíalo, pedazo de despistado!», ordenaba la señal; y Lewis, echando hacia atrás la cabeza, ingirió el trago, aunque casi se le queda en la estrecha garganta. Ya había tenido que tomar dos vasos, e incluso tan modesta dosis de sociabilidad le resultaba excesiva y proclive a dar lugar a un estado de excitada volubilidad, seguida de una velada de malhumor y una jaqueca por la mañana. Y él quería mantener ese día la mente despejada, y pensar pausada y lúcidamente en Treeshy Kent.

Por supuesto no podía casarse con ella... todavía. Cumplía veinticuatro años aquel preciso día, y seguía dependiendo enteramente de su padre. Y no lamentaba en absoluto el realizar primero aquel Gran Viaje. Era lo que siempre había soñado, lo que había anhelado desde el momento en que sus ojos infantiles viesen por primera vez las estampas de ciudades europeas en el largo pasillo superior que olía a estera. Y todo lo que Treeshy le había contado sobre Italia había confirmado e intensificado el deseo. ¡Oh, poder ir allí con ella... con ella, su Beatrice, de guía! (Pues ella le había regalado un pequeño Dante de su padre, con un grabado de Beatrice en el frontispicio; y su

16

hermana Mary Adeline, que había aprendido italiano con uno de los románticos exiliados milaneses, había ayudado a su hermano con la gramática.)

El pensamiento de ir a Italia con Treeshy era únicamente un sueño; pero más tarde, como marido y mujer, retornarían allí, y para entonces tal vez fuera Lewis el guía que le revelase a ella las maravillas históricas de su lugar de nacimiento, del que, después de todo, ella conocía tan poco, excepto en aspectos domésticos entrañables pero sin importancia.

La perspectiva henchía el pecho de su forjador y lo reconciliaba con la idea de la separación. Después de todo, en su fuero interno se sentía todavía un muchacho, y era al regreso cuando sería un hombre; pensaba decírselo a ella al día siguiente, cuando se reuniesen. Al regreso, su carácter estaría formado, su conocimiento de la vida (que él estimaba ya considerable) sería completo: y entonces nadie podría mantenerlos separados. Sonrió pensando desde ya en lo poco que el alboroto que armaría su padre iba a impresionar a un hombre que regresaba del Gran Viaje...

Los caballeros estaban contando anécdotas sobre sus respectivas experiencias tempranas en Europa. Ninguno de ellos —ni siquiera el señor Raycie— había realizado un viaje tan extenso como el que se esperaba que hiciese Lewis; pero los dos Huzzard habían estado dos veces en Inglaterra por asuntos bancarios, y el Comodoro Ledgely, un hombre arrojado, había estado también en Francia y en Bélgica, sin mencionar su temprana experiencia en el Lejano Oriente. Los tres habían conservado un recuerdo vívido y divertido, levemente teñido de censura, acerca de lo que habían visto —«¡Oh, aquellas criadas francesas!», dijo el Comodoro soltando una risita por entre sus blancos dientes—, excepto el pobre señor Kent, que había hecho el viaje al extranjero en su luna de miel, había sido sorprendido en París por la revolución de 1830, había pescado una fiebre en Florencia y había estado a punto de ser detenido por espía en Viena; y el único episodio satisfactorio de aquella desastrosa y nunca repetida aventura había sido el hecho de que lo confundiesen con el duque de Wellington (mientras trataba de escurrirse de un hotel vienés con el sobretodo azul de su mensajero), por parte de una multitud que se había mostrado... «bueno, muy gratificante en su entusiasmo», admitía el señor Kent.

«¡Cómo pudo mi pobre hermano Julius vivir en Europa! Bueno, ya veis las consecuencias...», solía decir, como si la simpleza de la pobre Treeshy otorgase un tremendo respaldo a su moraleja.

— Hay una cosa en París, muchacho, contra la que debes estar prevenido: esos garitos infernales en el *palé roiel* —insistió el señor Kent—. Yo nunca puse un pie en ellos, pero me bastó echarles una ojeada desde el exterior.

— Conocí a un tipo a quien le birlaron allí una fortuna —confirmó el señor Henry Huzzard; mientras el Comodoro, que iba por la décima copa, reía entre dientes con los ojos húmedos:

— Las rameras, oh, las rameras...

— En cuanto a Viena... —empezó a decir el señor Kent.

— Incluso en Londres —dijo el señor Ambrose Huzzard— un joven debe mantenerse en guardia contra los jugadores. Ponen en práctica toda clase de trampas, y los inductores están siempre a la caza de incautos: término —añadió en tono de disculpa— que ellos aplican a cualquier viajero recién llegado al país.

— En París —dijo el señor Kent—, una vez estuve en un tris de que me retasen a duelo. —Exhaló un suspiro de horror y alivio, y lanzó una mirada reconfortada hacia el Estrecho en dirección a su propio y apacible hogar.

— ¡Oh, un duelo! —exclamó riendo el Comodoro—. Un hombre puede batirse en duelo aquí. De joven tuve una docena de duelos allá en Nueva Orleans. —La ma-

dre del Comodoro había sido una dama sureña, y tras la muerte de su esposo había pasado varios años con sus padres en Luisiana, de modo que las variadas experiencias de su hijo habían comenzado pronto—. Pog mujegues —añadió en tono de confianza, extendiendo su vaso vacío hacia el señor Raycie.

—¡Las señoras...! —exclamó el señor Kent en tono de advertencia.

Los caballeros se pusieron en pie, el Comodoro tan prestamente como los demás e igualmente firme. Se abrió la puerta vidriera del salón y por ella emergió la señora Raycie con un fruncido vestido de tafetán de Florencia y un sombrero de Point de París, seguida por sus dos hijas, vestidas de organdí y con casaquilla rosa. El señor Raycie miró con orgullo a sus mujeres.

—Caballeros —dijo la señora Raycie en un tono perfectamente sereno—, la cena está servida, y si nos hacéis el favor al señor Raycie y a mí...

—El favor, señora —dijo Ambrose Huzzard—, nos lo hacéis vosotros con vuestra amable invitación.

La señora Raycie hizo una cortesía, los caballeros una inclinación, y el señor Raycie dijo:

—La señora Raycie de su brazo, Huzzard. Esta pequeña reunión de despedida es un asunto de familia, y los otros caballeros tendrán que contentarse con mis dos hijas, Sarah Anne, Mary Adeline...

El Comodoro y el señor John Huzzard se dirigieron ceremoniosamente hacia las dos muchachas y el señor Kent, por ser primo, cerró la procesión entre el señor Raycie y Lewis.

¡Oh, aquella mesa servida! Era una imagen que iba a presentarse algunas veces ante los ojos de Lewis Raycie en extraños sitios del extranjero; pues aunque no era en casa un comensal ávido o remilgado, más tarde, en países de harina de castaña y ajo y raros bichos marinos barbados, hubo de sufrir muchos accesos de hambre pensando en aquella opulenta mesa. En el centro se alzaba la *épergne* de plata calada de los Raycie, sosteniendo en alto un ramo de rosas de junio, rodeada por pendientes canastillas de almendras azucaradas y hojas de hierbabuena; y agrupadas en torno a aquel «motivo» decorativo había fuentes de Lowestoft cargadas de montañas de frambuesas, fresones y primicias de melocotón de Delaware. Un círculo exterior en el que se apilaban pastas, buñuelos, tarteletas de fresa, panecillos de maíz muy calientes y húmedos bloques de mantequilla de fuerte color dorado, marcada aún por la muselina que la envolviera en la vaquería, conducía la mirada hacia el jamón de Virginia situado delante del señor Raycie y las fuentes gemelas de tostadas con huevo revuelto y *bluefish*[1] asado frente a las cuales presidía la señora Raycie. Lewis nunca pudo después ubicar en aquella intrincada disposición las fuentes «auxiliares» de pata de pavo muy condimentada y de picadillo de pollo con nata, los pepinillos y tomates rebanados, las pesadas jarras de plata con crema de manteca, la isla flotante,[2] las «plantillas» y jaleas de limón inexplicablemente mezcladas con los elementos más sólidos del conjunto; pero allí aparecían todos, fuera juntos o uno tras otro, al igual que las imponentes pilas de *waffles* bamboleándose sobre la base y las esbeltas jarras de plata con almíbar de arce que las escoltaban permanentemente de un lado a otro de la mesa según la negra Dinah iba reponiendo las existencias.

Comieron —¡oh, cómo comían!—, aunque se suponía que las damas se limitarían a mordisquear; pero los manjares del plato de Lewis permanecieron intocados hasta que, como siempre, una mirada admonitoria del señor Raycie o una suplicante de Mary Adeline, le hizo insertar lánguidamente el tenedor en aquella montaña.

1. Pez azulado y plateado de la costa atlántica norteamericana. (*N. del T.*)
2. Un postre de crema y merengue. (*N. del T.*).

Y todo el rato con el señor Raycie disertando sin parar.

— En mi opinión, antes de independizarse, un joven debe ver el mundo; cultivar su buen gusto; fortalecer su juicio. Debe estudiar los monumentos más famosos, examinar la organización de las sociedades extranjeras y los hábitos y costumbres de aquellas civilizaciones más viejas, de cuyo yugo nos ha correspondido la gloria de librarnos. Aunque puede que vea en ellas mucho que deplorar y rechazar —(«Algunas de las tías, por ejemplo», se oyó intercalar al Comodoro Ledgely)—, mucho que le hará dar gracias por el privilegio de haber nacido y haberse criado bajo nuestras Instituciones Libres, creo de todos modos que podrá aprender mucho —concedió magnánimamente el señor Raycie.

— Los domingos, sin embargo —aventuró en tono admonitorio el señor Kent; y la señora Raycie susurró en dirección a su hijo:

— ¡Ah, eso es lo que *yo* digo!

Al señor Raycie no le gustó la interrupción; y le hizo frente haciéndose visiblemente más grande. Su inmensa mole se mantuvo por un momento en suspenso, como una avalancha, sobre el silencio que siguió a la intervención del señor Kent y el murmullo de la señora Raycie; después se precipitó sobre ambos.

— ¿Los domingos?... ¿los domingos? Bueno, ¿qué pasa con los domingos? ¿Qué puede haber de temible para un buen protestante episcopal en lo que llamamos el domingo continental? Supongo que aquí somos todos hombres de la Iglesia, ¿no es así? No hay llorones metodistas ni unitaristas ateos en mi mesa esta noche, de eso estoy seguro. Tampoco voy a ofender a las señoras de mi casa imaginando que en secreto hayan prestado oídos al charlatán bautista de la capilla que hay a la entrada del camino hacia aquí. ¿No? ¡Seguro que no! Bien, pues entonces digo yo, ¿a qué viene todo ese alboroto acerca de los papistas? Lejos

21

de mí el aprobar sus doctrinas paganas, pero, maldita sea, van a la iglesia, ¿no es verdad? Y tienen una ceremonia de verdad, como nosotros, ¿no es cierto? Y sacerdotes de verdad, no un montón de fulanos inclasificables vestidos como seglares —y bastante mal, dicho sea de paso—, que charlan confianzudamente con el Todopoderoso en su propia jerga vulgar. No señor —giró en su asiento para dirigirse al amedrentado señor Kent—, no es la iglesia lo que me inspira temor en el extranjero: ¡son las alcantarillas, señor!

La señora Raycie se había puesto pálida: Lewis sabía que también le preocupaban las alcantarillas.

— Y el aire nocturno —suspiró ella de modo apenas audible.

Pero el señor Raycie retomaba su tema principal.

— En mi opinión, si un joven ha de viajar, debe hacerlo con la mayor amplitud que... bueno, que sus medios le permitan; debe ver tanto mundo como le sea posible. Ésas son las instrucciones de navegación de mi hijo, Comodoro; ¡y brindo porque las ejecute lo mejor que sepa!

La negra Dinah, retirando el jamón de Virginia, o más bien lo único que quedaba de su estructura ósea en la fuente, se las había ingeniado para hacer sitio para un bol de ponche del que el señor Raycie vertía hondas cucharadas de fuego perfumado en los vasos ordenadamente dispuestos delante suyo en una bandeja de plata. Los caballeros se pusieron de pie, las damas sonrieron y lagrimearon, y se brindó por la salud de Lewis y el éxito de su viaje con una elocuencia que hizo que la señora Raycie, tras un rápido ademán con la cabeza dirigido a sus hijas y con un discreto crujido de volantes almidonados, se las llevase calladamente de la habitación.

— Después de todo —Lewis la oyó decirles en el umbral de la puerta—, el que vuestro padre utilice ese lenguaje demuestra que está del mejor talante con el querido Lewis.

II

A pesar de sus forzadas libaciones, Lewis Raycie se levantó al día siguiente antes del alba.

Tras enrollar sin ruido la persiana, vislumbró borrosamente entre los arbustos el césped mojado y, más allá, las aguas del Estrecho, escasamente visibles bajo un cielo cubierto de estrellas. Le dolía la cabeza, pero su corazón estaba enardecido: lo que le esperaba era lo bastante excitante como para despejar una cabeza más pesada que la suya.

Se vistió con rapidez y completamente (excepto los zapatos) y luego, recogiendo la colcha floreada de su elevado lecho de caoba, hizo con ella un apretado rollo que se puso debajo del brazo. Equipado de manera tan enigmática iba tanteando el camino en la oscuridad de la planta alta hacia la lustrosa escalera de roble, con los zapatos en la mano, cuando lo sobresaltó el resplandor de una vela en las tinieblas del vestíbulo. Contuvo la respiración y, asomado a la barandilla, vio con asombro a su hermana Mary Adeline, vestida y con sombrero, pero también en calcetines, saliendo del pasillo que conducía a la despensa. También ella llevaba una doble carga: los zapatos y la vela en una mano, en la otra una gran cesta cubierta cuyo peso le hacía bajar el brazo.

Los hermanos se detuvieron y se miraron sorprendidos en la azulada penumbra: la luz de la vela, iluminando hacia arriba, distorsionaba la suave fisonomía de Mary Adeline, transformándola en una mueca asustada mientras Lewis bajaba sigilosamente a reunirse con ella.

—Oh —susurró ésta—, pero ¿qué estás haciendo aquí? Yo estaba reuniendo algunas cosas para esa pobre joven señora Poe, que está tan enferma, antes de que madre vaya a la despensa. No dirás nada, ¿verdad?

Lewis indicó su complicidad con un ademán y descorrió con precaución el cerrojo de la puerta principal. No osaron decir nada más hasta hallarse donde no pudieran ser oídos. Se sentaron en el escalón delantero a ponerse los zapatos; después avanzaron de prisa sin decir palabra por entre fantasmales arbustos, hasta alcanzar el portalón sobre el camino.

—Pero ¿y tú, Lewis? —inquirió súbitamente su hermana, observando estupefacta la colcha arrollada que él sostenía bajo el brazo.

—Oh, yo... Mira, Addy... —Se interrumpió y empezó a rebuscar en su bolsillo—. No tengo mucho encima... El anciano caballero me mantiene tan corto de fondos como siempre... pero aquí tienes un dólar, si te parece que a la pobre señora Poe puede venirle bien... Me haría muy feliz... lo consideraría un privilegio...

—¡Oh, Lewis, Lewis! ¡Cuán noble, cuán generoso de tu parte! Por supuesto que con él puedo comprar algunas cosas extra... Ellos no ven nunca la carne, ¿sabes?, a menos que yo pueda llevarles un poco... y me temo que ella esté muriendo de consunción... y tanto ella como su madre son tan tremendamente orgullosas... —Rompió a llorar de gratitud, y Lewis emitió un suspiro de alivio. Había conseguido que la atención de ella se desviara de la colcha.

—Ah, aquí está la brisa —murmuró, percibiendo el súbito enfriamiento del aire.

—Sí; tengo que irme; debo estar de regreso antes de que levante el sol —dijo Mary Adeline con ansiedad—, y si madre se enterase...

—¿No sabe nada de tus visitas a la señora Poe?

Una expresión de astucia infantil aguzó los rasgos sin revelar del rostro de Mary Adeline.

—Desde luego que *sí*; pero al mismo tiempo, no... lo hemos arreglado de ese modo. ¿Sabes?, la señora Poe es atea; así que nuestro padre...

—Comprendo —Lewis asintió con la cabeza—. Bien, aquí nos separamos; me voy a nadar —dijo en tono superficial. Pero inesperadamente se volvió y cogió un brazo de su hermana—. Hermana, por favor, dile a la señora Poe que anteanoche asistí a la lectura de poemas que su esposo ofreció en Nueva York...

(«Oh, Lewis: ¿*tú*? ¡Pero padre dice que es un blasfemo!».)

—...y que es un gran poeta: un Gran Poeta. Por favor, díselo de mi parte, ¿quieres, Mary Adeline?

—¡Oh, hermano... no puedo!: jamás hablamos de él —balbució la sorprendida muchacha, alejándose de prisa.

En la caleta donde la balandra del Comodoro había estado fondeada pocas horas antes, un bote de remos de buen tamaño recibía las primeras olas. El joven Raycie impulsó su esquife hasta él, lo aseguró a los cables de amarre y trepó rápidamente a la embarcación.

De diversos recovecos en sus bolsillos fue extrayendo soga, cordel, una aguja espartera y otros inesperados e incongruentes enseres; luego amarró uno de los remos cruzado sobre el extremo del otro y, encajando éste verticalmente entre el banco delantero y la proa, enjarció la colcha floreada a aquel mástil y se instaló en la popa, con una mano en el timón y la otra en su improvisada vela.

La argentada Venus, absorta sobre el horizonte de un cielo verde pálido, formaba un charco de gloria en el mar mientras la brisa del amanecer henchía la vela del amante...

Sobre la pendiente cubierta de guijarros de otra caleta, dos o tres millas Estrecho abajo, Lewis Raycie arrió su extraña vela y fondeó su barca en la playa. Los sauces agrupados al borde del pedregal se agitaron y apartaron de un modo misterioso, y de pronto se encontró con Treeshy Kent en sus brazos.

Al Este, el sol se esforzaba por librarse de un cinturón de nubes bajas rociándolas con oro líquido, y Venus palidecía a medida que la luz se expandía hacia lo alto. Pero bajo los sauces todavía estaba oscuro, una acuosa penumbra verdosa aprisionaba los secretos murmullos de la noche.

— ¡Treeshy! ¡Treeshy! —exclamó el joven, arrodillándose junto a ella; y luego, un momento después—: Ángel mío, ¿estás segura de que nadie sospecha...?

La muchacha esbozó una leve risa que le hizo arrugar la curiosa nariz. Apoyó la cabeza en el hombro de él, con la frente redonda y las toscas trenzas apretadas contra su mejilla, sus manos en las de él, respirando agitada y alegremente.

— Creí que nunca llegaría aquí con esa ridícula colcha —rezongó Lewis—. ¡Y pronto será pleno día! ¡Pensar que ayer cumplí la mayoría, y tengo que venir hasta ti en una embarcación que parece el juguete de un niño en un estanque de patos! Si supieras lo humillado que me siento...

— ¿Qué importa, querido, puesto que ahora eres mayor y puedes hacer lo que quieras?

— ¿Puedo, realmente? Él dice que sí... pero es sólo bajo sus propias condiciones; ¡sólo mientras haga lo que él quiera! Verás... Tengo un crédito de diez mil dólares... diez... mil... ¿oyes?... depositados en un banco

26

londinense; y ni un penique con que contar aquí entretanto... ¿Por qué, Treeshy querida, por qué, qué es lo que pasa?

Ella le rodeó el cuello con sus brazos, y en medio de los inocentes besos que se dieron él percibió el sabor de sus lágrimas.

—¿*Qué* sucede, Treeshy? —imploró Lewis.

—Yo... ¡Oh, había olvidado que iba a ser nuestro último día, hasta que mencionaste Londres!... ¡eres muy cruel! —le reprochó ella; y a través de la verdosa penumbra de los sauces, sus ojos lo miraron fulgurantes como dos estrellas en la tormenta. No conocía él otros ojos que pudiesen expresar una furia elemental como los de Treeshy.

—¡Mi pequeña fiera! —le replicó riendo un tanto ahogadamente—. Sí, es nuestro último día, pero no por mucho tiempo: después de todo, dos años no son tanto tiempo a nuestra edad, ¿no es cierto? Y cuando vuelva a ti seré dueño de mi destino, independiente, libre... ¡vendré a reclamarte contra todo y contra todos! ¡Piensa en eso, querida, y sé valiente, por mí... ten valor y paciencia... como los tendré yo! —declaró heroicamente.

—Oh, pero tú... tú vas a ver a otras chicas; montones de chicas; en esos perversos países viejos, donde son tan atractivas. Mi tío Kent dice que los países europeos son todos perversos, incluida mi pobre Italia...

—Pero ¿y *tú*, Treeshy? Tú entretanto estarás viendo a los primos Bill y Donald. Los verás continuamente y todos los días. Y tú sabes que ese gordinflón de Bill te atrae. ¡Ah, si yo midiese poco más de uno ochenta me iría más tranquilo, criatura voluble! —dijo él, intentando provocarla.

—¿Voluble? ¿*Yo* voluble? ¡Oh, Lewis...!

Él sintió el premonitorio acceso de sollozos, y su valor todavía no estrenado le falló. Era delicioso, en teoría, estrechar a una llorosa belleza contra tu pecho, pero, según comprobaba, tremendamente inquietante en la práctica. La garganta empezó a picarle en consecuencia.

—No, no; de una firmeza adamantina, inquebrantable como el acero: así es como los dos pensamos ser, ¿no es cierto, *cara*?

—Sí, *caro* —suspiró ella, aplacada.

—¿Y me escribirás regularmente, Treeshy... unas cartas muy, muy largas? ¿Verdad que puedo contar con eso, vaya donde vaya? Y tienes que numerarlas todas, sucesivamente, para que yo lo sepa enseguida si llega a perderse una: ¡no lo olvides!

—¿Y tú, Lewis, las llevarás aquí? —se tocó el pecho—. ¡Oh, no *todas*! —añadió riendo—, porque abultarían tanto que pronto tendrías una giba en el pecho, como un polichinela; pero sí al menos siempre la última, tan sólo la última: ¡promételo!

—Siempre; lo prometo... con tal de que sean afectuosas —dijo él, todavía luchando por mantener un tono animoso.

—Oh, Lewis, lo serán, mientras tú lo seas... y mucho, mucho tiempo después...

Venus vaciló y se desvaneció al ascender el sol.

III

El momento crucial —Lewis siempre lo había sabido— no sería el de su despedida de Treeshy sino el de la entrevista final con su padre.

De ella dependía todo: tanto su futuro inmediato como sus perspectivas más distantes. Al volver furtivamente a su casa con las primeras luces del día, Lewis lanzó una aprensiva mirada a las ventanas del señor Raycie y dio gracias a su suerte de que estuvieran aún herméticamente cerradas.

Era indudable que, como había dicho la señora Raycie, la utilización de «ese lenguaje» delante de señoras demostraba que el señor Raycie estaba del mejor humor, relajado y en pantuflas, por así decir: un estado en el que su familia lo veía tan rara vez, que Lewis se había preguntado a veces con cierta impertinencia a qué majestuosa bajada desde las nubes debían él y sus hermanas su modesta existencia.

Estaba muy bien decirse, como Lewis solía hacerlo, que la mayor parte del dinero pertenecía a su madre y que él podía manejarla con el dedo meñique. ¿Qué cambiaba con ello? Al día siguiente de la boda, el señor Raycie se había hecho cargo tranquilamente de la administración de los bienes de su esposa, y le descontaba, de la muy modesta asignación que le otorgaba mensualmente, todos sus pequeños gastos personales, incluidas las estampillas de correo y el dólar que ella acostumbraba depositar en el cepillo los domingos. El señor Raycie lo llamaba «dinero para alfileres», puesto que, como solía recordarle, él pagaba personalmente todas las facturas de la casa, de modo que ella, si así le apetecía, podía gastar toda su asignación trimestral en «trapos».

«Y eso es lo que harás, querida mía, si respetas mis deseos», añadía siempre. «Me gusta ver a una buena figura bien puesta, y no que nuestros amigos supongan, cuando vienen a comer, que la señora Raycie está indispuesta arriba y que la he reemplazado por una pariente pobre en *allapacca*.» En atención a lo cual la señora Raycie, al mismo tiempo halagada y amedrentada, se gastaba hasta el último penique en sus atavíos y los de sus hijas y tenía que restringir el calentamiento de los dormitorios y escatimarle la comida al servicio para tener con qué satisfacer cualquier antojo personal.

Hacía mucho tiempo que el señor Raycie había convencido a su esposa de que aquel método de tratarla, si bien no resultaba pródigo, era el adecuado y, en realidad, «conveniente»; cuando ella hablaba del tema con sus parientes, era con lágrimas de gratitud por la bondad demostrada por su esposo al hacerse cargo de la administración de sus bienes. Como los administraba extraordinariamente bien, sus perspicaces hermanos (contentos de quitarse de encima la responsabilidad y convencidos de que, si no se la controlaba, ella habría despilfarrado su dinero en obras de caridad mal encaradas) estaban dispuestos a compartir la aprobación manifestada por ella; aunque su anciana madre decía a veces en tono quejoso: «Cuando pienso que Lucy Ann no puede ni hacerse preparar unas gachas sin que él haya pesado la avena...». Pero incluso esto era dicho en un susurro, no fuera que la misteriosa facultad del señor Raycie para oír lo que se decía a sus espaldas provocara de pronto represalias contra la venerable dama, a la que él siempre aludía, con voz trémula, como «mi querida madre política... si es que en verdad no me permite llamarla, con más brevedad y más propiamente, mi querida madre».

Con Lewis, el señor Raycie había aplicado los mismos criterios que con las mujeres de la casa. Lo había vestido bien, le había proporcionado una costosa educación, lo ponía por los cielos... y medía hasta el último penique de su asignación. Había, no obstante, una diferencia, y Lewis era tan consciente de ella como cualquier otro.

El sueño, la ambición, la pasión de toda la vida del señor Raycie era (como su hijo sabía) fundar una Dinastía; y sólo contaba con Lewis para fundarla. Creía en la primogenitura, en las herencias, en los patrimonios transmitidos, en todo el ritual de la tradición «territorial» inglesa. Nadie era más audible que él en la alabanza de las instituciones democráticas bajo las cuales vivía; pero jamás consideró que afectasen a aquella otra institución, más privada pero más importante, la Familia: y a la Familia dedicaba todos sus afanes y pensamientos. El resultado era, según Lewis colegía vagamente, que sobre su encogida e inadecuada cabeza se centrase toda la pasión contenida en el vasto espacio del pecho del señor Raycie. Lewis era suyo, y Lewis representaba lo que le era más preciado; y por aquellas dos razones, el señor Raycie asignaba al muchacho un valor extraordinario (algo bien distinto, pensaba Lewis, a quererlo).

El señor Raycie estaba especialmente orgulloso del gusto de su hijo por las letras. Siendo un hombre no totalmente ignorante, sentía una intensa admiración hacia lo que él llamaba un «caballero cultivado»: y evidentemente, eso es lo que iba a ser Lewis. Si éste hu-

31

biese podido combinar aquella tendencia con un talante más viril, así como con cierto interés en alguna de las escasas modalidades deportivas por entonces en boga entre los caballeros, la satisfacción del señor Raycie habría sido completa; pero ¿quién la logra, en este mundo decepcionante? Por el momento, se hacía la ilusión de que, siendo Lewis todavía joven y moldeable y habiendo ciertamente mejorado su condición física, dos años de viajes y aventuras se lo devolverían completamente cambiado, tanto física como mentalmente. El propio señor Raycie había viajado en su juventud, y estaba persuadido de que la experiencia resultaba formativa; esperaba en secreto el retorno de un bronceado y desarrollado Lewis, sazonado por la independencia y la aventura, y habiendo descargado discretamente sus ardores juveniles en campos extraños, donde no contaminasen la cosecha propia.

Todo eso Lewis se lo suponía; y suponía asimismo que el señor Raycie había proyectado que aquellos dos años andariegos condujesen al matrimonio y a una vida estable al gusto del señor Raycie, en lo cual Lewis no iba a tener siquiera derecho a opinar.

«Va a concederme todas las ventajas... para sus propios fines», resumió el joven mientras bajaba a reunirse con la familia en la mesa del desayuno.

El señor Raycie jamás se encontró más resplandeciente que en aquel momento del día y época del año. Sus inmaculados pantalones blancos de dril, sujetos bajo las botas de cabritilla, su liviana chaqueta de casimir y el chaleco pardo de *piqué* cruzado por debajo de un níveo alzacuello, lo hacían parecer tan nuevo como la mañana y tan atractivo como los melocotones con crema depositados delante de él.

Del lado opuesto se sentaba la señora Raycie, igualmente inmaculada, pero más pálida que de costumbre, como correspondía a una madre a punto de separarse de su único hijo varón; y entre ambos se encontraba Sarah Anne, insólitamente sonrojada, y al parecer dedicada a tratar de ocultar el asiento vacío de su hermana. Lewis las saludó y se sentó a la derecha de su madre.

El señor Raycie extrajo su reloj de repetición *guillochée* y, separándolo de su pesada cadena de oro, lo depositó sobre la mesa a su lado.

— Mary Adeline se ha vuelto a retrasar. Resulta algo inusitado el que una hermana llegue tarde a la última comida que —hasta dentro de dos años— va a compartir con su único hermano.

— ¡Oh, señor Raycie! —balbució la señora Raycie.

— Digo que la idea es bastante excéntrica. Quizás —dijo en tono sarcástico el señor Raycie— me toque la bendición de tener una hija *excéntrica*.

— Me temo que Mary Adeline está con jaqueca, señor. Intentó levantarse, pero realmente no pudo —dijo rápidamente Sarah Anne.

Por toda respuesta, el señor Raycie arqueó irónicamente las cejas, y Lewis se apresuró a intervenir:

— Lo lamento, señor; pero puede que sea culpa mía...

La señora Raycie palideció, Sarah Anne se puso roja, y el señor Raycie repitió con exagerada incredulidad:

— Culpa... ¿tuya?

— Por haber sido el motivo, señor, del demasiado espléndido festejo de anoche...

— ¡Ja, ja, ja! —rió el señor Raycie, instantáneamente disipado su enojo.

Empujó la silla hacia atrás y sonriendo le hizo una seña a su hijo; y los dos, dejando a las damas para lavar las tazas de té (según era aún costumbre en las familias refinadas), se trasladaron al estudio del señor Raycie.

Qué estudiaba el señor Raycie en aquel recinto —aparte de las cuentas y de los modos de mostrarse desagradable con la familia— era algo que Lewis nunca había podido descubrir. Era una pequeña habitación despojada e intimidante; y el joven, que nunca

33

cruzaba el umbral sin que le diese un vuelco el corazón, lo sintió más encogido que nunca. «¡*Ahora*!», pensó.

El señor Raycie tomó asiento en la única butaca disponible, y empezó.

— Mi querido muchacho, tenemos poco tiempo, pero el suficiente para lo que tengo que decir. Dentro de unas horas estarás partiendo para tu gran viaje: un suceso importante en la vida de cualquier joven. Tus dotes y tu carácter, más los medios económicos de que dispones para aprovechar mejor la oportunidad, me hacen esperar que en tu caso va a ser decisiva. Espero que regreses de este viaje hecho un hombre...

Hasta allí, todo normal, por así decir; Lewis podía haberlo recitado de antemano. Inclinó la cabeza en señal de conformidad.

— Un hombre —repitió el señor Raycie—, preparado para desempeñar un papel, y un papel importante, en la vida social de la comunidad. Espero que seas un personaje en Nueva York; y yo te proporcionaré los medios para ello. —Se aclaró la garganta—. Pero los medios no bastan, aunque nunca debes olvidar que son imprescindibles. Educación, pulimento, experiencia del mundo: eso es de lo que carecen tantos de nuestros hombres de posición. ¿Qué saben de artes plásticas o literatura? Hasta ahora hemos tenido aquí poco tiempo para producirlas... ¿Decías?

El señor Raycie se interrumpió con anonadante cortesía.

— Yo... oh, no —tartamudeó su hijo.

— Ah; pensé que quizás estuvieses a punto de mencionar a ciertos gacetilleros blasfemos, cuyos desvaríos poéticos se dice que les han proporcionado cierta notoriedad en las tabernas.

Lewis enrojeció con la alusión, pero guardó silencio, y su padre continuó:

— ¿Dónde están nuestro Byron... nuestro Scott... nuestro Shakespeare? ¿Dónde están nuestros maestros pintores? No nos faltan talentos contemporáneos; pero por las obras de genio todavía tenemos que mirar al pasado; en la mayoría de los casos, debemos contentarnos con copias... ¡Ah, mi querido muchacho, ya veo que aquí toco una cuerda sensible! Tu amor por las artes no ha pasado desapercibido; y me propongo, deseo hacer cuanto pueda por estimularlo. Tu futura posición en el mundo —tus deberes y obligaciones como caballero y hombre de fortuna— no te permitirán convertirte tú mismo en un pintor eminente o un escultor famoso; pero yo no pondré ninguna objeción a que incursiones en alguna de esas artes como aficionado, al menos mientras dure tu viaje por el extranjero. Eso te formará el buen gusto, fortalecerá tu juicio y te proveerá, espero, del discernimiento necesario para seleccionar para mí algunas obras maestras, que *no* habrán de ser copias. Las copias —prosiguió el señor Raycie acentuando el énfasis— son para quienes tienen menos capacidad de discernir, o para gente menos favorecida por los bienes de este mundo. Sí, mi querido Lewis, deseo crear una colección pictórica: una galería de cuadros propiedad de la familia. Tu madre comparte esa ambición: desea ver en nuestras paredes algunos ejemplares originales del genio italiano. A Rafael difícilmente podemos aspirar, me temo; pero un Domenichino, un Albano, un Carlo Dolci, un Guercino, un Carlo Maratta, uno o dos de los nobles paisajes de Salvatore Rosa... ¿Captas mi idea? Habrá una Colección Raycie, y tu misión será formar el núcleo de la misma. —El señor Raycie hizo una pausa, y se enjugó la frente sudorosa—. Creo que no podría haber encomendado a mi hijo una tarea más de su gusto.

—¡Oh, no, señor, ciertamente ninguna! —exclamó Lewis halagado y cambiando de color.

La verdad es que no había intuido en ningún momento aquella parte del plan de su padre, y el corazón se le dilataba de orgullo por el honor de una misión tan inesperada. Nada podría realmente haberlo hecho sentir más orgulloso o más feliz. Por un momento olvidó el amor, olvidó a Treeshy, olvidó todo excepto el éxtasis de hallarse entre las obras maestras con las que había soñado tanto tiempo, y moverse entre ellas no como un mero espectador deseoso, sino como uno que disfruta al menos del privilegio de poder elegir y llevarse alguno de los tesoros menores. Apenas podía asimilar lo que había ocurrido, y la conmoción del anuncio lo dejó, como siempre, sin palabras.

Oyó a su padre hablar con entusiasmo, desarrollando el plan, explicando con su habitual precisión altisonante que uno de los propietarios del banco londinense en el que estaban depositados los fondos de Lewis era un conocido coleccionista de arte, y que había convenido en proporcionar al joven viajero cartas de presentación para otros *connaisseurs*, tanto en Francia como en Italia, de manera que Lewis pudiese efectuar sus adquisiciones bajo la guía más cualificada.

—Es para ponerte en pie de igualdad con los mejores coleccionistas que he colocado una suma tan grande a tu disposición —concluyó el señor Raycie—. Calculo que con diez mil dólares puedes pasar dos años viajando por todo lo alto; y pienso poner otros cinco mil en tu cuenta —hizo una pausa, y dejó que las sílabas penetrasen lentamente en el cerebro de su hijo—: cinco mil dólares para adquirir obras de arte que, a su debido tiempo —recuérdalo— serán tuyas; y que irán pasando —confío— de generación en generación, mientras subsista el apellido Raycie.

Un lapso que, a juzgar por el tono del señor Raycie, difícilmente podría medirse por períodos menos duraderos que los de las dinastías egipcias.

Lewis lo oía y la cabeza le daba vueltas. ¡*Cinco mil dólares*! La suma parecía tan enorme, incluso en dólares, y tan incalculablemente mayor traducida a cualquier moneda continental, que se preguntó por qué su padre había renunciado de antemano a toda esperanza de adquirir un Rafael... «Si viajo modestamente —se dijo— y me privo de lujos superfluos, puede que todavía sea capaz de darle la sorpresa de regresar con uno. Y mi madre... ¡qué desprendimiento!, ¡cuánta generosidad! Ahora comprendo por qué ha consentido en todas las pequeñas economías que a veces parecían tan mezquinas y tan humillantes...

Los ojos del joven se llenaron de lágrimas, pero seguía sin hablar, aunque deseaba como nunca hasta entonces expresar a su padre su gratitud y su admiración. Había entrado en el estudio esperando un último sermón sobre el tema de la frugalidad, acompañado del anticipado anuncio de un «arreglo adecuado» (podía incluso suponer a cuál de las chicas de Huzzard tenía en vista su padre); y en cambio le habían dicho que gastase su principesca asignación de un modo principesco, y retornase a casa con una colección de obras maestras de la pintura. «Tendrá que haber por lo menos un Correggio», murmuró para sí.

— ¿Y bien, señor? —tronó el señor Raycie.

— Oh, señor... —gimió su hijo, y se arrojó sobre el vasto talud del chaleco paterno.

En medio de toda aquella acumulación de alegrías sintió, como un susurro en las profundidades de su ser, la reflexión de que nada se había dicho o hecho en contradicción con sus planes secretos acerca de Treeshy. Parecía casi como si su padre hubiera aceptado tácitamente la idea de aquel compromiso no mencionado; y Lewis se sintió a medias culpable por no confesarlo en aquel mismo momento. Pero los dioses son intimidantes incluso cuando se muestran afables; nunca más, tal vez, que en esos precisos momentos...

IV

De pie sobre un saliente rocoso, Lewis Raycie contemplaba el fabuloso panorama del Mont Blanc.

Era un luminoso día de agosto y el aire, a aquella altitud, era ya tan cortante que Lewis había tenido que ponerse la zamarra de piel. Detrás de él, a respetuosa distancia, estaba el criado de viaje que, a una señal suya, se la había alcanzado; más abajo, en una curva del camino montañoso, se hallaba el elegante carruaje ligero que lo había llevado hasta tan lejos en sus andanzas.

Había transcurrido poco más de un año desde que dijera adiós a Nueva York desde la cubierta del paquebote que surcaba las aguas de la bahía; no obstante, en aquel joven de aspecto confiado enfrentado al Mont Blanc no quedaba, al parecer, vestigio alguno del ser débil y acomodaticio que fuera por entonces Lewis Raycie, salvo un acechante y latente miedo al señor Raycie padre. Pero incluso aquel miedo se hallaba tan atenuado por el tiempo y la distancia, tan hundido tras el lejano horizonte y anclado al otro extremo del globo, que sólo se agitaba en su modorra cuando en el mostrador de algún despacho europeo le entregaban una carta primorosamente plegada y lacrada, con la letra de su padre. El señor Raycie padre no escribía a menudo, y cuando lo hacía era en un tono neutro y artificiosamente formal. Se sentía en desventaja escribiendo, y su sarcasmo natural se empantanaba en las cláusulas que le costaba horas de esfuerzo redondear; de modo que aquella cualidad temible sólo amenazaba a su hijo en la curvatura de ciertas letras, y en la costumbre indudablemente abominable de escribir, con todas sus letras, la palabra *Don*.

No es que, en un año, Lewis hubiese roto con todos los recuerdos del pasado. Muchos de ellos habían perdurado, o más bien le habían sido transferidos al hombre nuevo en que se había convertido: como, por ejemplo, su ternura hacia Treeshy Kent, la cual, hasta cierto punto para su sorpresa, había resistido obstinadamente todos los asaltos de las muy recordables beldades inglesas y de las huríes orientales de ojos almendrados. De cuando en cuando lo sobresaltaba encontrarse con el pequeño rostro moreno de Treeshy, su frente redondeada, sus ojos muy separados y los pómulos altos, saliéndole súbitamente al paso en alguna calle de una ciudad famosa o en medio de un paisaje de lánguida belleza, lo mismo que una y otra vez lo había hecho detenerse en algún jardín exótico un aroma a verbena idéntico al del pórtico de su casa. Sus viajes habían confirmado más que debilitado la opinión familiar acerca de la vulgaridad de Treeshy; no encajaba en ninguno de los patrones de belleza femenina que se le habían presentado hasta el momento; no obstante, allí estaba, incrustada en su corazón y en su mente nuevos tan firmemente como en los antiguos, si bien sus besos parecían menos vívidos y los tonos ásperos característicos de su voz apenas lo alcanzaban. A veces, medio enfadado, él se decía que con un esfuerzo podría eliminarla definitivamente; pero ella seguía habitando en él, desapercibida aunque imborrable como la imagen en un daguerrotipo, no menos presente por resultar con frecuencia invisible.

Para el nuevo Lewis, sin embargo, todo el asunto era menos importante de lo que una vez lo había considerado. Su recién adquirida madurez hacía que Treeshy pareciese una niña consentida, más que la guía, la Beatrice, por quien antes la había tenido; y con una sonrisa de persona mayor se prometió que, tan pronto como llegase a Italia, le escribiría la larga carta que en aquel momento hacía bastante tiempo que le debía.

Su itinerario le había llevado primero a Inglaterra. Allí pasó varias semanas reuniendo cartas y recomendaciones para su gira, adquiriendo el carruaje para el viaje con sus numerosos accesorios y yendo en él de una ciudad catedralicia a un castillo legendario, sin omitir nada —de Abbotsford a Kenilworth— que mereciese la atención de una mente cultivada. De Inglaterra cruzó a Calais, se desplazó lentamente en dirección al sur, hacia el Mediterráneo; y allí, embarcándose para El Pireo, se sumergió en un puro romance, y el turista se convirtió en un «infiel».

Era el Oriente lo que lo había convertido en un nuevo Lewis Raycie; el Oriente, miserable y espléndido, pestilente y poético, rebosante de bellaquerías y romance, moscas y ruiseñores, y tan diferente, tanto en sus glorias como en su suciedad, de lo que en su estudiosa juventud había soñado. Después de Esmirna y sus bazares, después de Damasco y Palmira, la Acrópolis, Mitilene y Sunion, ¿qué podía quedar en su mente de Canal Street y del talud de césped sobre el Estrecho? Hasta los mosquitos, que al principio parecían lo único en común, resultaban diferentes, por el hecho de luchar contra ellos en escenarios tan diferentes; y un joven caballero que había atravesado el desierto vestido de árabe, que había dormido en tiendas de piel de cabra, que había sido asaltado por los ladrones en el Peloponeso y desplumado por sus propios acompañantes en Baalbek —y por los funcionarios de aduanas en todas partes—, no podía sino esbozar una sonrisa al pensar en los matones que circulaban por Nueva York y el río Hudson. Cuando la pequeña figura del otro Lewis Raycie, encapsulada en la seguridad y la monotonía, asomaba a la superficie, parecía la de un bebé nonato conservado en alcohol. Hasta los bramidos del señor Raycie padre eran ahora poco más que el murmullo lejano de una tormenta de verano en un atardecer apacible. ¿Acaso alguna vez el señor Raycie había asustado a Lewis? ¡Pues ahora no tenía miedo ni del Mont Blanc!

Estaba todavía contemplando sus tremendas cimas con una relajada sensación de igualdad, cuando otro carruaje de viajeros se detuvo al lado del suyo y un joven, tras saltar ágilmente de él y seguido también por un criado con un abrigo, empezó a ascender por la pendiente. Lewis reconoció enseguida el carruaje y la figura ágil del joven que subía a saltos, su chaqueta azul, su fuerte complexión y la cicatriz que distorsionaba ligeramente su agradable y elocuente boca. Era el inglés que había arribado la noche anterior a la posada de Montanvert con un valet, un guía, y un cargamento de libros, mapas y material de dibujo que amenazaba eclipsar incluso el equipo de Lewis.

De entrada, Lewis no se había sentido demasiado atraído hacia el recién llegado, quien, sentado en el comedor con aspecto distante, parecía no reparar en su colega viajero. La verdad es que Lewis se moría por un poco de conversación. Tenía sus pasmosas experiencias tan apretadamente acumuladas en su interior (sin otro desahogo que el magro goteo de su diario), que tenía la sensación de que pronto se le confundirían en la vaga nebulosa de los viajes de otros, a menos que pudiese infundirles una realidad nueva hablando de ellas. Y aquel viajero de ojos azules que armonizaban con su chaqueta, la cicatriz en su mejilla y su elocuente impertinencia, le pareció un digno interlocutor. El inglés, aparentemente, pensaba de otro modo. Mantuvo un aire de abstracción cavilosa, que la vanidad de Lewis imaginó fingido, como cuando los dioses se disfrazaban para sus misiones secretas; y la sequedad de su «buenas noches» sólo fue superada (Lewis se hizo la ilusión) por la del joven neoyorquino.

Pero ahora todo fue diferente. El extranjero se acercó en actitud afable, se quitó el sombrero mostrando su ondeada cabellera que parecía esculpida y, sonriente, inquirió:

— ¿Está usted por casualidad interesado en las formas de las nubes cirros?

Su voz era tan amable como su sonrisa, y ambas eran reforzadas por una mirada tan encantadora, que aquella extraña pregunta resultaba, no sólo pertinente, sino natural. Aunque sorprendido, Lewis no se desconcertó. Simplemente enrojeció ante aquella inusual evidencia de su ignorancia, y replicó ingenuamente:

— Creo, señor, que estoy interesado en todo.

— ¡He ahí una noble respuesta! —exclamó el otro, y le tendió la mano.

— Pero debo añadir —prosiguió Lewis con valerosa honestidad— que jamás hasta ahora he tenido ocasión de ocuparme en especial de las formas de las nubes cirros.

Su acompañante lo miró con expresión de júbilo.

— ¡Ése no es motivo para que no empiece usted a hacerlo ahora! —dijo. A lo cual Lewis asintió con igual júbilo—. Pues para interesarse en las cosas —prosiguió el otro, ya en tono más serio— sólo se necesita verlas; y creo que no me equivoco si digo que usted es uno de esos seres privilegiados dotados de vista capaz de discernir.

El sonrojo de Lewis reveló su opinión coincidente, y su interlocutor continuó:

— Usted es uno de aquellos que han estado en el camino de Damasco.

— ¿En el camino? ¡He estado en la propia Damasco! —exclamó el trotamundos, reventando de ganas de soltar una relación de sus viajes; y a continuación su sonrojo aumentó, al darse cuenta de que, naturalmente, el otro había utilizado la expresión en sentido figurado.

El rostro del joven inglés resplandeció.

— ¿Ha estado usted en Damasco? ¿Ha estado efectivamente allí? Pues aun siendo algo completamente distinto, eso puede ser, a su manera, casi tan interesante como la formación de las nubes o de los líquenes. En este momento —continuó, señalando con un ademán hacia la montaña— tengo que dedicarme a dar una muy pobre versión de algunas de esas delicadas *aiguilles*; un poco de trabajo tedioso, que no es probable que le interese a la vista de un panorama tan sublime. Pero quizás esta noche, si, como creo, estamos hospedados en la misma posada, quiera usted concederme unos minutos de su compañía y contarme un poco sus viajes. Mi padre —añadió con su seductora sonrisa— hizo que incluyeran con mis pinceles unas botellas de un madeira digno de toda confianza; y si usted me honra con su compañía para cenar...

Hizo una señal a su criado para que desembalara sus avíos de pintor, extendió la capa sobre la roca y, para cuando Lewis iniciaba el descenso hacia su carruaje, él se encontraba ya enfrascado en su tarea.

El madeira demostró ser tan fiable como su anfitrión había prometido. Quizás fue su calidad excepcional lo que proporcionó a la cena tan brillante pátina de esplendor; a menos que fuese más bien la conversación de aquel inglés de los ojos azules lo que hizo sentir a Lewis Raycie, siempre un mediocre bebedor, que en su compañía cada gota sabía a néctar.

Cuando se reunió con su anfitrión, Lewis abrigaba

la secreta esperanza de poder finalmente hablar; pero al concluir la velada (que hicieron durar hasta la madrugada), se dio cuenta de que lo que más había hecho era escuchar. No obstante, no había experimentado ninguna sensación de ser coartado o frustrado en sus deseos de hablar; había dispuesto de cuantas oportunidades había querido. Sólo que, cada vez que él exponía un hecho, por pequeño que fuese, instantáneamente era desbordado por la imaginación del otro hasta desaparecer como un guijarro arrojado al torrente. Pues cualquier cosa que Lewis dijese era vista por su acompañante bajo un nuevo ángulo y sugería una reflexión nueva; cada ejemplar de experiencia común y corriente se convertía en un cristal polifacético que emitía inesperados destellos. La mente del joven inglés se movía en un mundo de asociaciones y referencias mucho más rico que el de Lewis; pero su entusiasta comunicatividad, su modo directo de hablar y de ser, abrieron de inmediato las compuertas hacia el joven menos experimentado. No fue ciertamente el madeira lo que hizo volar las horas y creó en torno a ellos una atmósfera mágica; pero aquella magia otorgó al madeira —excelente, y famoso entre los de su clase, según Lewis se enteró después— un sabor que ninguna otra cosecha habría de tener en adelante para él.

— Oh, pero tenemos que encontrarnos nuevamente en Italia: hay allí muchas cosas que acaso podría ayudarle a ver —declaró el joven inglés mientras se prometían eterna amistad en las escaleras de la posada dormida.

V

Era en una diminuta iglesia veneciana, apenas una capilla, donde los ojos de Lewis Raycie se habían finalmente abierto: en una iglesia de aspecto vulgar, ni siquiera mencionada en las guías. De no haber sido por su encuentro con el joven inglés a la sombra del Mont Blanc, Lewis nunca habría oído hablar del lugar; pero ¿y de qué otra cosa digna de mención se habría enterado si no?, se preguntaba.

Había pasado largo rato contemplando los frescos, rechazado al principio —ahora podía admitirlo— por cierta rigidez en la actitud de los personajes, la pueril elaboración de su vestimenta (tan distinta del noble ropaje que los *Discursos sobre Arte*, de sir Joshua, le habían enseñado a admirar en los grandes pintores) y por la mirada inocente e inexpresiva en los jóvenes rostros (pues incluso las barbas grises parecían jóvenes). Y entonces, de pronto, su mirada se había iluminado al observar uno de aquellos semblantes en particular: el de una muchacha de mejillas redondas, pómulos altos y ojos muy separados bajo un complicado peinado de trenzas adornadas con perlas. ¡Pero si era Treeshy! ¡Treeshy Kent en pintura! Y bien lejos de ser

Segunda parte

tratada como «corriente», la joven era nada menos que la princesa incomparable en torno a la cual giraba la historia. ¡Y vaya país de ensueño aquel donde vivía: lleno de flexibles donceles y apetitosas doncellas de rostro redondeado, sonrosados ancianos y africanos bruñidos, bonitos pájaros y gatos y conejos que mordisqueaban, y todo ello en medio de doradas balaustradas, hileras de columnas rosadas y azules, guirnaldas de laurel que festoneaban los balcones de mármol, y cúpulas y minaretes contra el fondo de un mar estival!

La imaginación de Lewis se extravió en la escena; se le olvidó echar en falta los nobles ropajes, los sentimientos exaltados, la negrura de los fondos de los artistas que había venido a admirar a Italia: se olvidó de Sassoferrato, Guido Reni, Carlo Dolce, Lo Spagnoletto, el Carraci y hasta de *La Transfiguración* de Rafael, a pesar de saber que era la más grande pintura del mundo.

A partir de allí, había visto prácticamente todo cuanto la pintura italiana tenía para ofrecer; había estado en Florencia, Nápoles, Roma; había ido a Bolonia a estudiar la Escuela Ecléctica, a Parma para examinar los Correggio y los Giulio Romano. Pero aquella primera visión había colocado una semilla mágica entre sus labios; la semilla que te hace oír la conversación de los pájaros y el susurro de la hierba. Aun si su amigo inglés no hubiese permanecido a su lado, indicando, explicando, inspirándolo, a Lewis Raycie le complacía pensar que el rostro redondeado de la pequeña Santa Úrsula lo hubiese conducido segura y confiadamente hacia ella, dejando atrás a sus rivales. Ella se había convertido en su piedra de toque, en su estrella: ¡cuán insípidas le parecían todas aquellas vírgenes de expresión aborregada, con sus pintadas vestiduras en rojo y azul, después de haber contemplado sus maravillosos ojos de niña y examinado el elaborado dibujo de sus brocados! Ahora mismo podía evocar con absoluta claridad el día en que renunció incluso a Beatrice Cenci... y en cuanto a esa gorda Magdalena desnuda de Carlo Dolce, perezosamente recostada con un libro que no leía y coqueteando descaradamente con el espectador como en los viejos tiempos... ¡uf! Santa Úrsula no necesitaba rescatarlo a él de *esa*...

Sus ojos se habían abierto a un nuevo mundo pictórico. Y su misión era revelárselo a otros: ¡Él, el insignificante e ignorante Lewis Raycie, como habría seguido siendo hasta el final de su vida, de no haber sido «gracias a Dios» y a aquel casual encuentro en el Mont Blanc! Se estremecía al pensar en el ejército de pordioseros chiquillos napolitanos, obesos monjes de negro, turbulentos profetas, lánguidas madonas y *amorini* de trasero sonrosado que podrían haber estado viajando con él en el veloz paquebote de vapor que lo llevaba de regreso a casa.

Su excitación tenía algo del éxtasis del apóstol. No sólo iba, al cabo de pocas horas, a abrazar a Treeshy y a reunirse con sus venerados padres; también iba a llevar y a predicar la buena nueva entre quienes se encontraban en las tinieblas de los Salvatore Rosa y Lo Spagnoletto...

Lo primero que impresionó a Lewis fue la pequeñez de la casa sobre el Estrecho y el gran volumen del señor Raycie.

Había esperado recibir la impresión opuesta. En su memoria, la villa toscana había conservado parte de su imponencia, aun en comparación con sus supuestos originales. Tal vez el propio contraste entre los frígidos recintos y suelos desnudos de éstos y las costosas alfombras y los flameantes hogares en High Point magnificase su recuerdo de la primera: hubo momentos en que la memoria del crujido de sus maderas contribuyó a ese efecto. Pero la imagen del señor Raycie se había empequeñecido en el ínterin. Todo lo relacionado con él, tal como lo recordaba su hijo, parecía estrecho, adolescente, casi pueril. Por ejemplo, su animosidad hacia Edgard Poe, a quien Lewis seguía considerando un verdadero poeta, aun cuando de entonces a ahora hubiese escuchado notas más opulentas; su fastidiosa tiranía sobre las mujeres de la casa; su inconsciente pero absoluta ignorancia en cuanto a la mayoría de las cosas, libros, personas, ideas, que ocupaban ahora los pensamientos de su hijo; y sobre todo la arrogancia y la incompetencia de sus juicios artísticos. Más allá de algunas escasas lecturas —en su mayor parte, sospechaba Lewis, producto de fisgonear adormiladamente después de la comida el libro de Knight *Medias horas con los mejores autores*—, el señor Raycie no presumía de «leído»; «dejemos eso para los profesores», decía generosamente. Pero en materia de pintura era dogmático y explícito, presto a justificar sus opiniones citando la de autoridades eminentes y los precios del mercado, y totalmente claro —como lo había demostrado en su conversación de despedida con su hijo— en cuanto a cuáles serían los maestros que disfrutarían del privilegio de figurar en la Colección Raycie.

El joven no se impacientaba por aquellos juicios. América estaba muy lejos de Europa, y hacía muchos años que el señor Raycie había estado allí. Difícilmente se le habría podido culpar por no saber que las cosas que él admiraba habían dejado de ser admirables, y menos aún por no saber por qué. Los cuadros ante los que Lewis se había prosternado en espíritu habían sido virtualmente desconocidos, incluso para los estudiantes de arte y los críticos, cuando su padre era un joven. ¿Cómo podía un caballero norteamericano, consciente de su propia arrogancia y que pagaba a un representante el más alto salario para que le mostrase las «obras maestras» acreditadas, cómo iba a imaginar que siempre que él se detenía extasiado ante un Sassoferrato o un Carlo Dolce, uno de aquellos tesoros ignorados acechaba allí cerca, cubierto de polvo y telarañas?

No; Lewis se sentía tolerante y comprensivo. Ese talante no era propicio a magnificar la imagen paterna; pero cuando el joven entró en el estudio en el que se hallaba el señor Raycie, inmovilizado por la gota, su pierna vendada extendida sobre el sofá le pareció una razón más para mostrarse indulgente...

Tal vez fuera la postura de su padre tumbado sobre el sofá —pensó Lewis más tarde—, el modo en que su gran volumen desbordaba el mueble y en que su pierna inmovilizada se proyectaba como una cordillera, lo que súbitamente hizo que pareciese llenar la habitación; o bien el sonido de su voz irritada atronando a través del umbral y dispersando con mal tono a la señora Raycie y a las muchachas: «Y ahora, señoras, si han acabado con los besos y los abrazos, me gustaría tener un momento con mi hijo». Pero fue curioso que una vez retiradas madre e hijas con todas sus alharacas, el estudio pareciese hacerse aún más pequeño, y que el propio Lewis se sintiese más que antes como un David sin el guijarro.

—Bueno, muchacho —bramó su padre, amoratado y resoplando—, estás de nuevo en casa, con muchas aventuras que contar, sin duda; y algunas obras maestras que mostrarme, según colijo por las retiradas de fondos de mi cuenta.

—Oh, en cuanto a las obras maestras, señor, ciertamente —dijo Lewis con una sonrisa tonta, preguntándose por qué su voz sonaba tan aflautada y por qué la sonrisa le exigía aquel esfuerzo muscular.

—Bien, bien —aprobó el señor Raycie—. Supongo que Reedy llevó a cabo mis órdenes de ocuparse de que los cuadros fueran depositados con el grueso de tu equipaje en Canal Street.

—Oh, sí, señor; el señor Reedy estaba en el muelle con instrucciones precisas. Usted sabe que él siempre ejecuta sus órdenes —aventuró Lewis con un leve toque de ironía.

El señor Raycie se quedó mirándolo.

—El señor Reedy —dijo— hace lo que le digo, si te refieres a eso; de otro modo es difícil que lo tuviera a mi servicio desde hace más de treinta años.

Lewis guardó silencio, y su padre lo examinó con ojo crítico.

—Pareces haber ganado peso; ¿tu salud marcha bien? Ya lo veo. Bueno... A propósito; el señor Robert Huzzard y sus hijas cenan aquí esta noche, y sin duda esperarán ver las últimas novedades francesas en corbatines y chalecos. Malvina se ha convertido en una figura muy elegante, dicen tus hermanas. —El señor Raycie lanzó una risita, y Lewis pensó: «¡Yo *sabía* que era la mayor de las Huzzard!», al tiempo que un ligero escalofrío le recorría la espina dorsal.

—En cuanto a los cuadros —prosiguió el señor Raycie con creciente animación—, yo estoy postrado, como ves, por esta maldita afección, y hasta que los médicos vuelvan a ponerme en pie tengo que yacer aquí y tratar de imaginar cómo van a lucir tus tesoros en la nueva galería. En el ínterin, mi querido muchacho, no necesito decirte que nadie será autorizado a verlos hasta que hayan sido inspeccionados por mí y colgados adecuadamente. Reedy empezará a desembalarlos enseguida; y cuando nos traslademos a la ciudad el mes que viene, la señora Raycie, si Dios quiere, ofrecerá la fiesta más elegante que Nueva York haya visto hasta ahora, para exhibir la colección de mi hijo, y tal vez... ¿qué te parece?, para celebrar otro interesante suceso en su historial.

Lewis acogió aquello con un débil aunque respetuoso gorgoteo, y ante su mirada empañada se alzó el rostro anhelante de Treeshy Kent.

«Bueno, mañana la veré», pensó, recobrando el ánimo tan pronto como estuvo lejos de la presencia de su padre.

VI

El señor Raycie permaneció un largo rato en silencio después de haber hecho la ronda de la habitación de la casa de Canal Street en la que se habían colocado los cuadros una vez desembalados.

Había ido a la ciudad sólo con Lewis, desechando con firmeza las tímidas sugerencias de sus hijas y los mudos aunque evidentes deseos de ir con ellos de la señora Raycie. Aunque su gota había remitido, se sentía aún débil e irritable, y la señora Raycie, preocupada por «no contrariarlo», se había llevado a las muchachas en cuanto él había fruncido el ceño.

Las esperanzas de Lewis aumentaban a medida que avanzaba detrás de su cojeante padre. Los cuadros, aunque ubicados sobre sillas y mesas y puestos como fuera para que les diese la luz, estallaban en la semioscuridad de la casa deshabitada con una nueva y persuasiva belleza. ¡Ah, cuánta razón había tenido! ¡Qué inevitable era que su padre la captase!

El señor Raycie se detuvo en medio de la habitación. Continuaba en silencio, y su semblante, tan presto a alterarse y a endurecerse, había asumido aquel aire calmo, casi inexpresivo, que Lewis conocía como la máscara tras la que él solía ocultar alguna íntima perplejidad. «Oh, por supuesto que hará falta un poco de tiempo», pensó el hijo, urgido por la ansiedad juvenil.

Por fin, el señor Raycie despertó los ecos aclarándose la garganta; mas la voz que salió a través de ella fue tan inexpresiva como su semblante.

— Resulta curioso —dijo— lo poco que las mejores copias de los grandes maestros se parecen a los originales. Porque éstos *son* originales, naturalmente —agregó en tono inquisitivo, girando bruscamente hacia Lewis.

— ¡Oh, sin la menor duda, señor! Además... —El joven estuvo a punto de añadir: «Nadie se habría tomado jamás el trabajo de copiarlos»; pero se contuvo a tiempo.

— ¿Además...?

— Iba a decir que dispuse del mejor asesoramiento posible.

— Lo doy por descontado, puesto que fue la condición expresa bajo la cual autoricé tus adquisiciones.

Lewis sintió que él se encogía y que su padre se expandía; pero recorrió las paredes de una ojeada y la belleza derramó sobre él su revitalizante resplandor.

Las cejas del señor Raycie se proyectaron ominosamente hacia adelante; pero su semblante permaneció sereno y dubitativo. Una vez más miró lentamente en torno suyo.

— Empecemos por el Rafael —dijo con afabilidad, y fue evidente que no sabía hacia dónde volverse.

— Oh, señor, un Rafael hoy en día... le advertí que iba a exceder en mucho mi presupuesto.

La expresión del señor Raycie se nubló ligeramente.

— Yo esperaba, no obstante... en fin, una obra menor... —Y luego, con un esfuerzo—: Entonces, el Sassoferrato.

Lewis se sintió más a sus anchas; hasta se aventuró a esbozar una respetuosa sonrisa.

— *Todo* Sassoferrato es de segunda, ¿no? Lo cierto es que... bueno, ya no se le cotiza... exactamente como antes...

El señor Raycie permaneció inmóvil: sus ojos estaban posados sin verlo en el cuadro más cercano.

— ¿Sassoferrato... ya no se...?

— Pues *no*, señor; no para una colección de esta categoría.

Lewis vio que por fin había dado con la tecla. Algo grande e incómodo parecía atravesado en la garganta del señor Raycie; a continuación tosió tan violentamente, que casi pudo creerse que estuviera expulsando de sí a Sassoferrato.

Hubo otra pausa antes de que señalase con su bastón un pequeño cuadro que mostraba a una joven de nariz roma, de frente alta y toca adornada con piedras preciosas, contra un fondo de colombinas delicadamente enlazadas.

— ¿Es *ése* —preguntó— tu Carlo Dolce? Veo que el estilo es en buena medida el mismo, pero me parece que le falta su característico sentimiento.

— ¡Oh, pero no es un Carlo Dolce, señor: es un Piero della Francesca! —explotó triunfalmente el emocionado Lewis. Su padre se encaró con él con gesto adusto.

— ¿Quieres decir que es una *copia*? ¡Ya me parecía!

— No, no; no es una copia. Es de un gran pintor... uno mucho más grande...

El señor Raycie había enrojecido bruscamente ante su error. Para ocultar su natural turbación adoptó un tono todavía más terso.

— En ese caso —dijo— creo que me gustaría ver primero los pintores inferiores. ¿Dónde ésta el Carlo Dolce?

— No hay *ningún* Carlo Dolce —dijo Lewis, con los labios descoloridos.

El siguiente recuerdo nítido del joven fue el de hallarse de pie, no supo cuánto tiempo más tarde, delante del sillón en el que se había hundido su padre, casi tan blanco y sacudido como él mismo.

—Esto me va a hacer volver la gota... —balbució el señor Raycie.

Lewis le suplicó:

—Señor, volvamos tranquilamente al campo y luego concédame una oportunidad para explicarle... para exponer mis argumentos...

Pero el anciano caballero había cortado abruptamente aquella súplica agitando furiosamente su bastón.

—¿Explicarte luego? ¿Exponer luego tus argumentos? ¡Pues yo insisto en que te expliques y los expongas ahora mismo! —Y como poseído por una verdadera angustia física, añadió el señor Raycie con voz ronca—: Me han dicho que ese joven, John Huzzard, volvió de Roma la semana pasada con un Rafael.

A continuación, Lewis se oyó a sí mismo —con el frío distanciamiento de un espectador— exponer ordenadamente sus argumentos, defender una causa que había esperado que los cuadros defendieran por él, destronando a las viejas Autoridades Consagradas para colocar en su lugar aquellos nombres nuevos. Fue en primer lugar lo de los nombres lo que al señor Raycie le quedó atravesado en la garganta: después de pasarse una vida memorizando la pronunciación correcta de palabras tales como Lo Spagnoletto y Giulio Romano, maldita gracia podía causarle —parecía decir su mirada enfurecida— tener que someterse a toda una nueva gimnasia verbal antes de estar seguro de poder decirle a un amigo, con verdadera soltura: «Y *ése es* mi Giotto da Bondone».

Pero ésa no fue sino la primera desazón, pronto olvidada ante el acoso de aflicciones mayores. Pues era concebible que uno aprendiese a pronunciar Giotto da Bondone, e incluso que disfrutase con ello, siempre que el amigo en cuestión reconociese el nombre y manifestase su respeto. Pero que en respuesta a su esfuerzo el amigo le devolviese una mirada inexpresiva y le pidiese en tono casual que se lo repitiese; y saber que era probable que idéntica mirada e igual solicitud se repitiesen en cada recorrido de la galería (¡de la Colección Raycie!) ante cada uno de los cuadros, eran cosas que le causaban una amargura tan grande, que sin la menor exageración el señor Raycie podría haber comparado su caso con el de Agag.

—¡Por todos los santos! ¿Carpatcher has dicho que se llamaba este otro fulano? Lo dejabas para el final porque es la joya de tu colección, ¿no es así? Carpatcher... habría sido mejor que se dedicase a su oficio. Imagino que algo relacionado con esos nuevos automóviles europeos a vapor, ¿eh? —El señor Raycie estaba tan exasperado que su ironía resultaba menos sutil que de costumbre—. ¿Y dices que quien hizo esa especie de soldado de Arca de Noé con armadura rosa sobre fondo dorado fue Angelico? Pues ahí te he pillado en un error, muchacho. Angelica, no Angelico. Angelica Kauffman era una mujer. Y el condenado timador que te encajó ese mamarracho espantoso por un cuadro de ella merece un escarmiento. ¡Y por Dios que lo tendrá, si la ley consigue echarle mano! ¡Tendrá que soltar hasta el último centavo que te estafó, como que me llamo Halston Raycie! Una ganga... ¿dices que fue una *ganga*? ¡Pero si eso vale menos que una simple estampilla de correos! Por Dios, hijo mío: ¿eres consciente de que tenías una *misión* que llevar a cabo?

—Sí, señor, sí; y precisamente porque...

—Podías haber escrito; cuando menos podías haberme expuesto tus opiniones...

¿Cómo podía Lewis decir: «Sabía que, en ese caso, usted se habría negado a permitirme comprar los cuadros»? Lo único que pudo fue balbucear:

—Yo *hice* alusión a la revolución del gusto estético... al surgimiento de nombres nuevos... puede que usted recuerde...

—¡Revolución! ¡Nombres nuevos! ¿Y quién lo dice? La semana pasada recibí una carta de los negociantes de arte a quienes te recomendé especialmente, informándome que este verano saldrá al mercado un auténtico Guido Reni.

—¡Oh, los galeristas... *ésos* no saben nada!

—¿Que los galeristas no...? Y entonces ¿quién sabe, aparte de ti? —preguntó en tono de mofa un demudado señor Raycie.

Lewis, igualmente demudado, no cedió terreno.

—Le escribí sobre mis amigos, señor; en Italia, y posteriormente en Inglaterra.

—Pues, maldita sea, tampoco había oído nunca los apellidos de *ésos*; no más que los de estos pintores tuyos. Te proporcioné los nombres de todos los consejeros que te hacían falta, y también el de todos los pintores; prácticamente te di la colección hecha antes de tu partida... ¿No fui acaso suficientemente explícito?: dime la verdad.

Lewis sonrió débilmente.

—Eso es lo que esperaba que fueran los cuadros...

—¿Cómo? ¿Que fueran qué? ¿Qué quieres decir?

—Que fueran explícitos... Que hablasen por sí mismos... que le hiciesen comprender que quienes los pintaron están ya ocupando el lugar de algunos de los más famosos...

El señor Raycie lanzó una ominosa carcajada.

—Conque ocupando el lugar, ¿eh? ¿A juicio de quién? De tus amigos, supongo. ¿Cómo has dicho que se llamaba ese fulano que conociste en Italia y los seleccionó para ti?

—Ruskin: John Ruskin —dijo Lewis.

La risa del señor Raycie, al prolongarse, sepultó en su seno una nueva serie de interjecciones.

—Ruskin... Ruskin... John Ruskin, a secas, ¿eh? ¿Y quién *es* ese gran John Ruskin, cuyos juicios son palabra sagrada? A propósito, ¿qué dijiste que era el padre de John Ruskin?

— Un acreditado mercader de vinos londinense, señor.

El señor Raycie interrumpió su risa: miró a su hijo con una expresión de inenarrable repugnancia.

— ¿Minorista?

— Creo... creo que sí, señor...

— ¡Puah! —soltó el señor Raycie.

— No fue sólo Ruskin, padre... Yo le hablé de esos otros amigos londinenses que conocí antes de mi regreso. Examinaron los cuadros, y todos estuvieron de acuerdo en que... en que la colección llegaría a ser sumamente valiosa algún día.

— ¿Algún día? ¿Te dieron una fecha?... ¿El mes y el año? Ah, sí, esos otros amigos; sí, sí. Decías que había un señor Brown, un señor Hunt y un señor Rossiter, ¿no es así? Bien: tampoco he oído antes esos apellidos, como no sea en una guía comercial.

— No es Rossiter, padre: es Dante Rossetti.

— Perdón: Rossetti. ¿Y a qué se dedica el padre del señor Dante Rossetti? Supongo que a vender macarrones.

Lewis guardó silencio, y el señor Raycie continuó, hablando ahora con una calma letal:

— Los amigos a quienes lo encomendé, señor, eran autoridades en materia de arte; personas que conocen el valor de un cuadro: sin embargo, ni uno solo de ellos fue capaz de conseguir un Rafael auténtico. ¿Será que no pudo usted dar con ellos cuando estuvo en Inglaterra? ¿O que no tuvieron tiempo para dedicarle a usted? Será mejor que no me diga *eso* —agregó el señor Raycie—, pues yo sé cómo habrían recibido a un hijo de su padre.

— Oh, con la mayor gentileza... se lo aseguro, señor...

— Ya; pero aquello no le acomodaba. Usted *no quería* ser aconsejado. Lo que quería era pavonearse delante de un montón de ignorantes como usted. Quería... ¿cómo puedo saber qué quería? ¡Es como si jamás le hubiese dado instrucciones o confiado un encargo! ¡Y el dinero, válgame Dios! ¿Adónde fue a parar? ¿En la compra de *esto*?: tonterías. —El señor Raycie se levantó apoyándose pesadamente en su bastón y clavó los ojos irritados en su hijo—. Admítelo, Lewis; dime que te desplumaron a los naipes. Una panda de jugadores profesionales, todos ellos, no me cabe duda; tu Ruskin, y tu Morris y tu Rossiter. Dedicados a cazar jóvenes norteamericanos que viajan desprevenidos, con seguridad... ¿Que no? ¿Dices que no es así? Entonces... ¿mujeres?... Por el amor de Dios, Lewis —jadeó el señor Raycie, avanzando vacilante en dirección a su hijo con el bastón extendido—, no soy uno de esos malditos puritanos, y preferiría mil veces que me dijese que se lo gastó en una mujer, hasta el último centavo, antes que comprobar que se dejó engañar como un palurdo comprando esas cosas, que más se parecen a recortes sacados del Libro de los Mártires, de Foxe, que a Originales de los Grandes Maestros para la Colección de un Caballero... Cosas de juventud... Caray, señor, yo también he sido joven... Un tío tiene que hacer su aprendizaje... Confiéselo ya: ¿mujeres?

—Oh, mujeres no...

—¡Ni siquiera eso! —gimió el señor Raycie—. ¿Así que todo en cuadros, pues? Bueno, ahora no me diga nada más... Me voy a casa... Me voy a casa... —Lanzó una última mirada indignada alrededor del recinto—. ¡La Colección Raycie! ¡Ese montón de huesos y ropajes de mascarada! Pero si, dejando de lado lo demás, no hay entre ellas una sola mujer de cuerpo entero... ¿Sabes a quién se parecen esas madonas tuyas, hijo? Pues no hay ni una a la que no le encuentre un triste parecido con la pobre Treeshy Kent... Diría que habías contratado a los pintores de carteles de media Europa para que te hicieran retratos de ella, si no fuese absurdo imaginarlo... ¡No, señor, gracias!: no me hace falta su brazo —gruñó el señor Raycie, desplazando penosamente su voluminosa humanidad a través del vestíbulo. Aniquiló a su hijo con una última mirada desde el umbral—. ¿Y para comprar *eso* se excedió usted de su crédito?... No, me iré a casa yo solo.

VII

El señor Raycie no falleció sino casi un año más tarde; pero toda Nueva York estuvo de acuerdo en que lo que lo había matado había sido el asunto de los cuadros.

Al día siguiente de haberlos visto por primera y única vez, mandó buscar a su abogado, y trascendió que había hecho nuevo testamento. Después se metió en cama con una recaída de gota y empeoró tan rápidamente que se consideró que «lo indicado» era postergar la recepción que la señora Raycie había de ofrecer ese otoño para inaugurar la galería pictórica. Esto permitió a la familia enterrar en silencio la cuestión de las obras de arte propiamente dichas; pero fuera del hogar de los Raycie, donde jamás se los mencionaba, los cuadros constituyeron, aquel invierno, un frecuente y jugoso tópico de conversación.

Que se sepa, únicamente dos personas —aparte del señor Raycie— los habían visto. Una era el señor Donaldson Kent, quien debió el privilegio al hecho de haber estado una vez en Italia; la otra el señor Reedy, el agente, que los había desembalado. Acosado por los primos y los viejos amigos de la familia, el señor

Reedy había replicado con genuina humildad: «Pues la verdad es que nunca me enseñaron a distinguir un cuadro de otro, salvo en cuanto al tamaño; y éstos me impresionaron por lo pequeñitos... más bien pequeños, diría yo».

Se comentaba que el señor Kent se había explayado con inusitada franqueza con el señor Raycie: se rumoreaba que incluso había llegado a afirmar que jamás había visto en Italia un cuadro como los traídos por Lewis, y a poner en duda que realmente proviniesen de allí. Pero en público mantenía aquella actitud reservada que pasaba por prudencia, pero que sólo respondía a su pusilanimidad; nadie le sacó nunca nada que no fuese esta medida afirmación: «Los temas son enteramente inocuos».

Se pensaba que el señor Raycie no se había atrevido a recabar la opinión de los Huzzard. El joven John Huzzard acababa de traer a su casa un Rafael; habría sido difícil no eludir comparaciones que tendrían que resultar excesivamente mortificantes. Ni ante ellos, ni ante ninguna otra persona, volvió jamás el señor Raycie a hacer alusión a la Galería Raycie. Pero cuando se abrió su testamento, se encontró que había legado los cuadros a su hijo. El resto de su patrimonio pasaba exclusivamente a sus dos hijas. El grueso de los bienes pertenecía a la señora Raycie; pero se supo que la señora Raycie había recibido instrucciones, entre las cuales quizá estuviera la de extinguirse a su vez a los seis meses de viudez. Cuando estuvo depositada a la vera de su esposo en el camposanto de la Trinity, se reveló que su testamento (hecho en la misma semana que el del señor Raycie y evidentemente a su dictado) asignaba a Lewis una anualidad vitalicia de cinco mil dólares; el remanente de la fortuna, que los hábitos ahorrativos y la buena administración del señor Raycie habían convertido en una de las mayores de Nueva York, se dividía entre las hijas. De éstas, y antes de mucho, la una casó con un Kent y la otra con un

Huzzard; y esta última, Sarah Anne (que nunca había sido la predilecta de Lewis), habría de decir años después: «¡Oh, no!, yo nunca le disputé a mi pobre hermano aquellas viejas pinturas raras. Es que nosotros tenemos un Rafael, ¿sabe?».

La casa se encontraba en la esquina de la Tercera Avenida y la Calle Décima. Le había tocado a Lewis Raycie como su parte de los bienes de un primo lejano, que había hecho un testamento «a la vieja usanza neoyorquina», según el cual toda su parentela se beneficiaba en proporción al respectivo grado de consanguinidad. El barrio no era precisamente elegante y la casa estaba en pobres condiciones; pero el señor Lewis Raycie y señora, que desde su matrimonio habían estado haciendo una vida retirada en Tarrytown, se mudaron allí inmediatamente.

Su arribo promovió escasa atención. Antes del año de la muerte de su padre, Lewis se había casado con Treeshy Kent. La alianza no había sido estimulada por el señor y la señora Kent, que llegaron a comentar que su sobrina podía haber encontrado un mejor partido; pero como quiera que uno de sus hijos, todavía soltero, había mostrado siempre una viva simpatía por Treeshy, cedieron ante la prudente noción de que, después de todo, era mejor que no fuera a enredarse con Bill.

Lewis Raycie y señora habían estado casados cuatro años, y en ese lapso habían sido borrados de la memoria de Nueva York tanto como si su exilio hubiese durado medio siglo. Ninguno de los dos había sido allí un personaje destacado. Treeshy no había sido más que la Cenicienta de los Kent, y la efímera importancia de Lewis, como heredero de los millones de los Raycie, se había desvanecido a consecuencia del penoso episodio que lo privó de ellos.

Tan recluido fue su estilo de vida, y hasta tal punto había llegado a convertirse en hábito, que cuando Lewis anunció que había heredado la casa del tío Ebenezer, su esposa apenas alzó la mirada de la manta que estaba bordando para el bebé.

—¿La casa del tío Ebenezer, en Nueva York?

Él inspiró profundamente.

—Ahora podré exhibir los cuadros.

—Oh, Lewis... —Dejó caer la manta—. ¿Vamos a vivir allí?

—Desde luego. Pero la casa es tan grande que voy a convertir los dos salones de la planta baja que forman esquina en una galería de arte. Tienen muy buena luz. Fue allí donde velaron al primo Ebenezer.

—Oh, Lewis...

Si había algo que hacía que Lewis Raycie confiara en la fuerza de su determinación, ese algo era la actitud de su mujer. El mero hecho de escuchar aquel incondicional murmullo de sumisión hizo surgir en él algo de la voluntad tiránica de su padre: pero con el deseo de utilizarla más humanamente.

—¿Te gustará, Treeshy? Sé que esto ha sido aburrido para ti.

Ella se sonrojó.

—¿Aburrido? ¿Estando *contigo*, querido? Además, me gusta el campo. Pero también me gustará la Calle Décima. Pero... ¿has dicho que habrá que hacer reformas?

Él asintió con gesto grave.

—Pediré dinero prestado. Si es necesario —bajó el tono de voz— hipotecaré los cuadros.

Sintió que los ojos de ella se llenaban de lágrimas.

—¡Oh, pero no va a hacer falta! Todavía quedan muchos modos de economizar.

Posó sus manos sobre las de ella y volvió la cabeza de perfil, sabedor de que éste era tanto más recio que su rostro de frente. No estaba seguro de que ella captase plenamente su intención acerca de los cuadros; no estaba siquiera seguro de querer que así fuese. Ahora iba a Nueva York todas las semanas, ocupado en misteriosos e importantes planes, presupuestos y otras transacciones comerciales de nombre difícil; en tanto Treeshy pasaba los largos meses del verano clavada en Tarrytown y esperando el bebé.

Al final del verano nació una niña, a la que bautizaron con el nombre de Louisa; y cuando tuvo unas semanas, el matrimonio Raycie abandonó la campiña por Nueva York.

«¡Ahora!», pensaba Lewis mientras se sacudían sobre el empedrado de la Calle Décima en dirección a la casa del primo Ebenezer.

El carruaje se detuvo, él ayudó a bajar a su mujer, los siguió la niñera con el bebé, y todos alzaron la cabeza hacia lo alto de la fachada de la casa.

— Oh, Lewis... —susurró Treeshy; y hasta la pequeña Louisa aportó un gemido de aprobación.

Encima de la puerta —la respetable, conservadora y sumamente privada puerta del primo Ebenezer— colgaba un gran cartel que lucía, un letras doradas sobre fondo negro, la inscripción:

GALERÍA DE ARTE CRISTIANO
Abierta en días laborables de 2 a 4
Entrada 25 centavos   Niños 10 centavos

Lewis vio que su esposa palidecía, y le apretó la mano en la suya.

— Créeme, es el único modo de hacer conocer los cuadros. Y *hay* que hacerlos conocer —dijo, en un arranque de su antiguo ardor.

— Sí, querido, por supuesto. Pero... ¿a todo el mundo? ¿Públicamente?

— Si se los mostrásemos solamente a nuestros amigos, ¿de qué serviría? Ellos ya tienen opinión formada.

Ella suspiró en señal de asentimiento.

— Pero lo de... lo de cobrar la entrada...

— Si más adelante podemos permitírnoslo, la entrada a la galería será gratuita. Pero por ahora...

— ¡Oh, Lewis, lo comprendo perfectamente! —Y colgada de su brazo, con el bebé todavía refunfuñando tras ella, pasó con resuelto andar por debajo del abominable cartel.

—¡Por fin veré los cuadros con la luz adecuada! —exclamó al entrar en el vestíbulo, y giró para envolver al esposo en sus brazos.

—Es lo único que hace falta... que se puedan ver bien —respondió él, radiante ante el estímulo de ella.

Desde su apartamiento del mundo, había formado parte de la conducta de Lewis el no leer jamás los periódicos. Su esposa seguía de buen grado su ejemplo, y ambos vivían en una pequeña y hermética esfera de retraimiento, como si la casita de Tarrytown estuviese situada en otro y más dichoso planeta.

No obstante, al día siguiente a la apertura de la Galería de Arte Cristiano, Lewis consideró su deber deponer aquella actitud y realizó una salida secreta para comprar los principales periódicos. A su regreso subió directamente a la habitación del bebé, donde sabía que, a aquella hora, Treeshy estaría bañando a la criatura. Pero era más tarde de lo que pensaba. La ceremonia había concluido, la niña yacía dormida en su cuna y la madre se encontraba acurrucada junto al fuego, con el rostro oculto entre las manos. Lewis adivinó instantáneamente que ella también había visto los diarios.

—Treeshy... no debes... no le des a esto ninguna importancia —farfulló.

Ella alzó el rostro bañado en lágrimas.

—¡Oh, querido mío! Creí que nunca leías los periódicos.

—Generalmente, no. Pero creí que era mi deber...

—Sí; comprendo. Pero, como tú dices, ¿qué importancia puede tener el que...?

—Ninguna en absoluto; debemos tener paciencia y perseverar.

Ella dudó un instante y luego, con sus brazos rodeándolo y la cabeza apoyada en su pecho:

—El único problema, mi amor, es que he estado haciendo cuentas nuevamente, con más cuidado que nunca; y aun si suprimimos las estufas en todos lados menos en la habitación de la niña, me temo que los salarios del portero y el vigilante... sobre todo si la galería va a estar abierta al público todos los días...

—Yo también he estado pensando en eso; y a partir de ahora, yo mismo voy a actuar de portero y vigilante.

Había hablado mirándola a los ojos. «Ésta es la prueba definitiva», pensaba. Ella palideció por debajo de su brillante tez morena y sus ojos se dilataron en el esfuerzo por controlar las lágrimas. Seguidamente dijo, en tono ligero:

—Eso será... muy interesante, ¿no es verdad, Lewis? Escuchar lo que comenta la gente... Porque a medida que vayan apreciando mejor los cuadros, que los vayan entendiendo, es inevitable que hagan comentarios muy interesantes... ¿no crees? —Se dio media vuelta y cogió de la cuna a la dormida Louisa—. Es así, ¿verdad?... Oh, mi querido... tiene que ser así, ¿no crees?

Lewis también volvió la espalda. Ninguna otra mujer en Nueva York habría sido capaz de aquello. Él oía ya a toda la ciudad haciéndose eco de aquel nuevo escándalo, el de intervenir en persona en la exhibición de los cuadros; ¡cuánto más debía sonar aquel eco burlón en los oídos de ella, tanto más sensible que él al ridículo, tanto menos poseída que él de apostólico entusiasmo! Pero el remordimiento fue sólo momentáneo. La única idea persistente en su espíritu era la de reivindicarse haciendo conocer los cuadros; ya no podía fijar su atención en cuestiones accesorias. La burla de unos periodistas analfabetos era algo irrelevante; una vez exhibidos ante personas educadas e inteligentes, los cuadros hablarían por sí mismos; especialmente si él estaba por allí para hacer de intérprete.

VIII

Durante una o dos semanas vino mucha gente a la galería; pero, aun con Lewis como intérprete, los cuadros no lograron hacerse entender. Es verdad que los primeros días, debido a lo insólito de la ocurrencia de realizar una exposición de pago en una residencia privada y a las burlas de los periódicos, la Galería de Arte Cristiano estuvo atestada de curiosos; en una ocasión hubo que invitar a la sorprendida policía metropolitana a que entrase a serenar los comentarios y controlar los movimientos de la muchedumbre. Pero el nombre de «Arte Cristiano» pronto enfrió el interés de aquella clase de visitantes, y antes de mucho fueron reemplazados por una multitud de personas obtusas y respetables que deambulaban sin objeto de una a otra sala, refunfuñando que aquello no valía el precio de la entrada. Luego también éstas disminuyeron; y una vez pasada la marea, el reflujo fue rápido. Todos los días, de dos a cuatro, Lewis se instalaba temblando de frío entre sus tesoros, o recorría pacientemente la extensión de la galería desierta; mientras hubiera una posibilidad de que alguien entrase, no estaba dispuesto a darse por vencido. Pues siempre podía ser que el próximo visitante fuera el que entendiese.

Un nevado día de febrero había estado recorriendo de aquel modo las salas durante más de una hora en completa soledad, cuando las ruedas de un carruaje se detuvieron ante la puerta. Se apresuró a abrirla, y quien entró con gran ruido de sedas fue su hermana Sarah Anne Huzzard.

Por un momento, Lewis se sintió como solía sentirse bajo la mirada de su padre. El matrimonio y los millones habían otorgado a la cara de luna de Sarah algo de la imponencia de los Raycie; pero su hermano la miró directamente a los ojos inexpresivos y mantuvo los suyos a la misma altura.

—Y bien, Lewis —dijo la señora Huzzard con aire afectadamente grave, y se quedó cortada.

—Vaya, Sarah Anne... Me alegra que hayas venido a echar una mirada a mis cuadros.

—He venido a veros a ti y a tu esposa. —Emitió otro nervioso sonido entrecortado, desplegó, sacudiéndolos, los volantes de su vestido y añadió, de carrerilla—: Y a preguntarte por cuánto tiempo más va a continuar este... este espectáculo.

—¿La exposición? —Lewis sonrió. Ella, sonrojada, indicó su asentimiento con un gesto—. Bueno, últimamente ha habido un bajón considerable en el número de visitantes...

—¡Gracias a Dios! —intercaló ella.

—Pero mientras yo crea que alguien desea venir... aquí estaré... para abrir la puerta, como ves.

Ella lanzó una inquieta mirada en derredor.

—Lewis... me pregunto si te das cuenta...

—Oh, plenamente.

—Entonces *¿por qué* prosigues? ¿No estás satisfecho?

—¿Con el efecto que han producido?

—Con el efecto que has producido *tú*, sobre la familia y sobre toda Nueva York. Con la mancha sobre la memoria del pobre papá.

—Papá me dejó los cuadros, Sarah Anne.

—Sí. Pero no para que hicieses el payaso con ellos.

Lewis meditó un momento.

—¿Estás segura? Tal vez, por el contrario, lo hizo precisamente para eso.

—¡Oh, no acumules insultos sobre la memoria de nuestro padre! Las cosas ya están bastante mal sin eso. No sé cómo tu esposa puede permitir esto. ¿Has considerado alguna vez la humillación que supone para *ella*?

Lewis volvió a sonreír socarronamente.

—Está habituada a que la humillen. Se acostumbró con los Kent.

Sarah Anne enrojeció.

—No sé por qué me quedo para que me hablen así. Pero he venido con la aprobación de mi esposo.

—¿Necesitas eso para venir a ver a tu hermano?

—La necesito para... para hacer la oferta que me dispongo a hacer; y que cuenta con su autorización.

Lewis la miró sorprendido y ella se puso roja hasta la raíz del cabello.

—¿Has venido a formular una oferta por mi colección? —le preguntó él en tono divertido.

—Pareces complacerte en insinuar cosas ridículas. Pero cualquier cosa es preferible a esta afrenta pública a nuestro apellido. —Volvió a lanzar una rápida mirada estremecida a las pinturas—. John y yo —anunció— estamos dispuestos a doblar la asignación que te dejó mamá, a condición de que esto... de que esto acabe... para siempre. Que ese horrible cartel sea descolgado esta noche.

Lewis pareció sopesar la propuesta con serenidad.

—Muchas gracias, Sarah Anne —dijo finalmente—. Me conmueve... me conmueve y... y me sorprende... que tú y John me hagáis esa proposición. Pero quizá antes de que yo decline vuestra oferta, tú quieras aceptar la *mía*: simplemente mostrarte mis cuadros. Pues pienso que una vez que los hayas mirado, comprenderás...

La señora Huzzard retrocedió sobresaltada, perdiendo su aire majestuoso.

—¿Mirar los cuadros? Oh, gracias... pero desde aquí los veo perfectamente. Y además, no presumo de juzgar...

—Entonces sube a ver a Treeshy y la niña —dijo Lewis en tono apacible.

Ella lo miró fijamente, confundida.

—Oh, gracias —volvió a balbucir; y mientras se aprestaba a seguirlo—: Entonces ¿es *no*, de veras que no, Lewis? ¡Piénsalo bien, querido! Tú mismo dices que no viene prácticamente nadie. ¿Qué puede importar que cierres el lugar?

—¿Cuando mañana puede finalmente entrar la persona que entienda?

La señora Huzzard agitó exasperada las plumas que adornaban su vestido y siguió a su hermano en silencio.

—Pero... ¿Mary Adeline? —exclamó, deteniéndose abruptamente en el umbral del cuarto de la niña.

Treeshy, como de costumbre, se encontraba instalada junto al fuego con el bebé; y de una butaca baja frente a ella se alzó una dama tan abundantemente provista de pieles y plumas como la señora Huzzard, pero que manejaba sus volantes con mucho menor desparpajo. La señora Kent corrió hacia Lewis y apretó su regordeta mejilla contra la de él, mientras Treeshy saludaba a Sarah Anne.

—No tenía idea de que estuvieses aquí, Mary Adeline —murmuró la señora Huzzard. Estaba claro que no había hecho partícipe a su hermana de su filantrópico proyecto y la turbaba la posibilidad de que Lewis pudiera disponerse a comunicárselo—. He entrado un minuto a ver a esta preciosidad de angelito —añadió, mientras envolvía a la azorada criatura en un revuelo de sedas y plumaje.

—Estoy muy contenta de verte aquí, Sarah Anne —respondió con sencillez Mary Adeline.

73

—¡Ah, no es por falta de ganas que no he venido antes! Espero que Treeshy sepa que es así. Pero el atender una casa como la mía...

—Sí; y se ha hecho tan difícil andar por ahí con este mal tiempo —sugirió Treeshy en tono comprensivo.

La señora Huzzard enarcó las cejas a lo Raycie.

—¿De veras? Con dos parejas de caballos uno apenas se da cuenta del tiempo que hace... Oh, ¡qué bebé *tan* precioso!... Mary Adeline —continuó Sarah Anne, volviéndose hacia su hermana sin sonreír—, si estás por irte, me encantaría ofrecerte un asiento en mi carruaje.

Pero Mary Adeline era también una mujer casada. Alzó con suavidad la cabeza y su mirada encontró serenamente la de su hermana.

—Te agradezco la amabilidad, Sarah Anne, pero tengo mi propio carruaje en la puerta —dijo; y la contrariada Sarah Anne se retiró del brazo de Lewis. Pero un momento después, el viejo hábito de la subordinación volvía por sus fueros. El talante dócil de Mary Adeline dio paso a un temor pueril, y la hizo recoger apresuradamente su capa.

—Quizá estuve demasiado petulante... Estoy segura de que lo dijo de corazón —exclamó, y pasó junto a Lewis cuando éste se volvía para subir nuevamente las escaleras; y él se quedó mirando con una sonrisa a sus dos hermanas, que se alejaban juntas en el coche de Huzzard.

Retornó al cuarto de la niña, donde Treeshy continuaba canturreándole a su hija.

—Bueno, querida mía —dijo él—, adivina a qué vino Sarah Anne. —Y ante la mirada interrogadora de ella—: ¡A sobornarme para que dejase de exhibir los cuadros!

La indignación de su esposa se expresó precisamente de la manera que él habría deseado. Ella continuó simplemente arrullando con sonriente ternura a su bebé y estrechándolo con más fuerza en sus brazos. Pero Lewis experimentó el perverso deseo de someter la lealtad de su mujer a una exigencia todavía mayor.

—¡Ofrecen doblar mi asignación, ella y John, con tal de que retire el cartel!

—¡Nadie va a tocar ese cartel! —exclamó Treeshy con pasión.

—No hasta que lo haga yo —dijo su esposo con el semblante entristecido.

Ella se dio media vuelta y lo escrutó con una mirada ansiosa.

—Lewis... ¿tú?

—Oh, querida mía... ellos tienen razón... esto no puede seguir sin límite. —Fue hacia Treeshy y las rodeó con un brazo, a ella y la niña—. Has sido más valiente que un ejército de héroes; pero es inútil. Los gastos han sido bastante más grandes de lo que me esperaba. Y no puedo hipotecar los cuadros. Nadie va a tocarlos.

Ella respondió con prontitud.

—No; lo sé. Por eso vino Mary Adeline.

El enfado hizo acudir impetuosamente la sangre a las sienes de Lewis.

—Mary Adeline... ¿cómo demonios se enteró *ella*?

—Por el señor Reedy, supongo. Pero no debes enfadarte. Ha sido la bondad personificada: ella no quiere que cierres la galería, Lewis... es decir, mientras tú creas realmente en el asunto... Ella y Donald Kent nos prestarán lo suficiente para sostenernos un año más. Eso es lo que vino a decirnos.

Por primera vez desde que había iniciado la lucha, a Lewis Raycie lo atoraron las lágrimas. ¡Su fiel Mary Adeline! Tuvo una súbita visión de ella saliendo a hurtadillas de la mansión de High Point antes del alba para llevarle un canasto de vituallas a la pobre esposa de Edgard Poe, que estaba muriendo de consunción al otro extremo del camino... En su alegría, rió sonoramente.

—¡La muy querida Mary Adeline! ¡Qué estupendo

de su parte! Lo suficiente para permitirme todo un
año más... —Apretó su mejilla húmeda contra la de
su mujer, en un prolongado silencio—. Bien, querida
—dijo finalmente—, a ti te toca decidir: ¿aceptamos?

La alejó de sí sin soltarla, con gesto interrogante,
y la incipiente sonrisa de ella encontró la de él y se
mezclaron.

—¡Por supuesto que aceptamos!

IX

De la familia Raycie, que tan marcadamente so-
bresaliera en la Nueva York de los cuarenta, medio
siglo después, cuando yo era niño, sobrevivía únicamente una persona portadora de su apellido. Como
muchos otros descendientes de la orgullosa pequeña
sociedad colonial, los Raycie habían desaparecido por
completo, olvidados por todos salvo algunas ancianas,
uno o dos genealogistas y el sacristán de Trinity
Church, que conservaba el registro de sus sepulturas.
Por supuesto que podían hallarse trazas de la sangre de los Raycie en varias familias ligadas con ellos:
los Kent, los Huzzard, los Cosby y muchos otros, or-
gullosos de proclamar su parentesco con uno de los
«Signatarios», pero ya indiferentes o desinteresados en
cuanto al destino de su progenie. Aquellos viejos neoyorquinos, que vivían tan bien y gastaban su dinero
con tanta prodigalidad, se desvanecieron como una
pizca de polvo cuando desaparecieron de sus bancos
en la iglesia y de las mesas de sus suntuosas comidas.
Si se da la circunstancia de que haya estado fami-
liarizado con el apellido desde mi juventud, es porque
la aludida única sobreviviente era una prima lejana

de mi madre, a quien a veces me llevaba a visitar, cuando pensaba que era probable que me portase bien, por haberme prometido un regalo para el día siguiente.

La anciana señorita Alethea Raycie vivía en una casa que yo siempre había oído mencionar como «la del primo Ebenezer». Era evidente que en su día había sido una admirada muestra de arquitectura doméstica, pero en la actualidad se la consideraba una horrible, aunque venerable, reliquia de una época extinguida. La señorita Raycie, baldada por el reuma, permanecía en una fría habitación grande de la planta superior escasamente amueblada con mesas de molduras convexas, *étagères* de palo de rosa y retratos de pálidos personajes de aspecto triste vestidos extrañamente. Ella, por su parte, era grande y melancólica, llevaba una toca almenada de encaje negro, y estaba tan sorda que parecía un vestigio de otros tiempos, una Piedra de Rosetta cuya clave se hubiese perdido. Incluso para mi madre, criada en aquella tradición desvanecida y que sabía instintivamente a quién aludía la señorita Raycie cuando hablaba de Mary Adeline, Sarah Anne o el tío doctor, la conversación con ella resultaba difícil y extenuante, y mis interrupciones juveniles eran con más frecuencia estimuladas que reprobadas.

En el curso de una de aquellas visitas, mi mirada indiferente localizó, entre los desvaídos retratos, un dibujo a lápiz en tres colores de una niña de frente amplia y ojos oscuros, vestida con una blusa de tartán y pantalones bordados, sentada en el césped. Le tiré de la manga a mi madre para preguntarle quién era, y mi madre respondió:

—Ah, ésa era la pobrecilla Louisa Raycie, que murió de consunción. ¿Qué edad tenía la pequeña Louisa cuando murió, prima Alethea?

Introducir esta sencilla pregunta en el cerebro de la prima Alethea fue tarea de diez laboriosos minutos;

y cuando el trabajo estuvo hecho y la señorita Raycie, con un misterioso aire de descontento, hubo dejado caer un grave «once», mi madre estaba demasiado exhausta para proseguir. Así que se volvió hacia mí para añadir, con una de las sonrisas de complicidad que reservábamos para nosotros dos:

— Era la pobre criatura que hubiese heredado la Colección Raycie.

Pero para un niño de mi edad aquella precisión informativa carecía de interés, y me quedé sin comprender el subrepticio amago de sonrisa de mi madre.

Aquella remota escena volvió súbitamente a mi memoria el año pasado, cuando, en una de mis poco frecuentes visitas a Nueva York, fui a cenar a casa de mi viejo amigo, el banquero John Selwyn, y me detuve asombrado delante de la chimenea de su nueva biblioteca.

— ¡Vaya! —exclamé, contemplando el cuadro allí colgado.

Mi anfitrión se cuadró de hombros, se metió las manos en los bolsillos y adoptó el aire de modestia que la gente supone que debe adoptar cuando alguien admira una de sus posesiones artísticas.

— ¿El Macrino d'Alba? Sí... fue a lo único que conseguí echar mano de la Colección Raycie.

— ¿Lo único? Pero...

— Ah, pero tenías que haber visto el Mantegna; y el Giotto; y el Piero della Francesca: ¡por Cristo!, uno de los más bellos Piero della Francesca del mundo... Una muchacha de perfil, con el pelo recogido en una red perlada, contra un fondo de colombinas; *ése* volvió a Europa, creo que a la National Gallery. Y el Carpaccio, un pequeño San Jorge de lo más exquisito: ése marchó a California... ¡Cielo Santo! —Se sentó con el suspiro de un hambriento rechazado de una mesa repleta—. Bueno, casi me arruino comprando ¡*éste*! —murmuró, como si ese hecho, al menos, le procurase algún consuelo.

Yo estaba repasando mis lejanos recuerdos en busca de una pista relativa a aquello que él nombraba como la Colección Raycie en un tono que implicaba aludir a un conjunto de objetos conocido por cualquier amante de la pintura. Y de pronto, recordando la críptica sonrisa de mi madre, pregunté:

—¿No serían por casualidad los cuadros de la pobrecilla Louisa?

Selwyn me miró con expresión de perplejidad.

—¿Quién demontres es la pobrecilla Louisa? —Y sin esperar mi respuesta, continuó—: Fueron de esa estúpida de Netta Cosby hasta hace un año... y ella ni siquiera lo sabía.

Ambos nos miramos inquisitivamente, mi amigo, perplejo ante mi ignorancia, y yo ahora tratando de rastrear en mi memoria la genealogía de Netta Cosby. Finalmente lo conseguí.

—Netta Cosby: ¿te refieres a Netta Kent, la que se casó con Jim Cosby?

—Precisamente. Eran primos de los Raycie, y ella heredó las pinturas.

Yo seguía indagando en mi memoria.

—Estuve desesperado por casarme con ella, el año en que salí de Harvard —dije a continuación, más para mí mismo que para mi oyente.

—Pues si lo hubieses hecho, te habrías agenciado una tonta de remate; *amén* de una de las más bellas colecciones de primitivos italianos de todo el mundo.

—¿En el mundo?

—Bueno: espera a verlos; si es que ya no lo has hecho. Y me parece deducir que no, que no puedes haberlos visto. ¿Cuánto tiempo has pasado en el Japón? ¿Cuatro años? Me parecía. Fue justo el invierno pasado que Netta lo descubrió.

—¿Descubrió qué?

—Lo que había en el ático de la vieja Alethea Raycie. Tienes que acordarte de la anciana señorita Raycie, que vivía en aquella horrible casa de la Calle Décima cuando éramos niños. Era prima de tu madre, ¿no es así? Bueno, la vieja boba vivió allí durante casi medio siglo, con unos cuadros valorados en cinco millones de dólares encerrados en el ático encima de su cabeza. Parece que habían estado allí desde la muerte de un pobre joven Raycie, que las había reunido en Italia muchísimos años antes. No conozco mucho la historia; la genealogía nunca fue mi fuerte y los Raycie siempre me han sonado sólo vagamente. Estaban emparentados con todo el mundo, eso sí; pero por lo que uno saca en limpio, ésa parece haber sido su función principal, si no la única. Oh; y supongo que el Edificio Raycie recibió su nombre por ellos; ¡aunque *ellos* no lo hayan construido!

»Pero existió ese joven: ojalá pudiera saber algo más de él. Lo único que Netta parece saber (o que parece importarle, en todo caso) es que cuando él era muy joven —recién salido del colegio superior— fue enviado por su padre a Italia a comprar cuadros de grandes maestros —ha de haber sido por los años cuarenta— y regresó con esta extraordinaria, increíble colección... ¡un chico de su edad!... y fue desheredado por el anciano caballero por traer a casa semejante basura. El joven y su mujer murieron hace muchísimos años, los dos. Parece que se rieron tanto de él por haber comprado aquellos cuadros, que se fueron a vivir como ermitaños en medio de la campiña. Había unos curiosos retratos fantasmales de ellos en el dormitorio de la vieja Alethea. Netta me mostró uno la última vez que fui a visitarla: un patético dibujo de la única hija, una niñita anémica con la frente muy amplia. ¡Atiza!: ¡pero si ésa debe de haber sido tu pobrecilla Louisa!

Yo asentí con la cabeza.

—¿Llevaba una blusa de tartán y pantalones bordados?

—Sí, algo por el estilo. Bien, cuando Louisa y sus padres murieron, supongo que los cuadros pasaron a la vieja señorita Raycie. En todo caso, en un momento dado —y debe de haber sido hace más tiempo del que tú o yo podamos recordar— la anciana los heredó con la casa de la Calle Décima; y cuando murió *ella*, hace tres o cuatro años, sus parientes descubrieron que jamás había subido a verlos.

—¿Y?

—Bueno, pues ella murió intestada y Netta Kent —o sea, Netta Cosby— resultó ser el pariente más próximo. No había mucho que sacar del patrimonio (o así lo creyeron) y, como los Cosby estaban siempre apurados de dinero, había que vender la casa de la Calle Décima y las pinturas estuvieron en un tris de ser enviadas a remate con el resto de las cosas. Pero nadie creía que fueran a dar algo por ellas y el rematador dijo que cuando se intenta vender los cuadros junto con las alfombras, los colchones y los armarios de la cocina, lo que se consigue es depreciar todo el conjunto; de modo que, como los Cosby tenían algunas paredes desnudas que cubrir, mandaron retirar el lote entero —eran unos treinta— y decidieron hacerlos limpiar y colgar. «Después de todo —dijo Netta—, por lo que consigo ver a través de las telarañas, algunos parecen copias bastante pasables de esas antiguas cosas italianas.» Pero como estaba escasa de efectivo, decidió limpiarlos en casa en vez de enviárselos a un experto; y un día, mientras ella estaba de faena precisamente con este que tienes delante, con las mangas arrolladas, cayó el hombre que *siempre* aparece en tales ocasiones: el hombre enterado. En ese momento fue un reposado individuo relacionado con el Louvre, que le había traído una carta de París y a quien ella había invitado a una de sus estúpidas comidas. Lo anunciaron, y a ella se le ocurrió que sería un buen chiste dejarle ver lo que estaba haciendo (recordarás que tiene unos bonitos brazos). Así que le hicieron pasar al comedor, donde la encontró con un cubo de agua caliente y espuma jabonosa, y *ese* cuadro sobre la mesa; y lo primero que él hizo fue cogerle el bonito brazo tan férreamente que se lo dejó marcado, mientras gritaba: «¡Por el amor del Cielo! ¡Agua *caliente* no!».

Mi amigo se recostó en el asiento con un suspiro mezcla de resentimiento y satisfacción, y ambos permanecimos en silencio contemplando la admirable *Adoración* que colgaba sobre la chimenea.

— Es así como lo conseguí un poco más barato: la mayor parte del barniz original se había perdido para siempre. Pero, afortunadamente para ella, era la primera pintura que había atacado; y en cuanto a las otras, tienes que verlas, es todo lo que puedo decir... Aguarda: tengo por ahí el catálogo...

Se puso a revolver buscándolo y yo pregunté, recordando cuán cerca había estado de casarme con Netta Kent:

— ¿Quieres decir que no conservó ni uno de ellos?

— Oh, sí... en forma de perlas y Rolls-Royces. ¿Y has visto la nueva mansión que tienen en la Quinta Avenida? —Finalizó con una mueca irónica—: Lo mejor del chiste es que Jim estaba justamente pensando en divorciarse de ella cuando se descubrieron los cuadros.

— ¡Pobrecilla Louisa! —suspiré.

La solterona
(Los años cincuenta)

Primera parte

I

La vieja Nueva York de la década de 1850 era regida, con sencillez y opulencia, por unas pocas familias. Los Ralston eran una de ellas.

La mezcla de recios ingleses con holandeses, rubicundos y más corpulentos, había producido una próspera, prudente y, no obstante, pródiga sociedad. «Hacer las cosas generosamente» había sido siempre un principio fundamental en aquel mundo circunspecto, edificado sobre las fortunas de banqueros, mercaderes de la India, constructores y armadores. Aquella gente bien alimentada y de andar parsimonioso, que los europeos tomaban por irritable y dispéptica sólo porque los caprichos del clima la habían privado de carnes superfluas y había exigido a su sistema nervioso una tensión mayor, llevaba una vida monótonamente comedida, cuya superficie no alteraban jamás los silenciosos dramas que de vez en cuando se desarrollaban en sus profundidades. En aquella época, las almas sensibles eran como las intocadas teclas de un piano en el que el Destino ejecutaba una música inaudible.

En esta sociedad compacta, construida con elementos sólidamente unidos, uno de los segmentos más amplios era el ocupado por los Ralston y sus ramificaciones. Los antepasados de los Ralston eran ingleses de clase media. No habían venido a las colonias a morir por un credo sino a vivir para una cuenta bancaria. Los resultados habían superado todas sus expectativas, y el éxito había influido en su religión. Una Iglesia de Inglaterra edulcorada que, bajo el nombre conciliador de «Iglesia Episcopal de los EEUU de América», suprimía de la liturgia matrimonial las alusiones más rudas, se saltaba los pasajes conminatorios del Credo atanasiano y juzgaba más respetuoso usar una forma pronominal que otra al recitar el Padrenuestro,[1] se adecuaba exactamente al espíritu de compromiso mediante el cual los Ralston se habían encumbrado. Toda la tribu manifestaba el mismo instintivo rechazo por las religiones nuevas que por las personas desconocidas. Profundamente apegados a lo establecido, representaban el elemento conservador que asegura la cohesión de las nuevas sociedades, como las raíces vegetales fijan los terrenos que lindan con el mar.

Comparados con los Ralston, hasta gente tan tradicionalista como los Lovell, los Halsey o los Vandergrave, parecían descuidados, indiferentes al dinero, casi irresponsables en sus impulsos e indecisiones. El viejo John Frederick Ralston, vigoroso fundador de la raza, había percibido la diferencia y la había enfatizado ante su hijo, Frederick John, en quien había olido una leve inclinación hacia lo novedoso y lo improductivo.

«Deja que los Lanning y los Dagonet y los Spender corran riesgos y se manejen con globos de ensayo. Es la sangre provinciana que les corre por las venas: nosotros no tenemos nada que ver con eso. Fíjate cómo ya están desapareciendo poco a poco... me refiero a

1. Se refiere a la sustitución de *which* (= que, en este caso), eventualmente aplicable a cosas, por *who* (aquí = que), que no lo es. (*N. del T.*)

los hombres. Deja que tus muchachos se casen con las chicas de ellos, si quieres (son saludables y bien parecidas); aunque yo preferiría ver a mis nietos escoger a una Lovell o a una Vandergrave, o a cualquier otra de nuestra propia clase. Pero no dejes que tus hijos pierdan el tiempo como los de ellos, montando a caballo y yéndose de juerga al sur a esas conden... Springs[1] y a jugarse el dinero en Nueva Orleans y todo lo demás. De ese modo formarás una familia y evitarás sobresaltos. Como hemos hecho siempre.»

Frederick John escuchó, obedeció y se casó con una Halsey, y siguió sumisamente las huellas de su padre. Perteneció a la prudente generación de caballeros neoyorquinos que rendían culto a Hamilton y sirvieron a las órdenes de Jefferson, que soñaban con dar a Nueva York un trazado como el de Washington y que sin embargo la planificaron en forma de damero, por no ser tomados por «antidemocráticos» por una gente a la que secretamente miraban por encima del hombro. Tenderos hasta la médula, colocaban en sus escaparates la mercancía por la que había más demanda, guardando sus opiniones personales para la trastienda, donde, por falta de uso, fueron gradualmente perdiendo sustancia y color.

A los Ralston de la cuarta generación no les quedaba nada en materia de convicciones, salvo un agudo sentido del honor en cuestiones privadas y de negocios; acerca de la vida de la comunidad y el Estado tomaban sus diarias opiniones de los periódicos, hacia los que ya experimentaban desprecio. Los Ralston no habían hecho gran cosa por el destino de su país, aparte de financiar la Causa cuando hacerlo dejó de ser arriesgado. Estaban emparentados con muchos de los grandes hombres que construyeron la república; pero ningún Ralston se había comprometido hasta entonces como para convertirse en uno de ellos. Como de-

1. Alusión a Colorado Springs, población por entonces de mala fama. (N. del T.)

cía el viejo John Frederick, era más seguro considerarse satisfecho con un tres por ciento: para ellos el heroísmo era una forma de juego de azar. No obstante, por el mero hecho de ser tan numerosos y tan semejantes entre sí, habían acabado por tener peso en la comunidad. La gente decía: «los Ralston», cuando quería invocar un precedente. Esta atribución de autoridad había ido poco a poco convenciendo a la tercera generación de su importancia colectiva, y la cuarta, a la que pertenecía el esposo de Delia Ralston, estaba imbuida de la naturalidad y la sencillez de una clase dirigente.

Dentro de los límites de su cautela para todo, los Ralston cumplían sus obligaciones de ricos y respetados ciudadanos. Figuraban en las comisiones de todas las obras de caridad tradicionales, efectuaban generosos aportes a las instituciones para los pobres, contaban con las mejores cocineras de Nueva York, y cuando viajaban al extranjero encargaban estatuas a escultores norteamericanos en Roma cuya reputación se hubiese ya afianzado. El primer Ralston que había traído una escultura a casa había sido mirado como un excéntrico; pero cuando se supo que el escultor había realizado varios encargos para la aristocracia británica, la familia consideró que aquélla también había sido una inversión al tres por ciento.

Dos matrimonios con los holandeses Vandergrave habían consolidado aquellas cualidades de frugalidad y buen vivir, y el carácter cuidadosamente forjado de los Ralston era ahora tan congénito que Delia Ralston a veces se preguntaba si, en caso de soltar a su niño pequeño en una selva, el chico no crearía allí una Nueva York en pequeño y estaría en todos los directorios.

Delia Lovell se había casado con James Ralston a los veinte años. El matrimonio, que había tenido lugar en el mes de septiembre de 1840, había sido solemnizado, como era costumbre por entonces, en el salón de la casa de campo de la novia, donde actualmente se encuentra la esquina de la Avenida A con la Calle Noventa y Uno, mirando al Estrecho. De allí el esposo la había conducido (en el coche amarillo canario de la abuela Lovell, con el paño del pescante guarnecido con fleco) a través de suburbios en expansión y desaseadas calles bordeadas de olmos, a una de las nuevas viviendas de Gramercy Park, que los pioneros de la joven gente bien empezaban a preferir; y allí estaba ella establecida a los veinticinco, madre de dos hijos, dueña de una abundante asignación para gastos menores y, sin discusión, una de las más elegantes y populares «jóvenes matronas» (como se las llamaba) del momento.

En todo esto pensaba una tarde con placidez y agradecimiento en su elegante dormitorio de Gramercy Park. Tenía a los primeros Ralston demasiado próximos como para verlos claramente en perspectiva, tal como por ejemplo podría hacerlo algún día el hijo en cuestión: vivía bajo sus normas sin pensar en ellas, como uno vive sometido a las leyes de su país. Y, no obstante, aquel temblor del teclado mudo, aquel secreto cuestionamiento que esporádicamente se agitaba en su interior como un batir de alas, la separaba de vez en cuando de ellos a tal punto que por un instante fugaz era capaz de examinarlos en relación con otras cosas. El momento era siempre fugaz; ella retrocedía con prontitud para volver, sofocada y un poco pálida, a sus hijos, a sus ocupaciones domésticas, a sus vestidos nuevos y a su complaciente Jim.

Pensó ahora en él con una sonrisa de ternura, recordando su indicación de que no reparase en gastos al adquirir el nuevo sombrero. A pesar de tener veinticinco años y haber dado a luz dos veces, su aspecto continuaba siendo sorprendentemente lozano. La opulencia de formas que por entonces se consideraba adecuada en una joven esposa dejaba tirante la seda gris del vestido por encima de su pecho y hacía que la pesada cadena áurea —que, anclada en el broche de mosaico con un San Pedro, cerraba su escotado cuello de Cluny— oscilara peligrosamente en el vacío más arriba del reducido talle, ceñido por una pretina de terciopelo. Pero encima, la juvenil curvatura de sus hombros destacaba a través de la chalina de cachemira, y cada uno de sus movimientos tenía la vivacidad de los de una muchacha.

La señora de Jim Ralston examinó con gesto de aprobación el óvalo sonrosado enmarcado por sus rizos rubios bajo aquel tocado en cuya adquisición, por mandato de su esposo, no había reparado en gastos. Era una capota de terciopelo blanco atada con anchas cintas de satén, con una pluma de marabú con cristales incrustados —la toca nupcial— destinada al casamiento de su prima, Charlotte Lovell, que iba a tener lugar esa semana en St. Mark's-in-the-Bouwerie. Charlotte iba a llevar a cabo una unión exactamente igual que la de Delia: casarse con un Ralston, de los de Waverly Place, lo que no podía ser más seguro, adecuado o, bueno, habitual. Delia no sabía por qué se le había ocurrido aquella palabra, pues difícilmente podía afirmarse, ni siquiera de las jóvenes de su propio y reducido clan, que «habitualmente» se casasen con un Ralston; pero es verdad que lo seguro, conveniente y adecuado del arreglo lo convertían en típico de la clase de alianza que una buena muchacha de la clase alta podía predecir, serena y pudorosamente, para su futuro.

Sí... ¿y después?

Pues... después ¿qué? ¿Y qué significaba esa novedosa pregunta? Después: pues venía, desde luego, la perplejidad del sobrecogido sometimiento a las incomprensibles exigencias del joven a quien, todo lo más, una había ofrecido una sonrosada mejilla a cambio del anillo de compromiso; venía el gran lecho matrimonial; venía el terror de verlo a la mañana siguiente, a través de la puerta del vestidor, afeitándose tranquilamente en mangas de camisa; y las evasivas, las insinuaciones, las sonrisas de resignación y las citas bíblicas de nuestra Mama; la persistencia de la palabra «obedecer» en el borroso recuerdo de la brillante ceremonia nupcial; una semana o un mes de angustiado desasosiego, de confusión, de avergonzado placer; y luego el surgimiento del hábito, el insidioso arrullo de lo acostumbrado, el doble dormitar sin sueños en el gran lecho blanco, las conversaciones y consultas por la mañana temprano a través de aquella puerta del vestidor, que una vez pareciera abrir al ígneo foso en el que se abrasaba el rostro de la inocencia.

Y después, los bebés; las criaturas que se suponía que «lo compensaban todo», pero que no, por más que fuesen tan deliciosas, y una no tuviese noción exacta de qué era aquello que se había perdido y por lo que ellos venían a compensarla.

Sí: el destino de Charlotte sería idéntico al suyo. Joe Ralston era tan semejante a su primo segundo Jim (el James de Delia), que Delia no veía motivo para que la vida en la achatada casa de ladrillos en Waverly Place no evocase exactamente la existencia en la alta mansión de Gramercy Park. Aunque seguramente el dormitorio de Charlotte no sería tan bonito como el suyo.

Contempló con satisfacción el empapelado francés de la pared que imitaba colgantes de muaré, con «aguas» en el orillo y borlas entre onda y onda. La madera de caoba del armazón del lecho, cubierto por una colcha bordada, se reflejaba simétricamente en el espejo de un armario a juego. Unas litografías en color de Léopold Robert, que representaban las cuatro estaciones, coronaban sendos grupos de daguerrotipos de familia hundidos en las profundidades de sus marcos dorados. El reloj, de bronce brillante, mostraba a una zagala sentada en un tronco caído, con una canastilla de flores a sus pies. Un pastor, acercándose furtivamente, le robaba un beso, mientras el pequeño perro de ella le ladraba desde un matojo de rosas. La ocupación de los amantes se deducía por los cayados y la forma de sus sombreros. Aquel frívolo indicador del tiempo había sido el regalo de boda de una tía de Delia, la señora Manson Mingott, una llamativa viuda que vivía en París y que era recibida en Las Tullerías. La señora Mingott se lo había confiado al joven Clement Spender, que había venido de Italia a pasar unas breves vacaciones después de la boda de Delia; un matrimonio que jamás habría ocurrido si Clem Spender hubiese podido mantener a una esposa, o si hubiera consentido en renunciar a la pintura y a Roma a cambio de Nueva York y el vínculo legal. El joven (quien ya entonces parecía tan extraño, tan extranjero y tan sarcástico) le había asegurado con rostro risueño a la novia que el regalo de su tía era «el último grito en el Palais Royal»; y la familia, que admiraba el gusto de la señora Manson Mingott, aunque desaprobaba su extranjerización, había criticado a Delia por colocar el reloj en el dormitorio en lugar de exponerlo en la repisa de la chimenea del salón. Pero a ella le gustaba ver, al despertarse por la mañana, al atrevido pastor robando aquel beso.

Es verdad que Charlotte no tenía en su dormitorio un reloj tan bello; pero tampoco estaba acostumbrada a las cosas bonitas. Su padre, muerto de tisis a los treinta años, había sido uno de los «pobres Lovell». Su viuda, con la carga de una joven familia y viviendo todo el año «cuesta arriba», no podía hacer mucho por su hija mayor; y Charlotte había entrado en sociedad con la ropa dada vuelta de su madre y calzada con las sandalias de satín heredadas de una tía difunta que había «inaugurado un baile» con el general Washington. El anticuado mobiliario de los Ralston —que Delia veía ya condenado a desaparecer— resultaría suntuoso para Chatty; era muy probable que encontrase algo frívolo aquel divertido reloj francés, o incluso no del todo «adecuado». ¡Se había vuelto tan seria, tan pacata casi, la pobre Charlotte, desde que dejó de asistir a bailes y se dedicó a visitar a los pobres! Delia recordaba, con invariable asombro, el abrupto cambio ocurrido en ella: el momento preciso en que en el seno de la familia había habido privadamente acuerdo en que Charlotte Lovell iba a convertirse en una solterona.

No habían pensado así cuando fue presentada en sociedad. Aunque su madre no pudiera permitirse darle más que un vestido nuevo de tartalana, y aunque prácticamente todo en su aspecto resultase lamentable, desde el rojo demasiado intenso de su cabello al castaño demasiado pálido de sus ojos —por no mencionar los redondeles color rosa subido en sus pómulos, que casi le daban apariencia (¡descabellada idea!) de haberse pintado—, sus defectos resultaban compensados por un esbelto talle, un andar leve y una risa alegre; y se sabía que llevando el cabello bien aceitado y cepillado para alguna fiesta nocturna, de modo que le luciera casi castaño y le cayese blandamente a los lados de las delicadas mejillas bajo una guirnalda de camelias rojas y blancas, varios jóvenes elegibles (entre ellos Joe Ralston) la habían llamado bonita.

Entonces vino lo de su enfermedad. Paseando en trineo a la luz de la luna en una fiesta cogió un enfriamiento, los círculos color rosa subido se le intensificaron, y empezó a toser. Se dijo que «iba a morir como su padre» y la despacharon a toda prisa a una remota aldea de Georgia, donde estuvo un año viviendo sola con una antigua institutriz de la familia. Cuando retornó, todos convinieron de inmediato en que había experimentado un cambio. Estaba pálida y más delgada que nunca, pero con una exquisita transparencia en las mejillas, los ojos más oscuros y la cabellera más pelirroja; y la singularidad de su apariencia resultaba realzada por sus sencillos vestidos de corte cuáquero. Había abandonado los dijes y las leontinas, llevaba siempre la misma capa gris y el mismo pequeño sombrero ajustado, y manifestaba un inusitado celo por asistir a los indigentes. La familia explicó que durante aquel año en el sur la había conmovido intensamente la irremisible degradación de los «blancos pobres» y sus hijos, y que esta revelación de la miseria le había vuelto imposible retornar a la despreocupada existencia de sus jóvenes amigas. Todos coincidieron, con intercambio de miradas significativas, en que aquel poco natural estado de espíritu «se le pasaría con el tiempo»; y por el momento la anciana señora Lovell, abuela de Chatty, que tal vez la comprendiese mejor que los demás, le dio algo de dinero para sus menesterosos y le cedió un recinto en las caballerizas de los Lovell (a los fondos de la casa de la anciana dama en Mercer Street) donde poder reunir, en lo que más tarde se ha denominado «guardería diurna», a algunos de los niños desvalidos de la vecindad. Entre ellos estuvo, incluso, la pequeña cuyo origen había excitado tan intensa curiosidad dos o tres años antes, cuando una dama embozada en una elegante capa había llevado el bebé a la casucha de Cyrus Washington, el peón negro cuya mujer, Jessamine, le hacía la colada al doctor Lanskell. El doctor Lanskell, principal médico de la época, se hallaba, presumiblemente, al tanto de la historia secreta de cada familia de las que moraban entre Battery y Union Square; pero, aunque sometido al acoso de inquisitivos pacientes, siempre se había declarado incapaz de identificar a la «dama oculta» de Jessamine, o de aventurar un parecer acerca del origen del billete de cien dólares prendido con un alfiler al babero de la criatura.

Los cien dólares no se repitieron, la dama jamás reapareció, pero la niña se crió saludable y feliz con los negritos de Jessamine y tan pronto fue capaz de gatear la llevaron a la guardería diurna, donde se la veía (como sus compañeros de pobreza) con vestiditos hechos de prendas viejas de Chatty Lovell y calcetines tejidos por sus manos incansables. Delia, absorbida por sus propios bebés, había caído, no obstante, un par de veces por la guardería, y había salido anhelando que el instinto maternal de Chatty pudiera encontrar su natural desahogo en el matrimonio. La prima casada sentía confusamente que lo que le inspiraban sus hermosos hijos era un sentimiento tibio y de poco alcance, comparado con la intensa pasión de Chatty por los pequeños desheredados de los establos de la abuela Lovell.

Y entonces, para sorpresa general, Charlotte Lovell se comprometió con Joe Ralston. Se sabía que Joe la había «admirado» el año de su presentación en sociedad. Ella bailaba con gracia y Joe, que era alto y ágil, había compartido con ella numerosos *schottische* y galopas. Para fines de invierno, todas las casamenteras predecían que algo resultaría de aquello; pero cuando Delia sondeó a su prima, la evasiva respuesta y el semblante encendido de la muchacha parecieron dar a entender que su pretendiente había cambiado de idea y que no cabía hacer más preguntas. Ahora era evidente que, en efecto, había habido entre ellos un antiguo romance, probablemente seguido por aquel excitante incidente, un «malentendido»; pero al final todo acababa bien, y las campanas de St. Mark se aprestaban a anunciar días más felices para Charlotte. «Ah, cuando tenga el primer bebé», comentaban a coro las madres Ralston...

—¡Chatty! —exclamó Delia, empujando la silla hacia atrás al ver la imagen de su prima reflejada en el espejo por encima de su hombro.

Charlotte Lovell se había detenido en el umbral.

—Me dijeron que estabas aquí arriba, así que subí.

—Por supuesto, querida. ¡Qué elegante luces con esa popelina! Siempre dije que lo que a ti te hacían falta eran buenos materiales. ¡Estoy tan contenta de verte sin tus casimires grises! —Delia, alzando las manos, se despojó del blanco tocado colocado sobre su tersa cabeza morena y lo agitó levemente para que los cristales emitieran destellos.

— Espero que te guste: es para tu boda —dijo riendo.

Charlotte Lovell permaneció inmóvil. Con el viejo vestido de popelina color pichón de su madre, recientemente modificado por el añadido de unas angostas cintas de terciopelo carmesí en derredor, la esclavina de armiño cruzándole el pecho y el sombrero nuevo de castor del que pendía una pluma, había adquirido ya algo de la confianza y majestad de una mujer casada.

— ¿Y sabes, querida, que ciertamente tu cabello se ha vuelto más oscuro? —añadió Delia, que seguía examinándola con aire aprobatorio.

— ¿Más oscuro? Está gris —dijo bruscamente Charlotte con su voz grave. Empujando hacia atrás una de las engominadas bandas de cabello que enmarcaban su rostro, mostró un mechón blanco en la sien—. Puedes ahorrarte el tocado; no voy a casarme —agregó, con una sonrisa que hizo destellar fugazmente sus menudos dientes blancos.

Delia tuvo la suficiente presencia de ánimo como para depositar el tocado, con la pluma de marabú hacia arriba, antes de abalanzarse sobre su prima.

— ¿Que no vas a casarte? Charlotte, ¿es que te has vuelto loca?

— ¿Por qué ha de ser una locura hacer lo que creo que está bien?

— Pero si el año de tu presentación la gente comentaba que ibas a casarte con él. Y nadie entendió entonces qué pasó. Y ahora... ¿cómo puede estar bien? Sencillamente, ¡no puedes! —exclamó Delia sin ninguna lógica.

— ¡Oh, la gente! —dijo Charlotte fastidiada.

Su prima casada la miró asustada. Había habido algo estremecedor que Delia jamás había percibido antes en aquella voz, ni en ninguna otra voz humana. Pareció que su eco hacía tambalear el mundo familiar de las dos y, al retroceder, la alfombra de Axminster se levantó realmente bajo las chinelas de Delia.

Charlotte Lovell permanecía de pie mirando fijamente hacia adelante con los párpados tensos. En el castaño claro de sus ojos, Delia advirtió aquellas manchas verdes que flotaban en ellos cuando Chatty estaba enfadada o excitada.

—Charlotte: ¿de dónde demonios vienes? —la interrogó, llevando a la muchacha hacia el sofá.

—¿De dónde?

—Sí. Tienes el aspecto de haber visto un fantasma... Un ejército de fantasmas.

La misma sonrisa a regañadientes de antes se dibujó en los labios de Charlotte.

—He visto a Joe —dijo.

—¿Y? ¡Oh, Chatty! —exclamó Delia, súbitamente iluminada—, ¿no querrás decir que vas a dejar que alguna cosa sin importancia en el pasado de Joe...? No es que yo haya tenido nunca el menor indicio; jamás. Pero aun si existiese... —respiró hondo y valientemente prosiguió hasta el final—. Aun si te hubieses enterado de que ha sido... de que ha tenido un hijo: por supuesto, él se habría encargado de suministrarle lo necesario antes de...

La muchacha sacudió la cabeza.

—Ya sé: no necesitas continuar. Un hombre es un hombre; pero no es eso.

—Pues dime qué es.

Charlotte Lovell miró en torno suyo la rica habitación soleada como si fuese la imagen de su mundo y ese mundo fuese una prisión de la que tuviera que escapar. Bajó la cabeza.

—Quiero... quiero escapar —jadeó.

—¿Escapar? ¿De Joe?

—De sus ideas... las de los Ralston.

Delia se encabritó: después de todo, ¡ella era una Ralston!

—¿Las ideas de los Ralston? A mí no me ha resultado tan... insoportable vivir de acuerdo con ellas —dijo con una sonrisa levemente agria.

— No. Pero contigo fue distinto: a ti no te pidieron que abandonases cosas.

— ¿Qué cosas? —¿Qué podía tener la pobre Charlotte en este mundo (se preguntó Delia) que alguien quisiera que abandonase? Ella siempre había estado en situación de recibir, más bien que de tener que desprenderse de algo—. ¿No puedes explicármelo, querida? —le urgió.

— Mis pobres niños... dice que tengo que renunciar a ellos —gimió afligidamente la muchacha en un murmullo.

— ¿Renunciar a ellos? ¿Dejar de ayudarlos?

— De verlos... de cuidarlos. Abandonarlos por completo. Me lo hizo explicar por su madre. Tiene miedo de... cuando tengamos hijos... de que pudieran pescar alguna cosa... Me dará el dinero, desde luego, para pagar a alguien... una persona contratada, para cuidarlos. Pensó que eso era generoso de su parte. —Charlotte rompió en sollozos. Se arrancó el sombrero y ahogó su llanto echada sobre los cojines.

Delia estaba perpleja. De todas las complicaciones imprevistas, aquélla era con seguridad la menos imaginable. Y con todo lo que había asimilado de los Ralston, no podía menos que admitir la fuerza de la objeción de Joe, que descubrirse prácticamente de acuerdo con él. Nadie en Nueva York había olvidado la muerte del pobre hijo único de Henry van der Luyden, que había contraído la viruela en el circo al que lo había llevado subrepticiamente una institutriz irresponsable. Tras semejante experiencia, los padres se consideraban justificados para tomar toda clase de precauciones contra el contagio. Y la gente pobre era tan ignorante y descuidada, y sus hijos estaban, desde luego, tan permanentemente expuestos a cualquier infección... No, lo cierto era que Joe Ralston tenía razón, y Charlotte se mostraba absurdamente irrazonable.

Pero sería inútil decírselo en aquel momento. Instintivamente, Delia optó por ganar tiempo.

—Después de todo —susurró en los oídos receptivos de la otra—, si es cuando tengáis hijos... puede que no tengas ninguno... por un tiempo.

—¡Oh, sí, los tendré! —se oyó la voz angustiada desde los cojines.

Delia sonrió con superioridad de matrona.

—Realmente, Chatty, no veo cómo puedes saberlo. Tú no entiendes.

Charlotte Lovell se enderezó. El cuello de encaje de Bruselas se le había desprendido y colgaba hecho un manojo sobre su arrugada pechera, y en medio de los cabellos en desorden el mechón blanco se destacaba penosamente. En sus pálidos ojos pardos, las manchitas verdes flotaban como hojas en un estanque de truchas.

«Pobre muchacha —pensó Delia—, ¡qué vieja y fea se ha puesto! Tiene más que nunca aspecto de solterona; y no parece darse cuenta en lo más mínimo de que nunca tendrá otra oportunidad.»

—Debes tratar de ser razonable, Chatty querida. Después de todo, la primera obligación son los hijos de una.

—Precisamente. —La muchacha la asió violentamente de las muñecas—. ¿Cómo puedo abandonar a mi propio bebé?

—¿Tu... tu...? —El mundo de Delia empezó de nuevo a oscilar bajo sus pies—. ¿A cuál de los pobrecillos menesterosos llamas tu propio bebé, querida mía? —inquirió pacientemente.

Charlotte la miró directamente a los ojos.

—Llamo mi bebé a mi propio bebé.

—¿Tu propio be...? ¡Cuidado, Chatty, que me haces daño en las muñecas! —Delia se liberó y se forzó a sonreír—. ¿Tu propio...?

—Mi propia pequeñina. La que Jessamine y Cyrus...

—Oh... —emitió Delia Ralston casi sin aliento.

Las dos primas guardaron silencio, mirándose de frente; pero Delia apartó la mirada. Sintió de repente, con un estremecimiento de repugnancia, que cosas como aquélla, en caso de tener que decirse, no deberían haberse dicho en su dormitorio, tan cerca de la inmaculada habitación de sus hijos al otro lado del pasillo. Se alisó mecánicamente los pliegues de la falda de seda con aspecto de órgano, que el abrazo de su prima había desordenado. Después miró nuevamente a los ojos de Charlotte, y los suyos se llenaron de lágrimas.

—¡Oh, pobre Chatty...! ¡Mi pobre Chatty! —Y le tendió los brazos a su prima.

II

El pastor continuaba robándole el beso a la zagala y el reloj en el tronco caído continuaba marcando el paso de los minutos.

Delia, petrificada, permanecía inconsciente de su paso, con su prima fuertemente abrazada a ella. Estaba aturdida por el horror y el asombro de enterarse de que su propia sangre corría por las venas de aquella anónima criatura expósita, la «bebé de los cien dólares», sobre la cual en Nueva York se había bromeado y se habían hecho conjeturas furtivamente durante tanto tiempo. Era su primer contacto con la cara oculta de la pulida superficie social, y se sentía asqueada de que tales cosas existiesen y de que ella, Delia Ralston, tuviera que enterarse de las mismas en su propia casa, ¡y de labios de la víctima! Pues Chatty era, por supuesto, una víctima: pero ¿de quién? Ella no había pronunciado ningún nombre y Delia no fue capaz de preguntar: el horror del asunto le sellaba los labios. Su pensamiento había retrocedido para recorrer apresuradamente al pasado de Chatty; pero en él no vio ninguna figura masculina, aparte de la de Joe Ralston. Y vincular a Joe con el episodio era obviamente impensable. Entonces, ¿alguien allá en el sur? Pero no: Charlotte había estado enferma cuando partió... Y súbitamente Delia comprendió la verdadera naturaleza de aquella enfermedad y del extrañamiento de la muchacha. Pero también ante aquella especulación su mente retrocedió, e instintivamente se aferró a algo que todavía podía entender: la actitud de Joe Ralston respecto de los menesterosos de Chatty. Joe no podía permitir que su esposa se arriesgase a llevar un contagio al hogar: aquello era terreno firme que pisar. Su propio Jim habría pensado lo mismo; y no cabía duda de que ella habría coincidido con él.

Sus ojos se dirigieron nuevamente al reloj. Siempre pensaba en Clem Spender cuando miraba aquel reloj, y de pronto se preguntó —si las cosas hubiesen sido de otro modo— qué habría dicho *él* si ella le hubiese planteado la cuestión que Charlotte le había planteado a Joe. Era algo difícil de imaginar; no obstante, en un repentino ajuste focal de la mente, Delia se vio casada con Clem, a sus hijos como de él, se imaginó pidiéndole que le permitiese continuar cuidando de los pobres infantes de la caballeriza de Mercer Street, y oyó claramente su risa y su pronta respuesta: «¿Y a santo de qué me lo preguntas, tontuela? ¿Es que me consideras hasta ese punto un fariseo?».

Sí, aquél era Clem Spender en pintura: tolerante, temerario, indiferente a las consecuencias, haciendo siempre lo que las circunstancias indicaban y con harta frecuencia dejando que los demás arreglasen las cuentas. «Clem tiene algo de ruin», había comentado una vez Jim con su rudeza característica. Delia Ralston volvió en sí y estrechó con más fuerza a su prima.

—Chatty, cuéntame —le susurró.

—No hay nada más.

—Me refiero a ti... a ese asunto... ese... —La voz de Clem Spender resonaba aún en sus oídos—. Tú has amado a alguien —dijo quedamente.

—Sí, eso se acabó. Ahora sólo cuenta la criatura...

106

Y yo podría amar a Joe... de otra manera. —Chatty Lovell se irguió, con el semblante descolorido y hosco—. Necesito el dinero: lo necesito para mi bebé. Si no, la enviarán a un asilo. —Hizo una pausa—. Pero eso no es todo. Yo quiero casarme, ser una esposa, como todas vosotras. Habría amado a los hijos de Joe, nuestros hijos. La vida no se detiene...

—No, supongo que no. Pero tú hablas como si... como si... la persona que se aprovechó de ti...

—Nadie se aprovechó de mí. Yo estaba sola y me sentía desdichada. No todo el mundo tiene tu suerte. Los dos éramos muy pobres para casarnos... y mi madre jamás lo hubiese consentido. Así que un día... un día antes de que él se despidiese...

—¿Se despidiese?

—Sí. Se iba del país.

—¿Se iba del país... sabiendo?

—¿Cómo podía saberlo? Él no vive aquí. Sólo había regresado... por unas semanas... a ver a su familia... —Se interrumpió, con los delgados labios apretados para guardar su secreto.

Hubo un silencio. Delia miraba fijamente sin verlo al osado pastor.

—¿Regresado de dónde? —preguntó finalmente en voz baja.

—Oh, eso ¿qué importa? Tú no comprendes —dijo bruscamente Charlotte, con las mismas palabras que su prima casada había utilizado aludiendo compasivamente a su virginidad.

A Delia le subió lentamente el rubor a las mejillas: se sintió curiosamente humillada por el reproche implícito en aquella irritada réplica. Se encontraba a sí misma tímida, ineficaz, tan incapaz como una muchacha ignorante de tratar con las enormidades que Charlotte le estaba echando encima. Pero de pronto una poderosa intuición femenina luchó y se despertó en su interior. Se obligó a mirar a su prima a los ojos.

—¿No me dirás quién fue?

—¿De qué serviría? No se lo he dicho a nadie.

—Entonces ¿por qué has venido a mí?

El semblante impasible de Charlotte se descompuso en llanto.

—Es por mi bebé... mi bebé...

Delia no le dio tregua.

—¿Cómo puedo ayudarte si no lo sé? —insistió secamente en tono rudo: los latidos de su corazón eran tan fuertes que parecían subir como unas manos que la estrangulasen.

Charlotte no respondió.

—¿Regresado de dónde? —repetía tenazmente Delia; y en eso, con un prolongado gemido, la muchacha alzó los brazos, cubriéndose los ojos.

—Él siempre creyó que tú lo esperarías —dijo entre sollozos— y después, cuando se encontró con que no... y con que te casabas con Jim... Se enteró cuando estaba por embarcarse... No lo supo hasta que la señora Mingott le pidió que trajeses el reloj para tu boda...

—¡Basta...! No sigas —exclamó Delia poniéndose bruscamente de pie. Había provocado aquella confesión, y ahora que se había producido sentía que se la habían lanzado gratuita e indecentemente a la cara. ¿Estaba en Nueva York? ¿En *su* Nueva York? ¿En su segura, amistosa, hipócrita Nueva York? ¿Era aquélla la casa de James Ralston y era su esposa la que estaba escuchando aquellas deshonrosas revelaciones?

Charlotte Lovell se levantó a su vez.

—Lo sabía... ¡Lo sabía! Ahora estás peor dispuesta hacia mi bebé, en lugar de mejor... ¡Oh, por qué me habrás forzado a decírtelo...! Sabía que jamás lo entenderías. Yo siempre estuve enamorada de él, desde mi presentación; fue por eso que no me comprometí con ningún otro. Pero sabía que no tenía ninguna posibilidad: él sólo tenía ojos para ti. Y después, hace cuatro años, cuando regresó y ya no podía verte a *ti*, empezó a notar mi existencia, a mostrarse amable conmigo, a hablarme de su vida y de su pintura... —Aspiró profundamente y su voz se aclaró—. Eso se acabó. Totalmente. Es como si no pudiera odiarlo ni tampoco amarlo. Ahora sólo cuenta la niña... mi hija. Él ni siquiera está enterado: ¿para qué? No es asunto suyo; es algo que no concierne más que a mí. Pero, como comprenderás, no puedo renunciar a mi bebé.

Delia Ralston permaneció muda y apartó la mirada de su prima, poseída de un creciente horror. Había perdido completamente el sentido de la realidad, todo sentimiento de seguridad y confianza en sí misma. Su impulso fue el de cerrar los oídos a la apelación de la otra, del mismo modo en que un niño sepulta la cabeza en la almohada para escapar a sus terrores nocturnos. Por fin reaccionó y habló con los labios resecos.

— Pero ¿y qué piensas hacer? ¿Por qué has venido a mí? ¿Por qué me has contado todo eso?

— ¡Porque él te amaba a ti! —exclamó Charlotte Lovell entrecortadamente; y las dos mujeres se quedaron mirándose.

Poco a poco las lágrimas desbordaron los ojos de Delia y empezaron a rodar por sus mejillas, mojándole los labios abrasados. A través de las lágrimas vio el pálido semblante de su prima desdibujarse como el rostro de un ahogado bajo el agua. De unos insospechados abismos en su interior iban emergiendo cosas adivinadas a medias, oscuramente sentidas. Por un momento fue casi como si aquella otra mujer le estuviese revelando su propio pasado más íntimo, poniendo en lenguaje crudo todos los temblorosos silencios de su propio corazón.

Lo peor de todo era que, como decía Charlotte, tenían que actuar inmediatamente; no había un día que perder. Chatty tenía razón: era imposible que se casase con Joe si ello implicaba abandonar a la criatura. Pero, en cualquier caso, ¿cómo podía casarse con él sin contarle la verdad? ¿Y cabía pensar que, una vez enterado, él la repudiase? Todas estas preguntas giraban de manera angustiosa en la mente de Delia, y en medio de ellas asomaba persistentemente la imagen de la niña —la hija de Clem Spender— criándose por caridad en el cuchitril de un negro, o hacinada en uno de esos nidos de contagio que llaman asilos. No: la criatura era lo primero; lo sentía en cada fibra de su cuerpo. Pero ¿qué debía hacer, a quién pedir consejo, cómo aconsejar a este ser afligido que había acudido a ella invocando el nombre de Clement? Delia miró desesperada a los cuatro costados y luego se volvió hacia su prima.

— Tienes que darme tiempo. Tengo que pensar. No debes casarte con él... y, sin embargo, todos los arreglos están hechos; y los regalos de boda... Habría un escándalo... Eso podría matar a la abuela Lovell...

Charlotte respondió en voz baja:

— No *hay* tiempo. Debo resolver ahora.

Delia se aferró las manos al pecho.

— Te digo que tengo que pensar. Quisiera que fueses a casa. O no: quédate aquí. Tu madre no debe verte con esos ojos. Jim no vendrá hasta muy tarde; puedes esperarme en esta habitación hasta que yo regrese. —Había abierto el armario y estaba cogiendo de él un sombrero sencillo y un espeso velo.

— ¿Quedarme aquí? Pero ¿adónde vas tú?

— No lo sé. Necesito andar: tomar un poco el aire. Creo que me hace falta estar sola. —Enfebrecidamente, Delia desdobló su chal floreado, se colocó el sombrero y el velo, metió las manos enguantadas en su manguito. Charlotte, sin moverse, la observaba calladamente desde el sofá.

— Espérame aquí —insistió Delia desde el umbral.

— Sí: esperaré.

Delia cerró la puerta y bajó de prisa las escaleras.

III

Había dicho la verdad al afirmar que no sabía adónde iba. Sencillamente quería alejarse del rostro insoportable de Charlotte y de la adyacente atmósfera de su tragedia. Fuera, al aire libre, acaso le resultase más fácil pensar.

Mientras bordeaba la verja del parque vio a sus sonrosados hijos jugando, bajo la mirada de la institutriz, con la mimada progenie de otros habitantes de la manzana. La niña tenía puesta su capota escocesa de terciopelo y su esclavina nuevas, y el chico su gorra montañera y su chaleco tejido de lana. ¡Qué felices y alegres se les veía! La institutriz la divisó, pero ella hizo que no con la cabeza, saludó al grupo con un ademán y apretó el paso.

Anduvo largamente por las calles familiares inundadas por un esplendoroso sol invernal. Eran las primeras horas de la tarde, momento en que los caballeros acaban de retornar a sus despachos, y los viandantes eran escasos en Irving Place y Union Square. Delia cruzó la plaza en dirección a Broadway.

La mansión Lovell, en Mercer Street, era una robusta y anticuada vivienda de ladrillo. Tenía adjunta una vasta caballeriza que daba a una callejuela, como las que en su luna de miel en Inglaterra había oído llamar *mews*. Dobló para introducirse en el callejón, entró en el patio de la caballeriza y empujó una puerta. En una vetusta habitación de paredes encaladas, una docena de chiquillos, reunidos en torno a una estufa, se entretenía con juguetes viejos. La irlandesa que estaba a cargo de ellos se hallaba cortando pequeñas prendas sobre una mesa de tablones de pino con las patas desparejas. Levantó la cabeza con gesto amistoso al ver a Delia, a quien reconoció como la dama que había estado un par de veces a ver a los niños con la señorita Charlotte.

Delia se detuvo, turbada.

—Venía a... a preguntar si os hacen falta nuevos juguetes —balbució.

—Nos caerían bárbaro, señora. Y otras muchas cosas más también, aunque la señorita Charlotte dice que no tengo que andar mendigando a las señoras que vienen a visitar a nuestros pobrecitos pichones.

—Oh, a mí puede pedirme, Bridget —respondió la señora Ralston, sonriendo—. Déjeme ver a sus chiquillos... ¡Hace tanto tiempo que no vengo por aquí!

Los chiquillos habían dejado de jugar y, apiñados contra su cuidadora, miraban hacia arriba, con la boca abierta, a la rica dama de crujiente vestimenta. Una niñita, de ojos castaño claro y mejillas encarnadas, llevaba un vestido cuadriculado de alpaca, adornado con unos botones de imitación de coral que Delia recordó. Aquellos botones habían estado en el «vestido de gala» de Charlotte el año de su presentación en sociedad. Delia se detuvo y alzó a la pequeña. Su cabello, ensortijado, era castaño, exactamente del color de los ojos... ¡gracias al cielo! Pero en la transparencia de sus ojos flotaban las mismas diminutas lentejuelas verdes. Delia se sentó y la pequeñuela, sentada en su regazo, se puso muy seria a juguetear con su cadena de reloj.

—Oh, señora... le va a ensuciar la falda con los zapatos. Aquí el suelo no está muy limpio que digamos.

Delia negó con la cabeza y estrechó a la criatura contra sí. Había olvidado a los demás chiquitines y a su cuidadora, que la miraban. La pequeña que estaba en su regazo era de una clase diferente: no había hecho falta la alpaca a cuadros ni los botones de coral para destacarla de los demás. Los ricitos castaños parecían crecer en su amplia frente con total independencia, exactamente de la misma forma que los de Clem Spender. Delia colocó su mejilla encendida sobre la frente de la niña.

—¿Quiere esta pequeña mi linda cadena amarilla?

Pues sí, la quería.

Delia se quitó la cadena de oro y se la colgó a la niña del cuello. Los otros chiquitines aplaudieron y la rodearon, pero la pequeña, con expresión cómicamente grave, continuó acariciando en silencio los eslabones con la punta de los dedos.

—Oh, señora, no puede dejarle puesta esa preciosa cadena a Teeny. Tiene que volver con esos negros...

—¿Cómo se llama?

—La llaman Tina, creo. Yo digo que no parece nombre cristiano. —Delia guardó silencio—. Para mí que tiene la carita muy roja. Y tose muy a menudo. Se lo pasa con un constipado tras otro. Venga, Tinita, deja ir a la señora.

Delia se puso de pie e intentó desprenderse de aquellos tiernos brazos.

—No quiere soltarla, señora. La señorita Chatty no ha venido todavía, y la pequeñuela se siente como perdida sin ella. No juega como los otros niños, no sé por qué... Tinita, mira qué preciosa cadena te han dado... Venga... eso es...

—Adiós, Clementina —le susurró Delia al oído. Le besó los ojos castaño claro, la cabeza rizada, y se colocó el velo para ocultar las inminentes lágrimas. En el patio se las enjugó con un gran pañuelo bordado y se detuvo vacilante. Luego, con paso resuelto, se encaminó a casa.

La casa estaba tal como la había dejado, excepto que sus hijos ya estaban dentro; los oyó retozando en el cuarto de los niños mientras iba por el pasillo hacia su dormitorio. Charlotte Lovell estaba sentada en el sofá, derecha y rígida, tal como Delia la había dejado.

— Chatty... Chatty, ya lo he pensado. Escucha. Pase lo que pase, la criatura no permanecerá con esa gente. Me propongo hacerme cargo de ella.

Charlotte se levantó del asiento, alta y demacrada. En su delgado rostro, sus ojos se habían vuelto tan oscuros que parecían las espectrales órbitas de una calavera. Apartó los labios para hablar, y enseguida, echando mano al pañuelo, lo apretó contra su boca y se dejó caer nuevamente en el sofá. Unas gotas rojas le cayeron a pesar del pañuelo sobre la falda de popelina.

— Charlotte... Charlotte —exclamó Delia, arrodillada junto a su prima. La cabeza de Charlotte se deslizó hacia atrás contra los cojines y el goteo cesó. Ella cerró los ojos y Delia, cogiendo un frasquito de sales de encima del tocador, se lo sostuvo junto a la nariz. La habitación se llenó de un agradable perfume acre.

Charlotte abrió los párpados.

— No te asustes. Todavía escupo sangre, a veces. No muy a menudo. El pulmón está casi curado. Pero es el terror...

— No, no: no tiene que haberlo. Te digo que ya lo tengo todo pensado. Jim va a permitir que me quede con la criatura.

La muchacha se enderezó a duras penas.

— ¿Jim? ¿Se lo has contado? ¿A eso has ido?

— No, querida, sólo he ido a ver a la pequeña.

— Oh —gimió Charlotte, echándose nuevamente hacia atrás. Delia cogió su propio pañuelo y enjugó con él las lágrimas que bajaban a raudales por las mejillas de su prima.

— No debes llorar, Chatty; tienes que ser valiente. Tu hijita y su... ¿Cómo pudiste pensar? Pero tienes que darme tiempo: tengo que manejar el asunto a mi manera... Tú confía en mí...

Los labios de Charlotte se agitaron débilmente.

— Las lágrimas... no las enjugues, Delia... me gusta sentirlas...

Las dos primas continuaron reclinadas una junto a otra, sin hablar. El tictac del reloj de bronce fue midiendo aquella mutua comunión en minutos, cuartos, media hora, luego una hora: el sol declinó y el día fue oscureciendo, y las sombras, al alargarse, atravesaron las guirnaldas de flores de la alfombra de Axminster y el espacioso lecho blanco. Llamaron a la puerta.

— Los niños aguardan para decir sus oraciones antes de cenar, señora.

— Sí, Eliza. Que las digan con usted. Yo iré después. —Mientras los pasos de la institutriz se alejaban, Charlotte Lovell se desligó del abrazo de Delia.

— Ya puedo irme —dijo.

— Querida: ¿no estarás demasiado extenuada? Puedo hacer venir un coche para llevarte a casa.

— No, no: asustaría a mi madre. Y ahora disfrutaré andando en la oscuridad. A veces el mundo entero solía parecerme un horrible resplandor. Hubo días en que pensé que el sol no se pondría nunca. Además estaba la luna por la noche. —Posó las manos sobre los hombros de su prima—. Ahora es distinto. Poco a poco dejaré de odiar la luz.

Las dos mujeres se besaron, y Delia susurró:

— Mañana.

IV

Los Ralston eran reacios a apartarse de las costumbres establecidas, pero cada vez que adoptaban una nueva, les resultaba imposible entender que todos los demás no hiciesen lo mismo.

Cuando Delia, perteneciente a la mucho menos rígida familia Lovell e inclinada por naturaleza a lo novedoso, le propuso por primera vez a su esposo celebrar la comida principal a las seis en lugar de a las dos, la expresión del rostro de él, normalmente juvenil y dúctil, se había vuelto tan inflexible como la del ceñudo rostro del primer Ralston en su viejo retrato de la época colonial. Pero tras una resistencia de dos días, había acabado aceptando el punto de vista de su esposa y ahora sonreía despectivamente ante la obstinación de quienes se aferraban a la pesada comida al mediodía y el té-cena.[1]

«No hay nada que aborrezca más que la estrechez de criterio. Por mí, que cada cual coma cuando guste; lo que no puedo soportar es que la gente sea tan intolerante.»

1. *High tea*: té que se sirve a modo de cena temprana, generalmente con carne, pescado y otro plato cocinado. (*N. del T.*)

Delia pensaba en ello mientras permanecía en el salón (su madre lo habría llamado la sala) aguardando el regreso de su esposo. Había tenido el tiempo justo para alisarse las abundantes trenzas y ponerse apresuradamente el vestido blanco y negro de muaré a rayas que era el preferido de él. El salón, con sus cortinas de encaje de Nottingham recogidas debajo de las elaboradas cornisas doradas, su mesa de mármol con pie de palisandro al centro y sus añejos sillones de caoba cubiertos por una de las nuevas sedas adamascadas francesas en un provocativo tono verde manzana, era una habitación de la que cualquier joven esposa se sentiría orgullosa. Los muebles repisa de palisandro, a cada lado de las puertas plegables que conducían al comedor, estaban engalanados con conchas tropicales, floreros de feldespato, un modelo en alabastro de la Torre de Pisa, un par de obeliscos hechos de trozos de pórfido y serpentina recogidos por la joven pareja en el Foro romano, un busto de Clitemnestra en porcelana mate de Sèvres y cuatro anticuadas figuras que representaban las estaciones, procedentes de Chelsea, que hubo que conservar junto a los adornos más recientes porque habían pertenecido a la bisabuela Ralston. En las paredes colgaban unos oscuros aguafuertes de gran tamaño, de *El viaje de la vida*, de Cole, y entre los ventanales se alzaba la estatua en tamaño natural *La doncella cautiva*, realizada para el padre de Jim Ralston por el célebre Harriet Hosmer e inmortalizada en la novela del fauno de mármol de Hawthorne. Sobre la mesa yacían ejemplares primorosamente fileteados de *Rivers of France*, de Turner, *Culprit Fay*, de Drake, los cuentos de Crabbe y del *Book of Beauty*, en el que aparecían los retratos de las nobles inglesas que habían participado en el *tournament* del conde de Eglinton.

Sentada allí, delante del fuego de antracita que ardía en su curvada abertura de mármol negro, con la mesa de labores de madera de cidro a su lado y una de las nuevas lámparas francesas derramando una agradable luz sobre la mesa del centro desde la pantalla orlada de caireles de cristal, Delia se preguntaba cómo en tan poco tiempo había podido salirse tan completamente de su esfera habitual de impresiones y convicciones, apartarse mucho más de lo que lo hubiese hecho nunca hasta entonces del ámbito de los Ralston. Que allí estaba, cerrándose de nuevo sobre ella, como si los mismos ornamentos del yeso del cielo raso, las formas del mobiliario, el corte de su vestido, hubiesen tenido origen en los prejuicios de los Ralston y hubiesen sido convertidos en materia firme bajo el toque de las manos de los Ralston.

Debía haber estado loca, pensó, para haberse comprometido hasta aquel punto con Charlotte; no obstante, por más vueltas que le diese no era capaz de imaginar otra salida. Por alguna razón, le tocaba a ella salvar a la criatura de Clem Spender.

Oyó el ruido de la llave en la cerradura (nunca aquel sonido había hecho latir su corazón de aquel modo) y el de una chistera depositada sobre la consola del vestíbulo: ¿o acaso habían sido dos? La puerta del salón se abrió, dando paso a dos jóvenes robustos y desenvueltos: dos Jim Ralston, por así decir. Delia nunca se había fijado en lo mucho que se parecían su esposo y su primo; pensó en cuánta razón tenía al pensar siempre en los Ralston como un colectivo.

No habría sido joven y tierna, amén de una esposa feliz, si no hubiese considerado a Joe una pasable copia de su Jim; en todo caso, y admitiendo defectos en la reproducción, subsistía una llamativa semejanza entre sus atléticas figuras, los breves rostros sanguíneos con la nariz recta, la barba recortada, las cejas en orden, los inocentes ojos azules y la dulce sonrisa egoísta. Sólo que en aquel momento Joe parecía Jim con dolor de muelas.

— Mira, querida: aquí hay un joven que solicita compartir nuestra pitanza del día —dijo Jim sonriente, con

la confianza del marido bien alimentado que sabe que en cualquier momento puede aparecer en casa con un amigo.

—¡Qué amable, Joe! ¿Tú crees que se conformará con sopa de ostras y pavo relleno? —dijo radiante Delia dirigiéndose a su esposo.

—¡Lo sabía! ¡Te lo dije, mi estimado camarada! Él dijo que no te iba a gustar, que lo de la cena te pondría nerviosa. Ya verás cuando estés casado, Joseph Ralston... —Jim abatió una garra cordial sobre el hombro verde botella de su primo y Joe hizo una mueca como si la muela lo hubiese apuñalado.

—Es demasiado amable de tu parte aceptar mi presencia en tu mesa esta noche, prima Delia. El hecho es que...

—¡Primero la comida, muchacho, si no te importa! Una botella de borgoña aventará la melancolía. Acompaña a tu prima, ¿quieres?; yo voy a ocuparme de que traigan el vino.

Sopa de ostras, róbalo asado, pavo relleno, fritura de manzana y pimientos verdes, seguido por una de las famosas natillas al caramelo de la abuela Ralston: en medio de su angustia mental, Delia tuvo vagamente conciencia de un escondido orgullo por su éxito. Ciertamente serviría para confirmar el rumor de que Jim Ralston siempre podía llevar a un amigo a comer a su casa, sin aviso previo. Los vinos de los Ralston y los Lovell contribuyeron a redondear el resultado, y para cuando el madeira de los Lovell empezó a menguar, hasta el semblante preocupado de Joe se había suavizado. Delia advirtió el cambio cuando los dos jóvenes se reunieron nuevamente con ella en el salón.

—Y ahora, mi querido, será mejor que se lo cuentes todo a ella —le aconsejó Jim a su primo, mientras le arrimaba un sillón.

La joven, inclinada sobre su labor, escuchaba con

los párpados bajos y las mejillas encendidas. Joe esperaba que ella, en su condición de mujer casada —y de madre—, encontrase justificado que él le hablase con franqueza: contaba a esos efectos con la autorización del esposo.

—Oh, adelante, adelante —lo acució desde la chimenea un Jim exultante tras la copiosa cena.

Delia escuchó, con deferencia, dejando que el novio avanzara a trompicones en su dificultosa exposición. Su aguja pendía como una espada de Damocles sobre el bastidor; vio enseguida que Joe dependía de lo que ella hiciese para convencer a Charlotte de que aceptase el punto de vista de él. Pero estaba muy enamorado: Delia comprendió que a una palabra suya él se rendiría y Charlotte lograría su propósito, salvaría a la niña y se casaría...

¡Qué fácil era, después de todo! Una acogida amistosa, una buena cena, un vino en su punto, y el recuerdo de los ojos de Charlotte, cuya expresión tanto enriquecía todo aquello que habían contemplado. Una inconfesada envidia acometió a la esposa a la que había faltado esa iluminación.

Qué fácil resultaba... y sin embargo, ¡no debía ser! Pasara lo que pasase, no podía dejar que Charlotte Lovell se casara con Joe Ralston. Todas las tradiciones de honor y probidad en las cuales se había educado le prohibían ser cómplice de semejante trama. Podía pensar —ya lo había hecho— en medidas arbitrarias, en un mañoso e inaplazable desafío de los precedentes, en sutiles revueltas contra la impiedad de la rutina social. Pero nunca podría admitir una mentira. La idea de que Charlotte se casase con Joe Ralston —el primo de su Jim— sin revelarle su pasado le parecía tan deshonrosa a Delia como se lo habría parecido a cualquier Ralston. Y decirle la verdad pondría un inmediato fin al proyectado matrimonio; de eso incluso Chatty era consciente. La tolerancia social no trataba de la misma forma a las mujeres que a los hombres, y ni Delia ni Charlotte se habían preguntado jamás por qué: como todas las jóvenes de su clase, simplemente se inclinaban ante lo ineluctable.

No; el dilema no tenía escape. Tan claro como le resultaba su deber de salvar a la criatura de Clem Spender, a Delia se le aparecía también claro que estaba destinada a sacrificar a su amante. Este pensamiento le daba vueltas en la cabeza cuando recordó aquella ansiosa exclamación de Charlotte: «¡Pero yo quiero casarme, como todas vosotras!», y el corazón se le encogió. Pero igual no podía ser.

—Me hago cargo —estaba diciendo Joe con acento monótono— de la ignorancia y la inexperiencia de mi prometida, de su adorable pureza. ¿Cómo podría un hombre desear que su futura esposa fuese... fuese de otra manera? ¿Estás de acuerdo, Jim? ¿Y tú, Delia? Le he dicho, ¿sabéis?, que siempre dispondrá de una cantidad dedicada especialmente a sus niños pobres, además de su dinero de bolsillo; con eso puede contar sin la menor duda. ¡Por Dios!, estoy dispuesto a firmar una escritura, un acuerdo ante notario, si ella lo quiere así. Yo admiro y aprecio su generosidad. Pero te pido a ti, Delia, como madre, que me des tu opinión, y por favor con toda franqueza. Si piensas que puedo ceder un poco, permitirle que continúe atendiendo personalmente al cuidado de esos niños hasta que... —un acceso de vanidad puso colores en las sienes del padre potencial— hasta que deberes más apremiantes la reclamen, pues bien, yo estoy perfectamente preparado para... si tú se lo planteas en esos términos. Yo me comprometo —proclamó Joe, súbitamente estimulado por el recuerdo de la última copa— a arreglarlo con mi madre, cuyos prejuicios, desde luego, respeto, aunque jamás permitiré que interfieran en mis convicciones. —Se puso de pie de un salto y se quedó radiante mirando a su intrépido doble en el espejo de la chimenea.

—¡Bravo, bravo! —exclamó Jim con entusiasmo.

La aguja pinchó con energía el bastidor de Delia, que hizo a un lado la labor.

— Creo que os comprendo a ambos, Joe. Si estuviese en el lugar de Charlotte, ciertamente jamás podría abandonar a esas criaturas.

— ¡Ahí tienes, amigo mío! —exclamó triunfalmente Jim, tan orgulloso de aquel valor putativo como de la perfección de la cena.

— Jamás —dijo Delia—. Me refiero, sobre todo, a las criaturas abandonadas: hay dos, según creo. Ésas siempre mueren si se las envía a un asilo. Eso es lo que tiene angustiada a Chatty.

— ¡Pobres inocentes! ¡Cuánto más la quiero por quererlos! Que haya de haber en este mundo semejantes truhanes sin castigo! Delia: le dirás que haré lo que sea...

— Poco a poco, amigo, poco a poco —lo amonestó suavemente Jim, con un destello de la prudencia de los Ralston.

— Bueno, es decir, lo que esté dentro de lo razonable...

Delia lo detuvo alzando una mano.

— Se lo diré, Joe: quedará agradecida. Pero es inútil...

— ¿Inútil? Pero ¿qué más puede haber que...?

— Nada más: excepto esto. Charlotte ha sufrido una recaída de su antigua enfermedad. Hoy tosió sangre estando aquí. No debes casarte con ella.

Bueno: ya estaba. Se levantó, con un temblor en los huesos y consciente de que hasta sus labios habían perdido el color. ¿Había obrado bien? ¿Había obrado mal? ¿Y lo sabría alguna vez?

El pobre Joe volvió hacia ella un rostro tan demudado como el suyo: se aferraba al respaldo del sillón y tenía la cabeza colgando hacia adelante, como un anciano. Movió los labios, pero sin emitir sonido alguno.

— ¡Dios mío! —balbució Jim—. Pero es necesario no perder el ánimo, muchacho.

— Yo... estoy tan apenada por ti, Joe. Mañana te lo dirá ella misma —farfulló Delia, mientras su esposo continuaba ofreciendo contundentes argumentos de consolación.

— Tómalo como un hombre, camarada. Piensa en ti, en tu futuro. No puede ser, ¿comprendes? Delia tiene razón; *siempre* la tiene. Es mejor acabar con ello: más vale afrontar las cosas antes que después.

— Antes que después —repitió Joe con una sonrisa atormentada; y a Delia se le ocurrió que nunca hasta entonces, en el curso de su existencia fácil y bonachona, habían tenido que renunciar —ni él ni su Jim— a algo que quisiesen intensamente. Hasta el vocabulario del renunciamiento y sus gestos convencionales le eran desconocidos.

— Pero no comprendo. No puedo renunciar a ella —declaró él, parpadeando para desprenderse de una lágrima pueril.

— Piensa en los hijos, mi viejo; es tu deber —insistió Jim, conteniendo una mirada de orgullo a su saludablemente atractiva esposa.

En la extensa conversación que siguió entre los primos —argumento, réplica, sabio consejo y protesta desesperanzada—, Delia apenas tomó parte. Sabía perfectamente cuál sería el final. El novio que había temido que su novia pudiese traer a casa algún contagio de sus visitas a los pobres, no iba a implantar conscientemente una enfermedad en su raza. Ni era eso todo. Los numerosos casos de madres prematuramente fallecidas y que dejaban a sus esposos solos con un joven rebaño que criar, debían de estar pesando en la memoria de Joe. Los Ralston, los Lovell, los Lanning, los Archer, los Van Der Luyden, ¿cuál de ellos no tenía alguna tumba que cuidar en un cementerio lejano?: tumbas de jóvenes parientes «desmejorados», enviados a curarse en la reparadora Italia... Los cementerios protestantes de Roma y de Pisa estaban llenos de apellidos neoyorquinos; la visión de aquel peregrinaje familiar con una esposa agonizante era como para enfriar el entusiasmo del más ardiente de los Ralston. Y todo el tiempo, mientras escuchaba con la cabeza gacha, Delia se repetía: «Esto es fácil; pero ¿cómo voy a decírselo a Charlotte?».

Cuando el pobre Joe, aquella noche, le estrechó la mano con un adiós apenas modulado, ella lo llamó bruscamente desde el umbral.

— Tienes que dejar que la vea yo antes, por favor; debes aguardar hasta que ella te mande llamar —dijo, y dio un ligero respingo ante la presteza de su aceptación. Pero no había aliento retórico que pudiese hacerle fácil a un hombre joven afrontar lo que le esperaba a Joe; y la última mirada que Delia le dirigió fue de compasión...

La puerta principal se cerró mientras Joe se alejaba, y Delia se sobresaltó al sentir que su esposo le tocaba un hombro.

— Nunca te había admirado más, querida. ¡Mi sensata Delia!

Con la cabeza echada hacia atrás, ella recibió su beso y luego se apartó. Consideró que aquel destello en los ojos de él cabía ser tomado tanto por un envite a su lozanía como por un homenaje a su sagacidad.

Lo mantuvo a distancia.

— ¿Qué habrías hecho tú, Jim, si yo hubiese tenido que decirte con respecto a mí lo mismo que acabo de decirle a Joe acerca de Chatty?

Un leve fruncimiento de cejas demostró que la pregunta le resultaba fuera de lugar y en modo alguno acorde con el tacto habitual en ella.

— Ven —dijo, ofreciéndole su vigoroso brazo.

Ella se mantuvo apartada de él, con la mirada seria.

— ¡Pobre Chatty! Ahora no le queda nada...

También la mirada de él se volvió seria, en un espontáneo gesto solidario. En momentos como aquél seguía siendo el muchacho sentimental que ella podía manejar.

—¡Ah, pobre Chatty, de veras! —Buscó a tientas la panacea más a mano—. Después de todo, es una suerte que tenga a esos pobres, ¿no? Supongo que una mujer *tiene* que tener niños a quienes querer: los de otras personas, si no son los suyos. —Fue evidente que el pensar en el remedio ya había aliviado su pena.

—Sí —convino Delia—, no veo otro consuelo para ella. Estoy segura de que Joe sentirá lo mismo. Entre nosotros, querido... —y ahora permitió que él le cogiera las manos— entre nosotros, tú y yo debemos ocuparnos de que conserve a sus bebés.

—¿Sus bebés? —El pronombre posesivo lo hizo sonreír—. ¡Por supuesto, pobre muchacha! A menos, ciertamente, que la envíen a Italia.

—¡Oh, qué esperanza! ¿De dónde iba a salir el dinero? Y además, ella nunca se separaría de la tía Lovell. Pero yo pensaba, querido, si mañana pudiera decirle... y te digo que no estoy precisamente deseando esa conversación con ella..., si pudiera decirle que tú me permitirías cuidar del bebé que parece preocuparla más, la pobre niñita abandonada que no tiene apellido ni hogar... si pudiera disponer de una cantidad fija de mi asignación personal...

Las manos de ambos se unieron, ella alzó el rostro encendido hacia él, que tenía lágrimas viriles en los ojos; ¡ah, qué sensación de triunfo le proporcionaban la salud, la sabiduría, la generosidad de su mujer!

—De tu asignación, ni un centavo: ¡jamás!

Ella fingió desaliento y asombro.

—Piensa, querido... ¡Si yo hubiera tenido que abandonarte!

—Ni un centavo de tu asignación, digo, sino todo cuanto necesites para ayudar a los pobres de Chatty. ¡Ea!: ¿te satisface eso?

—¡Mi amor! Cuando pienso en los nuestros, allí arriba.

Aquella evocación hizo que se asieran aprensivamente el uno al otro.

V

Al oír los pasos de su prima, Charlotte Lovell alzó de la almohada su rostro enfebrecido.

El dormitorio, cerrado y en penumbras, olía a agua de colonia y ropa limpia. Delia, entrando encandilada por el brillante sol invernal, tuvo que tantear el camino a través de una semioscuridad obstruida por el mobiliario de caoba.

— Quiero verte el rostro, Chatty: a menos que te duela mucho la cabeza.

Charlotte declaró que no, y Delia descorrió las pesadas cortinas de la ventana para dejar entrar un rayo de luz. En él vio la cabeza de la muchacha, lívida contra la ropa de cama, con los círculos rosa intenso visibles otra vez debajo de los párpados ensombrecidos. Precisamente ése —recordó— había sido el aspecto de la pobre prima Fulana la semana anterior a su partida para Italia.

— ¡Delia! —exhaló Charlotte.

Delia se acercó al lecho y empezó a ver a su prima con otros ojos. Sí, había sido bastante fácil, la noche anterior, disponer del futuro de Chatty como si fuese el suyo. Pero ¿ahora?

— Querida...

— Oh, empieza, por favor —la interrumpió la muchacha—, ¡o sabré que lo que estás por decir es demasiado horrible!

— Chatty, querida mía, si te prometí demasiado...

— ¿Jim no te permitirá hacerte cargo de mi niña? ¡Lo sabía! ¿Seguiré siempre soñando con cosas que nunca podrán ser?

Delia, con las lágrimas resbalándole por las mejillas, se arrodilló junto al lecho y sometió su mano fresca al quemante apretón de la otra.

— No pienses así, querida: piensa sólo en qué preferirías...

— ¿En qué preferiría? —La muchacha se irguió de golpe contra las almohadas, reanimada hasta las quemantes puntas de los dedos.

— No puedes casarte con Joe, querida, y conservar a la pequeña Tina, ¿no es verdad? —prosiguió Delia.

— Tenerla conmigo no: pero en algún sitio donde pudiera escaparme a verla... ¡Oh, me había hecho unas ilusiones tan locas!

— Abandona las ilusiones, Charlotte. Conservarla ¿dónde? ¿Visitar a tu propia hija en secreto? ¿Siempre con miedo al oprobio? ¿Al daño para tus otros hijos? ¿Has pensado alguna vez en eso?

— ¡Oh, mi pobre cabeza no piensa! ¿Intentas decirme que debo renunciar a la pequeña?

— No, querida; pero sí que no debes casarte con Joe.

Charlotte se hundió en la almohada, con los ojos entrecerrados.

— Te digo que tengo que darle un hogar a mi hija. ¡Tú eres demasiado afortunada para entenderlo, Delia!

— Considérate afortunada tú también, Chatty. No vas a abandonar a tu hija. Viviremos contigo: tú te encargarás de ella... para mí.

— ¿Para ti?

— Te prometí que me haría cargo de ella, ¿verdad? Pero no que debías casarte con Joe. Sólo que le daría un hogar a tu pequeña. Bueno, eso está arreglado; las dos estaréis siempre juntas.

Charlotte se aferró a ella sollozando.

—Pero Joe... No puedo decírselo, ¡no puedo! —De pronto apartó de sí a Delia—. ¿No le habrás dicho nada de lo de mi bebé? No podría soportar herirlo de ese modo.

—Le conté que ayer tosiste sangre. Pronto vendrá a verte: se siente tremendamente desdichado. Se le ha dicho que, en vista de tu mal estado de salud, el compromiso queda roto por tu voluntad, y él acepta tu decisión; pero si él se ablanda, si tú te ablandas, no puedo hacer nada por ti ni por la pequeña Tina. ¡Por el amor del cielo, recuérdalo!

Delia la soltó, y Charlotte se recostó en silencio, con los ojos cerrados y los labios apretados. Allí quedó tendida, semejante a un cadáver. Sobre una silla cercana al lecho se hallaba el vestido de popelina con cintas rojas de terciopelo, que había sido rehecho en honor a su compromiso. Un par nuevo de botines de cabritilla color bronce asomaba por debajo. ¡Pobre Chatty! No había tenido apenas tiempo para ser atractiva...

Delia se instaló inmóvil junto al lecho, con la mirada puesta en el semblante hermético de su prima. Sus ojos siguieron el curso de una lágrima que forzó su salida por entre los apretados párpados de Charlotte, tomó impulso prendida de sus pestañas y le bajó reluciente por la mejilla. Cuando la lágrima llegó a los labios, éstos hablaron.

—¿Quieres decir que voy a vivir en algún sitio con ella? ¿Sólo ella y yo juntas?

—Sólo tú y ella.

—¿En una casita?

—En una casita...

—¿Estás segura, Delia?

—Segura, mi querida.

Una vez más, Charlotte se reclinó apoyada en un codo y se puso a hurgar con una mano debajo de la almohada. Extrajo una estrecha cinta de la que pendía un anillo de diamantes.

— Ya me lo he quitado —dijo sencillamente, y se lo entregó a Delia.

Segunda parte

VI

Siempre fue evidente, coincidía todo el mundo después, que Charlotte Lovell estaba destinada a quedar solterona. Fue una cosa manifiesta incluso antes de su enfermedad: siempre tuvo algo de remilgado, a pesar de su ígnea cabellera. Bastante suerte la suya, pobre muchacha, si se tiene en cuenta lo precario de su salud cuando era joven: los contemporáneos de la señora de James Ralston, por ejemplo, recordaban a Charlotte como un puro espectro echando los pulmones al toser; lo cual, desde luego, había sido el motivo principal de la ruptura de su compromiso con Joe Ralston.

Es verdad que se había recuperado con mucha rapidez, a pesar del curioso tratamiento al que la sometieron. Los Lovell, como todos saben, no podían permitirse enviarla a Italia; el experimento anterior en Georgia no había tenido éxito; así pues, fue despachada a una granja sobre el Hudson —un pequeño rincón en tierras de James Ralston—, donde estuvo viviendo durante cinco o seis años con una sirviente irlandesa y una niñita expósita. La historia de la expósita era otro extraño episodio en la biografía de

Charlotte. Desde la época de su primera enfermedad, cuando sólo tenía veintidós o veintitrés años, había desarrollado una ternura casi mórbida por los niños, especialmente los hijos de los pobres. Se decía —se atribuyó al doctor Lanskell el haberlo dicho— que el instinto de maternidad frustrado era particularmente intenso en los casos en que una enfermedad pulmonar impedía el matrimonio. Así pues, cuando se decidió que Chatty debía romper su compromiso con Joe Ralston e irse a vivir al campo, el doctor le había dicho a la familia que la única esperanza de salvarla residía en no separarla completamente de sus niños pobres, sino dejarla escoger uno de ellos, el menor y más digno de compasión, y que se dedicara a cuidarlo. De modo que los Ralston le habían prestado su pequeña granja, y la señora de Jim, con su extraordinario don de captar las cosas al vuelo, lo había arreglado todo enseguida, y hasta se había comprometido a hacerse cargo de la criatura en caso de que Charlotte muriese.

Charlotte no murió. Sobrevivió y llegó a ser una mujer robusta, de mediana edad, llena de energía e incluso tiránica. Y al tiempo que su carácter se transformaba, se fue convirtiendo cada vez más en una típica solterona: escrupulosa, metódica, detallista y proclive a dar una importancia exagerada a los más insignificantes usos sociales y domésticos. Su reputación como vigilante ama de casa era tal que cuando el pobre Jim Ralston se mató de una caída del caballo y dejó a Delia, todavía joven, con un varón y una niña que criar, pareció completamente natural que la desconsolada viuda llevara a su prima a vivir con ella y compartir la tarea. Pero Delia Ralston nunca hacía las cosas exactamente como todo el mundo. Cuando se trajo a Charlotte, se trajo también a su expósita: una criatura de cabello oscuro y ojos castaño claro, con las maneras características de los niños que han vivido demasiado con sus mayores. La pequeña se lla-

maba Tina Lovell: se suponía vagamente que Charlotte la había adoptado. Creció en términos de afectuosa igualdad con sus primos, los Ralston, y podría decirse que casi en los mismos con las dos mujeres que le sirvieron de madres. Pero, impulsada por un instinto de imitación que nadie se tomó el trabajo de corregir, siempre llamaba «mamá» a Delia Ralston y «tía Chatty» a Charlotte. Era una joven brillante y atractiva, y la gente se maravillaba de la suerte de la pobre Chatty al haber escogido entre sus expósitos (pues a estas alturas se daba por supuesto que había tenido un asilo entero en donde elegir) a un ejemplar tan interesante.

Sillerton Jackson, un agradable célibe maduro, de regreso de una prolongada estancia en París (donde, al parecer, había recibido grandes atenciones por parte de las más altas personalidades) quedó enormemente impresionado por los encantos de Tina en ocasión del baile de su presentación en sociedad, y le pidió permiso a Delia para acudir una noche a su casa y cenar a solas con ella y sus vástagos. Lisonjeó a la viuda ponderándole la prometedora joven belleza de su propia Delia; pero el agudo ojo materno percibió que en ningún momento había dejado de mirar a Tina, y después de la cena él comentó ante las señoras mayores que había algo «muy francés» en el modo en que la muchacha llevaba el cabello y que en la capital de todas las elegancias la habrían declarado sumamente distinguida.

—Oh... —dijo Delia, radiante, afectando no dar importancia al comentario, mientras Charlotte Lovell permanecía inclinada sobre su labor con los labios apretados; pero Tina, que había estado riéndose con sus primos al otro extremo de la habitación, se presentó en un santiamén junto a los mayores.

—¡Escuché lo que dijo el señor Jackson! Sí, mamá, lo oí: dice que me peino con elegancia. ¿No te lo he dicho siempre? Yo *sé* que queda mejor dejar que el pelo se ondee a su aire, que estirárselo con bandolina como la tía...

—Tina, Tina... tú crees que la gente está siempre admirándote —protestó la señorita Lovell.

—¿Por qué no, si es así? —rió desafiante la muchacha; y dirigiendo una mirada burlona a Sillerton Jackson—: ¡Dígale a tía Charlotte que no sea tan espantosamente melindrosa!

Delia vio afluir la sangre al rostro de Charlotte Lovell. Ahora ya no le pintaba sendos círculos de color rojo subido en los pómulos, sino que provocaba en toda su tez un desagradable rubor, desde el cuello cerrado por un anticuado broche con una piedra de granate almandino hasta el cabello entrecano (sin vestigio alguno de rojo) aplastado sobre sus huesudas sienes.

Esa noche, cuando subían a acostarse, Delia llamó a Tina a su cuarto.

—No debes hablarle a tu tía Charlotte como lo has hecho esta noche, querida. Es una falta de respeto: deberías darte cuenta de que eso la lastima.

La muchacha se mostró compungida.

—¡Oh, cuánto lo siento! ¿Porque dije que era una solterona? Pero lo *es*, ¿no es verdad, mamá? De alma, quiero decir. No creo que jamás haya sido joven, que haya pensado en divertirse, en ser admirada, en enamorarse... tú ¿qué dices? Es por eso que ella nunca me comprende y tú sí, mamá querida. —Con uno de sus ágiles movimientos, Tina se encontró en los brazos de la viuda.

—Niña... niña... —la rezongó suavemente Delia, besando la frente de la muchacha, con sus cinco oscuros rizos separados.

Hubo unas leves pisadas en el pasillo y Charlotte Lovell apareció en la puerta. Delia, sin moverse, le envió una mirada de bienvenida por sobre el hombro de Tina.

—Entra, Charlotte, estoy reprendiendo a Tina por

comportarse como un bebé malcriado delante de Sillerton Jackson. ¿Qué pensará de ella?

—Sólo lo que se merece, probablemente —replicó Charlotte con una fría sonrisa. Tina fue hacia ella, y los delgados labios de Charlotte tocaron la frente que le ofrecía la muchacha, justo donde Delia había depositado su cálido beso—. Buenas noches, hija —dijo, en su árido tono de despedida.

La puerta se cerró sobre las dos mujeres, y Delia invitó sin palabras a Charlotte a ocupar el sillón opuesto al suyo.

—No tan cerca del fuego —respondió la señorita Lovell.

Optó por una silla de espaldar recto y se sentó con las manos enlazadas. Los ojos de Delia se posaron distraídos en los delgados dedos despojados de anillos: se preguntó por qué Charlotte no usaba nunca las joyas de su madre.

—Escuché lo que le decías a Tina, Delia. La estabas reprendiendo por haberme llamado solterona.

Fue el turno de Delia para ponerse colorada.

—La reprendí por su falta de respeto, querida; si oíste lo que dije, no pensarás que estuve excesivamente severa.

—No, excesivamente severa, no. Nunca he pensado que fueras demasiado severa con Tina; al contrario.

—¿Crees que la consiento?

—A veces.

Delia experimentó un espontáneo resentimiento.

—¿Qué ha sido, de lo que dije, lo que te merece objeciones?

Charlotte le devolvió con firmeza la mirada.

—Preferiría que me considerase una solterona a que...

—Oh... —murmuró Delia. En uno de sus rápidos accesos de intuición había penetrado en el alma de la otra, y una vez más había medido su estremecedora soledad.

— ¿Qué otra cosa —prosiguió inexorablemente Charlotte— puede permitírsele creer que soy yo?

— Comprendo... comprendo... —balbució la viuda.

— Una ridícula solterona intolerante... nada más —insistió Charlotte Lovell, poniéndose de pie—, o nunca me sentiré segura con ella.

— Buenas noches, querida —dijo Delia conmovida. Había momentos en que casi odiaba a Charlotte por ser madre de Tina, y otros, como éste, en que el trágico espectáculo de aquel inconfesado vínculo le encogía el corazón.

Charlotte pareció adivinar sus pensamientos.

— ¡Oh, pero no me tengas lástima! Ella es mía —murmuró al salir.

VII

Delia Ralston tenía a veces la sensación de que los
verdaderos acontecimientos de su vida no comenza-
ron hasta después de las seguras y adecuadas alianzas
matrimoniales neoyorquinas de sus dos hijos. El primero en casarse había sido el varón, que había escogido a una Vandergrave, lo que le aseguró inmediatamente una posición como socio menor en el banco de su suegro en Albany; y la joven Delia (tal como
había pronosticado su madre) había elegido a John
Junius, el más sensato y confiable de los numerosos
jóvenes Halsey, a quien había seguido a la mansión
de sus padres al año siguiente a la boda de su hermano.
Una vez que la joven Delia hubo abandonado la
casa de Gramercy Park, era inevitable que Tina ocu-
pase el centro vacante del escenario. Tina había alcanzado la edad de casarse, era admirada y solicitada;
pero ¿qué esperanzas había de que encontrase esposo? Las dos vigilantes mujeres no se planteaban mutuamente aquella pregunta; pero Delia Ralston, que
cavilaba a diario al respecto y se llevaba el problema
a la cama, sabía positivamente que a la misma hora
en que ella subía por la noche a su dormitorio, tam-

bién Charlotte Lovell arrastraba consigo al piso de arriba el mismo problema.

Durante los ocho años que llevaban viviendo juntas, las dos primas apenas si habían discrepado abiertamente. En realidad, casi se podría decir que la sinceridad no predominaba en la relación entre ambas. Delia habría querido que fuese de otro modo: después de haberse mirado una vez al alma tan intensamente, no parecía natural que hubiera de correrse un velo entre ellas. Pero comprendía que la ignorancia de Tina acerca de su origen debía ser mantenida a toda costa, y que Charlotte Lovell, brusca, apasionada y poco expresiva, no concebía otro medio de protección que el parapetarse tras un perpetuo silencio.

Tan lejos había llevado aquella autoimpuesta reticencia, que la señora Ralston se sorprendió cuando, poco después del casamiento de la joven Delia, Charlotte pidió de pronto que le permitiesen trasladarse a un pequeño dormitorio contiguo al de Tina, que había quedado vacante con la partida de la novia.

— Pero estarás mucho menos cómoda allí, Chatty. ¿Has pensado en eso? ¿O es por las escaleras?

— No, no es por las escaleras —respondió Charlotte con su habitual rudeza. ¿Cómo podía aprovechar el pretexto que Delia le ofrecía, cuando ésta sabía que ella todavía subía y bajaba los escalones de tres en tres como una muchacha?—. Es porque debo estar al lado de Tina —dijo con una voz grave que chirrió como una cuerda desafinada.

— Oh... muy bien. Como quieras. —La señora Ralston no habría sabido explicar por qué se sintió súbitamente irritada por la solicitud, excepto que fuese porque ya había jugado con la idea de transformar el cuarto vacante en un saloncito de recibo para Tina. Había pensado en pintarlo de rosa y verde pálido, como una flor que se abre.

— Por supuesto que si hay alguna objeción... —insinuó Charlotte, como si leyera sus pensamientos.

— Ninguna en absoluto; sólo que... bueno, había pensado en sorprender a Tina convirtiendo el cuarto en una especie de pequeño *boudoir*, en el que pudiese tener sus libros y sus cosas, y recibir a sus amigas.

— Eres demasiado buena, Delia; pero Tina no debe tener *boudoirs* —respondió irónicamente la señorita Lovell, con las manchitas verdes visibles en sus ojos.

— Muy bien: como quieras —repitió Delia en el mismo tono irritado—. Mañana haré que bajen tus cosas.

Charlotte se detuvo en el umbral de la puerta.

— ¿Estás segura de que no hay ninguna otra razón?

— ¿Otra razón? ¿Por qué habría de haberla? —Las dos mujeres se miraron casi con hostilidad, y Charlotte se volvió para irse.

Concluida la conversación, Delia se sintió furiosa consigo misma por haber cedido al deseo de Charlotte. ¿Por qué tenía que ser siempre ella la que cediese; ella, que después de todo era la dueña de la casa y a quien casi podría decirse que tanto Charlotte como Tina debían la existencia, o al menos todo cuanto hacía que ésta valiese la pena? Pero el caso es que toda vez que surgía una cuestión relacionada con la muchacha, era invariablemente Charlotte quien imponía su punto de vista, Delia la que cedía: parecía como si Charlotte, a su manera muda y obstinada, estuviese resuelta a sacar todo el partido posible de la dependencia que impedía que una mujer como Delia se le opusiese.

En verdad, Delia había albergado más expectativas de lo que pensaba acerca de las tranquilas conversaciones con Tina a las que el pequeño *boudoir* se habría prestado. Mientras su propia hija ocupó la habitación, la señora Ralston había contraído la costumbre de pasar allí una hora cada noche charlando con las dos muchachas mientras éstas se desvestían y escuchando sus comentarios sobre los incidentes de la jornada. Siempre sabía de antemano exactamente lo que diría su propia hija; pero las opiniones y puntos de vista de Tina constituían para ella una permanente y deliciosa sorpresa. No es que fueran extrañas o extravagantes; había veces en que parecían brotar directamente de las silenciadas profundidades del propio pasado de Delia. Sólo que expresaban sentimientos que ella jamás había explicitado, pensamientos que ella apenas se había confesado a sí misma: Tina decía a veces cosas que Delia Ralston, en una remota intimidad, se había imaginado diciéndole a Clement Spender.

Y ahora se acabarían aquellas conversaciones nocturnas: si Charlotte había pedido alojarse al lado de su hija, ¿no podría ser porque deseaba que se acabasen? A Delia nunca se le había ocurrido que su ascendencia sobre Tina pudiese ser un motivo de ofensa; ahora el descubrimiento provocaba un destello de luz en las profundidades del abismo que siempre había separado a las dos mujeres. Pero un momento después Delia se reprochaba el haber atribuido a su prima sentimientos de celos. ¿No era a sí misma a quien debía atribuírselos? Charlotte, como madre de Tina, tenía todo el derecho del mundo a querer estar cerca de ella, cerca de ella en todos los sentidos de la palabra; ¿qué títulos tenía Delia para oponerse a aquel natural privilegio? A la mañana siguiente dio la orden de que las pertenencias de Charlotte fuesen trasladadas al cuarto contiguo al de Tina.

Esa noche, a la hora de acostarse, Charlotte y Tina subieron juntas; en tanto Delia se demoró en el salón, so pretexto de tener que escribir algunas cartas. La verdad es que temía trasponer aquel umbral donde cada noche acostumbraba a recibirla la risa fresca de las dos muchachas, mientras Charlotte Lovell dormía ya en el piso de arriba con su sueño de solterona. Una sensación de angustia la acometió al pensar que a partir de ahora estaría privada de aquel medio de conservar su ascendencia sobre Tina.

Una hora después, cuando a su vez subió las escaleras, tuvo conciencia, con una sensación de culpa, de avanzar lo más silenciosamente posible por la gruesa alfombra del pasillo y de detenerse más de lo necesario para apagar el mechero de gas que alumbraba el descanso. Mientras se demoraba, aguzó los oídos procurando captar algún sonido de voces desde el otro lado de las dos puertas contiguas tras las cuales dormían Charlotte y Tina; se habría sentido secretamente herida si hubiese escuchado conversación y risas procedentes del interior. Pero no las hubo, ni tampoco se veía luz por debajo de las puertas. Evidentemente, Charlotte, siguiendo sus rígidas costumbres, había dado las buenas noches a su hija y se había ido directamente a la cama como siempre. Quizá nunca había aprobado las vigilias de Tina, el largo tiempo dedicado a desvestirse, pautado por risas y confidencias; puede que hubiese pedido el cuarto adyacente al de su hija simplemente porque no quería que la muchacha perdiese su «descanso embellecedor».

Toda vez que Delia intentaba explorar el secreto de las actitudes de su prima, retornaba de la aventura humillada y avergonzada por los motivos rastreros que se descubría atribuyéndole a Charlotte. ¿Cómo era que ella, Delia Ralston, cuya felicidad había sido abierta y proclamada a los cuatro vientos, se descubriese con tanta frecuencia envidiando a la pobre Charlotte el secreto de su escatimada maternidad? Se odiaba por aquella tendencia a la envidia cada vez que la detectaba, y trataba de compensarla suavizando su comportamiento y esforzándose por tener la mayor consideración hacia los sentimientos de Charlotte; pero el propósito no siempre tenía éxito, y a veces Delia se preguntaba si Charlotte no se sentiría ofendida ante cualquier muestra de simpatía, tomándola por una alusión indirecta a su infortunio. Lo peor de un sufrimiento como el suyo era que la dejaba a una sensible al más ligero tacto...

Delia, desvistiéndose lentamente delante del mismo espejo bordeado de encaje del tocador que había reflejado su imagen de novia, estaba dándole vueltas a aquellos pensamientos cuando oyó un leve golpe en la puerta. Al abrirla, se encontró con Tina en camisón, con los oscuros rizos cayéndole sobre los hombros.

Con el corazón palpitándole de alegría, Delia le tendió los brazos.

—Tenía que darte las buenas noches, mamá —susurró la muchacha.

—Claro, mi querida. —Delia estampó un fuerte beso en la frente alzada de Tina—. Ahora vete de prisa, o podrías despertar a tu tía. Ya sabes que duerme mal, así que debes permanecer silenciosa como un ratón ahora que la tienes al lado.

—Sí, lo sé —asintió Tina, con una mirada grave que era casi de complicidad.

No hizo más preguntas, no se demoró: cogiéndole a Delia una mano, la sostuvo un momento apretada contra su mejilla, y luego se alejó tan furtivamente como había venido.

VIII

— Pero tienes que notar que Tina ha cambiado —insistió Charlotte Lovell, haciendo a un lado el *Evening Post*—. ¿No lo ves?

Las dos mujeres estaban solas sentadas junto al fuego en el salón de la casa de Gramercy Park. Tina había ido a cenar con su prima, la joven señora de John Junius Halsey, e iba a asistir después a un baile en lo de los Vandergrave, de donde los Halsey habían prometido acompañarla a casa. La señora Ralston y Charlotte, habiendo concluido su cena temprana, tenían la larga velada para ellas solas. La costumbre, en tales ocasiones, era que Charlotte le leyese en voz alta las noticias a su prima, mientras esta última bordaba; pero aquella noche, de principio a fin del escrupuloso recorrido de cada columna, sin tropiezos ni omisiones, por parte de Charlotte, Delia la había sentido, por alguna razón, dispuesta a aprovechar la ausencia de su hija.

Para ganar tiempo antes de responder, la señora Ralston se inclinó sobre una puntada de su delicada labor de bordado.

— ¿Tina cambiada? ¿Desde cuándo? —inquirió.

La respuesta vino como un relámpago:

—Desde que Lanning Halsey ha estado viniendo aquí tan a menudo.

—¿Lanning? Yo antes pensaba que venía por Delia —dijo la señora Ralston en tono de reflexión, hablando al azar para ganar más tiempo.

—Es natural que supongas que todo el mundo venga por Delia —replicó Charlotte secamente—; pero como Lanning continúa persiguiendo las oportunidades de estar con Tina...

La señora Ralston levantó la cabeza para lanzar una rápida ojeada a su prima. Lo cierto es que había notado que Tina había cambiado, como cambia una flor en el momento misterioso en que los pétalos cerrados irrumpen desde adentro. La muchacha se había vuelto más guapa, más modesta, más silenciosa, en ocasiones más alegre sin motivo. Pero Delia no había asociado aquellos cambios de modo de ser con la presencia de Lanning Halsey, uno de los numerosos jóvenes que habían frecuentado la casa antes del casamiento de la joven Delia. Había habido, sí, un momento en el cual la mirada de la señora Ralston se había fijado, con cierta aprensión, en el apuesto Lanning. Entre todos los robustos y estólidos primos Halsey era el único a quien una madre prudente hubiese vacilado en confiarle su hija; habría sido difícil decir por qué, aparte de que el muchacho era más apuesto y tenía más soltura que los otros, era crónicamente impuntual y completamente indiferente al hecho de serlo. Clem Spender había sido así; ¿y qué si la joven Delia...?

Pero la madre de la joven Delia fue rápidamente confortada. A la muchacha, desenfadada y atractiva ella misma, no le interesaban esos rasgos en los demás, a menos que estuviesen acompañados por cualidades más sólidas. Ralston hasta la médula, exigía las virtudes Ralston, y eligió al Halsey más merecedor de una novia Ralston.

La señora Ralston percibió que Charlotte esperaba que hablase.

—Va a ser duro hacerse a la idea de que Tina se case —dijo suavemente—. No sé qué vamos a hacer las dos viejas solas en esta casa vacía... porque va a ser una casa vacía para entonces. Pero supongo que debemos hacernos a la idea.

— *Yo* lo hago —dijo con expresión grave Charlotte Lovell.

—¿Y no te gusta Lanning? Quiero decir, como esposo para Tina.

La señorita Lovell dobló el diario de la noche y alargó una delgada mano en pos de su tejido. Miró a su prima a través de la mesilla de labor de madera de cidro.

—Tina no tiene que mostrarse demasiado difícil... —empezó a decir.

—Oh... —protestó Delia, enrojeciendo.

—Llamemos las cosas por su nombre —prosiguió la otra sin cambiar el tono—. Ésa es mi costumbre, cuando decido hablar. Generalmente, como sabes, no digo nada.

La viuda hizo un gesto de asentimiento y Charlotte continuó:

—Es mejor así. Pero siempre he sabido que llegaría un momento en que tendríamos que hablar claro de este asunto.

—¿Hablar claro? ¿Tú y yo? ¿De qué asunto?

—Del futuro de Tina.

Hubo un silencio. Delia Ralston, que siempre respondía instantáneamente a la menor apelación a su sinceridad, exhaló un profundo suspiro de alivio. ¡Por fin empezaba a derretirse el hielo en el corazón de Charlotte!

—Querida mía —murmuró Delia—, tú sabes cuánto me preocupa la felicidad de Tina. Si no apruebas a Lanning Halsey como marido, ¿tienes en mente algún otro candidato?

La señorita Lovell produjo una de sus débiles sonrisas severas.

—No he notado que estuviesen formando fila en la puerta. Ni desapruebo al joven Lanning Halsey como marido. Personalmente, lo encuentro muy agradable; comprendo su atractivo para Tina.

—Ah... ¿Tina se *siente* atraída?

—Sí.

La señora Ralston hizo a un lado su labor y se quedó pensativa contemplando el anguloso rostro de su prima. Jamás había ofrecido Charlotte Lovell más cabalmente la imagen típica de la solterona que allí sentada derecha en su silla de respaldo recto, con los codos pegados al cuerpo y haciendo sonar las agujas, hablando con aire imperturbable del casamiento de su hija.

—No comprendo, Chatty. Sean cuales fueren los defectos de Lanning —y no creo que sean graves—, comparto tu agrado por él. Después de todo —la señora Ralston hizo una pausa—, ¿qué es lo que la gente encuentra tan reprobable en él? Básicamente, por lo que he oído, que le cuesta decidirse por una profesión. Ya sabemos que Nueva York tiene un criterio estrecho en este aspecto. Un joven puede tener otras inclinaciones... artísticas... literarias... puede tener incluso dificultad para decidir...

Las dos mujeres se ruborizaron ligeramente, y Delia supuso que el mismo recuerdo que agitaba su pecho palpitaba también bajo el recto corpiño de Charlotte. Esta última habló:

—Sí: eso lo entiendo. Pero el vacilar acerca de una profesión puede provocar vacilaciones en cuanto a... a otras decisiones...

—¿Qué quieres decir? No será, supongo, que Lanning...

—Lanning no le ha pedido a Tina que se case con él.

Charlotte hizo una pausa. El uniforme clic de sus

agujas marcaba el silencio, del mismo modo que una vez, años antes, lo hiciera el tictac del reloj parisino de Delia sobre la repisa de la chimenea. En el instante en que su memoria volaba hacia aquella lejana escena, ella percibió su misteriosa tensión en la atmósfera.

Habló Charlotte:

—Lanning ha cesado de vacilar: ha decidido *no* casarse con Tina. Pero también ha decidido... no dejar de ver a Tina.

Delia enrojeció bruscamente; estaba irritada y perpleja ante la ambigüedad de las frases de Charlotte, salidas como de limosna por entre sus parsimoniosos labios.

—¡No dirás que se le declaró y después se echó atrás! No puedo creer que fuera capaz de inferirle a Tina semejante insulto.

—Él no ha insultado a Tina. Simplemente le ha dicho que no se puede permitir casarse. Hasta que elija una profesión, su padre sólo le concederá unos cientos de dólares anuales; y puede quedarse incluso sin eso si... si se casa contra la voluntad de sus progenitores.

Le tocaba a Delia el turno de quedarse callada. El pasado resucitaba de un modo demasiado abrumador en las palabras de Charlotte. Ante ella tenía a Clement Spender, irresoluto, insolvente, persuasivo. ¡Ah, si se hubiese dejado persuadir!

—Lamento mucho que esto tuviera que ocurrirle a Tina. Pero como Lanning parece haberse comportado honradamente y haberse retirado sin despertar falsas expectativas, es de esperar... debemos esperar...—Delia se detuvo, no sabiendo qué debían esperar.

Charlotte Lovell interrumpió su labor.

—Sabes tan bien como yo, Delia, que todo joven a quien le dé por enamorarse de Tina encontrará razones igualmente buenas para no casarse con ella.

—Entonces ¿piensas que las excusas de Lanning son un pretexto?

—Naturalmente. El primero de los muchos que encontrarán sus sucesores. Tina... atrae.

—Ah —murmuró Delia.

Allí estaban, enfrentadas finalmente al problema que, durante años de silencio y evasivas, había yacido tan próximo a la superficie como un cadáver enterrado con demasiada prisa. Delia volvió a aspirar profundamente, de nuevo casi como una señal de alivio. Siempre había sabido que sería difícil, casi imposible, encontrar un marido para Tina; y con todo lo que deseaba la felicidad de Tina, un cierto egoísmo recóndito le susurraba cuánto menos solitaria y sin objeto sería su vida si la muchacha se viera forzada a compartirla. Pero ¿cómo decirle eso a la madre de Tina?

—Espero que exageres, Charlotte. Puede que haya gente sin prejuicios... Pero, en cualquier caso, Tina no tiene por qué ser desdichada aquí, con nosotras dos queriéndola tanto.

—¿Tina una solterona? ¡Jamás! —Charlotte Lovell se levantó bruscamente, golpeando con el puño cerrado sobre la delicada mesilla de la labor—. Mi hija tendrá su propia vida... su propia vida... me cueste lo que me cueste...

La predispuesta simpatía de Delia se desbordó.

—Comprendo lo que sientes. Yo también querría... con todo lo duro que será verla partir. Pero sin duda no corre prisa: no hay motivo para mirar tan lejos. La criatura no ha cumplido los veinte. Espera.

Frente a ella tenía a Charlotte, inmóvil, perpendicular. En momentos como aquél a Delia la hacía pensar en la lava pugnando por fluir a través del granito: el fuego interior no parecía encontrar salida.

—¿Esperar? Pero ¿qué hay si *ella* no espera?

—Pero si él ha desistido... ¿qué quieres decir?

—Él ha renunciado a casarse... no a verla.

Esta vez saltó Delia, temblorosa de indignación.

—¡Charlotte! ¿Sabes lo que estás insinuando?

—Sí, lo sé.

—Ninguna muchacha decente...

Las palabras murieron en los labios de Delia. Charlotte Lovell le sostuvo inflexiblemente la mirada.

—No siempre las muchachas son lo que tú llamas decente —declaró.

La señora Ralston se volvió lentamente de regreso a su asiento. El bastidor se le había caído al suelo; se agachó trabajosamente a recogerlo. La desgarbada figura de Charlotte pendía sobre ella, inexorable como el destino.

—No alcanzo a imaginar, Charlotte, qué se gana diciendo semejantes cosas... con insinuarlas siquiera. Seguramente confiarás en tu propia hija.

Charlotte se rió.

—Mi madre confiaba en mí —dijo.

—¿Cómo te atreves...? ¿Cómo puedes...? —prorrumpió Delia; pero bajó los ojos y sintió un temblor de debilidad en la garganta.

—Oh, me atrevo a lo que sea por Tina, incluso a juzgarla tal como es —murmuró la madre.

—¿Tal como es? ¡Ella es perfecta!

—Entonces digamos que debe pagar por mis imperfecciones. Lo único que quiero es que no tenga que pagar demasiado.

La señora Ralston permaneció en silencio. Le pareció que Charlotte hablaba con la voz de todos los destinos oscuros enroscados bajo la tranquila superficie de la vida; y que a tal voz no cabía responder sino con una azorada aquiescencia.

—¡Pobre Tina! —suspiró.

—¡Oh, no es mi intención que sufra! No es por eso que he estado esperando... esperando. Sólo que he cometido errores: errores que ahora comprendo y debo remediar. Tú has sido demasiado buena con nosotras... y debemos irnos.

—¿Irnos? —dijo Delia sin aliento.

—Sí. No me creas ingrata. Tú salvaste a mi hija una vez: ¿imaginas que puedo olvidarlo? Pero ahora es mi turno: soy yo quien tiene que salvarla. Y sólo alejándola de todo esto, de todo cuanto ha conocido hasta hoy, puedo hacerlo. Ha vivido demasiado tiempo apartada de la realidad: y ella es como yo. No va a contentarse con lo irreal.

— ¿Lo irreal? —repitió Delia en tono incierto.

— Irreal para ella. Jóvenes que le hacen el amor y no pueden desposarla. Hogares felices en los que es bien recibida hasta que se sospecha de sus intenciones con respecto a un hermano o a un esposo, o se expone de alguna otra manera a ser insultada. ¿Cómo pudimos imaginar alguna vez, tú o yo, que la criatura podría escapar al desastre? Yo pensaba únicamente en su felicidad inmediata, en todas las ventajas, para las dos, de estar contigo. Pero este asunto del joven Halsey me ha abierto los ojos. Debo llevarme a Tina. Tenemos que irnos a vivir en algún lugar donde no nos conozcan, donde estemos entre gente sencilla, llevando una vida sencilla. Un sitio donde pueda encontrar marido y crear un hogar.

Charlotte se detuvo. Había hablado rápidamente y en tono monocorde, como si recitase de memoria; pero ahora, con voz quebrada, repitió:

— No soy una ingrata.

— ¡Oh, no hablemos de gratitud! ¿Acaso cabe entre tú y yo?

Delia se había puesto de pie y empezó a andar inquieta por la habitación. Ansiaba suplicarle, implorarle a Charlotte que no se precipitase, señalarle la crueldad de apartar a Tina de todas sus costumbres y amistades, de llevársela inexplicablemente a vivir «una vida sencilla entre gentes sencillas». ¿Qué posibilidad había, en verdad, de que un ser tan radiante fuera a someterse mansamente a semejante destino, o de que encontrase un esposo en semejantes circunstancias? El cambio no podía sino precipitar una tragedia. La experiencia de Delia era demasiado limitada para describir exactamente lo que podría ocurrirle a una muchacha como Tina, súbitamente separada de todo lo que le endulzaba la vida; pero por su angustiada imaginación cruzaban visiones de rebelión y huida: de una «caída» más honda e irremediable que la de Charlotte.

—Es algo demasiado cruel... demasiado cruel —gimió, hablando más consigo misma que con Charlotte.

Charlotte, en lugar de responder, miró bruscamente el reloj.

—¿Sabes qué hora es? Más de medianoche. No debo tenerte levantada esperando a mi tonta chiquilla.

A Delia se le encogió el corazón. Comprendió que Charlotte quería abreviar la conversación, y hacerlo recordándole que sólo su madre tenía derecho a decidir cuál sería el futuro de Tina. En aquel momento, aunque Delia acababa de afirmar que no cabía entre ellas hablar de gratitud, Charlotte Lovell le pareció un monstruo de ingratitud, y estuvo en un tris de gritar: «¿De modo que todos estos años no me han dado derecho alguno sobre Tina?». Pero en el mismo instante se había colocado una vez más en el lugar de Charlotte y había experimentado los terribles temores de la madre por su hija. Era bastante natural que Charlotte rechazase el menor intento de usurpación en privado de una autoridad que nunca podría manifestar en público. Con un remordimiento compasivo Delia se dio cuenta de que ella era literalmente el único ser sobre la tierra delante del cual Charlotte podía actuar como madre. «Pobrecilla... ¡ah, dejémosla!», musitó.

—Pero ¿por qué habrías de esperar a Tina levantada? Ella tiene llave, y Delia la traerá a casa.

Charlotte Lovell no respondió inmediatamente. Enrolló su tejido, dirigió una mirada de desaprobación a uno de los candelabros que había sobre la repisa de la chimenea y fue hasta allí a enderezarlo. Después recogió su bolsa de labores.

—Sí, como tú dices, ¿por qué alguien habría de quedarse levantado esperándola? —Dio unas vueltas por la habitación, apagando lámparas, cubriendo el fuego de cenizas, asegurándose de que las ventanas tuvieran echado el cerrojo, mientras Delia la observaba pasivamente. Luego las dos primas encendieron sus respectivas palmatorias y se encaminaron a la planta alta a través de la casa a oscuras. Charlotte parecía resuelta a no hacer ninguna alusión al tema de la conversación mantenida. En el descansillo se detuvo, inclinando la cabeza para recibir el beso de buenas noches de Delia.

—Espero que te hayan dejado el fuego encendido —dijo, con su aire de idónea ama de casa; y tras el apresurado gesto de asentimiento de Delia, ambas murmuraron simultáneamente «Buenas noches» y Charlotte giró por el pasillo hacia su cuarto.

IX

El fuego había sido mantenido en el cuarto de Delia y su camisón estaba caliente sobre un sofá cerca del hogar. Pero ella no se desvistió ni se sentó siquiera todavía. La conversación con Charlotte la había llenado de profunda inquietud.

Durante unos momentos permaneció en medio del cuarto, mirando detenidamente a su alrededor. Nada había sido cambiado nunca en aquella habitación que, siendo todavía novia, ella había planeado modificar. Todos sus sueños de renovación se habían disipado hacía tiempo. Una cierta indiferencia en lo más profundo de su ser había hecho que poco a poco se contemplase a sí misma como a una tercera persona, como si viviese una existencia destinada a otra mujer, una mujer totalmente ajena a la vital Delia Lovell que había entrado en aquella casa tan llena de planes e ilusiones. La culpa, lo sabía, no fue de su esposo. Con un poco de persuasión y un poco de zalamería, ella habría logrado inclinar a su favor todas las decisiones con tanta facilidad como había conseguido la muy importante de tomar a la bebé expósita bajo su protección. El problema fue que, después de aquella victoria, nada más había parecido merecer el intento. Por alguna razón, el primer contacto con la pequeña Tina había descentrado la entera existencia de Delia Ralston, volviéndola indiferente a todo lo demás, excepto, eso sí, al bienestar de su marido y de sus hijos. Por delante había visto únicamente un futuro lleno de deberes que cumplir, y los había cumplido alegre y lealmente. Pero su vida personal había terminado; se había sentido tan aislada como una monja de clausura.

El cambio en ella había sido demasiado profundo para no resultar visible. El conformismo de la querida Delia regocijó abiertamente a los Ralston. Cada aquiescencia fue tomada por una concesión y la doctrina familiar se fortificó con tan frescas pruebas de su persistencia. Ahora, mirando en torno suyo las litografías de Léopold Robert, los daguerrotipos de familia, el palisandro y la caoba, Delia comprendía que estaba contemplando las paredes de su propia tumba.

El cambio le había sobrevenido el día en que Charlotte Lovell, humillada en aquella misma estancia, había hecho su terrible confesión. En aquel momento, y por primera vez, Delia había sentido con una especie de exaltación las ciegas fuerzas de la vida que se revolvían y clamaban bajo sus pies. Pero también aquel día se había sabido excluida, condenada a vivir entre sombras. La vida había pasado de largo, y la había dejado con los Ralston.

¡Muy bien!: pues entonces ella sacaría el mejor partido posible de sí misma y de los Ralston. Fue una promesa espontánea y decidida; y durante casi veinte años había continuado observándola. Una sola vez había dejado de ser una Ralston para ser ella misma; sólo una vez había parecido que valía la pena. Y ahora tal vez hubiera sonado otra vez el mismo desafío; otra vez, por un momento, puede que valiese la pena vivir. No en obsequio de Clement Spender, menos todavía por Charlotte y ni siquiera por Tina; sino por ella misma, por Delia Ralston, que por su única ilusión perdida, por su realidad confiscada, rompería una vez más las barreras Ralston y entraría en contacto con el mundo.

Un leve sonido en el silencio de la casa la distrajo de su meditación. Escuchando, oyó abrirse la puerta de Charlotte Lovell y el roce de sus enaguas almidonadas en dirección al descansillo. Una luz asomó por debajo de la puerta y se extinguió; Charlotte había pasado por delante del umbral de Delia, camino de la planta principal.

Sin moverse, Delia continuó escuchando. Acaso la escrupulosa Charlotte hubiese bajado a asegurarse de que la puerta principal no estuviese trancada, o de que efectivamente había apagado el fuego. Si fuese así, pronto la oiría pasar de regreso. Pero no se oyeron pasos; y gradualmente resultó obvio que Charlotte había bajado a esperar a su hija. ¿Por qué?

El dormitorio de Delia quedaba en la parte frontal de la casa. Desplazándose silenciosamente sobre la gruesa alfombra, corrió las cortinas y abrió con cautela los postigos interiores. Debajo estaba la plaza vacía, blanca bajo la luz de la luna, con los troncos de los árboles salpicados de nieve fresca. Las casas de enfrente dormían en la penumbra; ninguna pisada marcaba la blanca superficie, ni había huellas de ruedas de vehículos que estropeasen el brillo de la calle. En lo alto, un cielo colmado de estrellas que nadaban en la luz lunar.

De las familias que rodeaban Gramercy Park, Delia sabía que únicamente otras dos habían ido al baile: la de Petrus Vandergrave y la de su primo, el joven Parmly Ralston. La de Lucius Lanning acababa de iniciar sus tres años de duelo por la madre de la esposa de Lucius (lo que era muy penoso para la hija de los Lanning, que cumplía los dieciocho y tendría que aguardar hasta los veintiuno para ser presentada en sociedad); la joven señora Marcy Mingott estaba «esperando a su tercero» y, por consiguiente, permanecería apartada de la mirada pública durante casi un año; y los demás residentes de la plaza eran gente que no pertenecía a su círculo o advenedizos.

Delia apoyó la frente contra el cristal de la ventana. Antes de mucho empezarían a aparecer carruajes doblando la esquina, la plaza dormida se llenaría del retintín de las caballerías, las risas frescas y los adioses de los jóvenes ascenderían desde los escalones de los portales. Pero ¿por qué estaba Charlotte abajo esperando a su hija en la oscuridad?

El reloj de París dio la una. Delia se apartó de la ventana, atizó el fuego, cogió un chal y, envuelta en él, reanudó su vela. ¡Ah, cuán vieja debía haberse hecho, para sentir frío en un momento así! Aquello le recordó lo que le reservaba el futuro: neuralgia, reumatismo, dificultad de movimientos, achaques en cadena. Y sin haber montado nunca guardia a la luz de la luna entre los tibios brazos de un amante...

La plaza continuaba aún en silencio. Pero con seguridad el baile debía de estar terminando: las fiestas más alegres no duraban hasta mucho más de la una de la madrugada y el trayecto entre University Place y Gramercy Park era breve. Delia se apoyó en el alféizar, escuchando.

Un ruido de herraduras amortiguado por la nieve resonó en Irving Place y el coche familiar de los Vandergrave se detuvo delante de la casa de enfrente. Las chicas Vandergrave y su hermano saltaron de él y subieron los escalones; después el coche se detuvo unas puertas más allá y los Parmly Ralston, traídos a casa por sus primos, descendieron delante de la suya. El siguiente carruaje en doblar la esquina debía de ser, por lo tanto, el de John Junius y señora, trayendo a Tina.

El reloj de bronce dorado dio la una y media. Delia se extrañó, sabiendo que la joven Delia, en consideración al horario de trabajo de John Junius, nunca permanecía hasta tarde en las fiestas nocturnas. Sin duda Tina la había demorado; la señora Ralston se enfadó un poco por la ligereza que Tina demostraba al tener levantado a su primo. Pero el enojo fue barrido inmediatamente por una ola de simpatía. «Debemos irnos a algún lugar y llevar una vida sencilla entre gente sencilla.» Si Charlotte llevaba a cabo su amenaza —y Delia sabía que difícilmente habría hablado si no hubiese tenido la decisión tomada—, pudiera ser que en aquel momento la pobre Tina estuviese bailando su último *valse*.

Transcurrió otro cuarto de hora; entonces, precisamente cuando el frío empezaba a abrirse camino a través de su chal, Delia vio a dos personas que se internaban en la plaza desierta procedentes de Irving Place. Una era un joven de amplia capa y sombrero de copa. De su brazo colgaba una figura tan estrechamente envuelta y abrigada que, hasta que la luz de la esquina cayó sobre ella, Delia vaciló en reconocer. Después se preguntaba cómo no había identificado enseguida el paso de bailarina de Tina y su modo de voltear ligeramente la cabeza a un lado para mirar a la persona con la que estaba hablando.

¡Tina! ¡Tina y Lanning Halsey regresando del baile de los Vandergrave, solos y andando en la madrugada! Lo primero que Delia pensó fue en un accidente: podía haberse averiado el carruaje, o bien haberse puesto enferma su hija y verse obligada a regresar a su casa. Pero no: en este último caso, ella hubiese enviado el coche con Tina. Y si hubiese habido un accidente de cualquier tipo, los jóvenes se hubieran dado prisa para dar cuenta de ello a la señora Ralston; en lugar de lo cual, en mitad de la frígida y radiante noche, venían andando lentamente como si fuesen amantes que paseaban en un claro del bosque en pleno estío, y las delgadas botitas de Tina bien podrían haber estado pisando margaritas en vez de nieve.

Delia empezó a temblar como una muchacha. En un relámpago tuvo la respuesta a una pregunta que había sido por mucho tiempo tema de sus secretas conjeturas. ¿Cómo se las arreglaban los amantes como Charlotte y Clement Spender para reunirse? ¿En qué páramos escondían sus clandestinas alegrías? En la expuesta y compacta pequeña sociedad a la que todos pertenecían, ¿cómo era posible —literalmente posible— que tuviesen lugar tales encuentros? Delia jamás se habría atrevido a formularle la pregunta a Charlotte; hubo momentos en los que casi prefirió no saber, ni siquiera aventurar una conjetura. Pero ahora, de una ojeada, comprendía. ¡Con cuánta frecuencia Charlotte Lovell, instalada sola en la ciudad con su abuela enferma, debía haber regresado andando a casa con Clement Spender, de regreso de fiestas nocturnas! ¡Cuán a menudo debía de haberse introducido con él en la oscuridad de la casa de Mercer Street, en la que no había quien espiara su regreso, como no fuesen una vieja dama sorda y sus ancianas servidoras, todas durmiendo tranquilamente arriba! Al pensar en ello, Delia vio el triste salón que les había servido de bosque iluminado por la luna, el salón al que la anciana señorita Lovell ya no bajaba, con su araña envuelta colgando del techo y sus duros sillones estilo Imperio y las cariátides de mármol de la repisa de la chimenea, con sus ojos vacíos; se representó el camino de luz lunar iluminando los cisnes y guirnaldas de la descolorida alfombra, y bajo aquella fría luz, las dos figuras jóvenes abrazadas.

Sí: debía de haber sido algún recuerdo de esa clase lo que había despertado las sospechas en Charlotte, lo que había excitado sus temores y la había enviado abajo en la oscuridad a hacer frente a los culpables. Delia se estremeció ante la ironía de la confrontación. ¡Si Tina hubiese sabido! Pero para Tina, desde luego, Charlotte era todavía lo que ella hacía mucho tiempo que había resuelto ser: la imagen de la solteronería pacata. Y Delia podía imaginar la forma discreta y apropiada en que se representaría dentro de un rato la escena:

ninguna sorpresa, nada de reproches, de insinuaciones, sino un sonriente y resuelto no hacer caso de las excusas.

«¿Qué pasa, Tina? ¿Has venido andando con Lanning? ¡Criatura imprudente!: con esta humedad... Ah, ya sé: Delia estaba preocupada por el bebé y salió deprisa temprano, prometiendo enviar de vuelta el carruaje, que no apareció nunca, ¿verdad? Bueno, mi querida, te felicito por haber encontrado a Lanning para acompañarte a casa... Sí, me levanté porque no pude acordarme por nada del mundo si habías cogido la llave del cerrojo: ¿se habrá visto nunca una vieja tía tan despistada? Pero no se lo cuentes a tu mamá, querida, o me reconvendrá por ser tan olvidadiza y por estar aquí abajo al frío... ¿Estás segura de que tienes la llave? ¡Ah! ¿La tiene Lanning? Gracias, Lanning, muy amable. Buenas noches... o mejor debería decir, buenos días.»

Al llegar Delia a este punto en su muda representación del monólogo de Charlotte, abajo sonó la puerta principal, y el joven Lanning Halsey se alejó andando lentamente a través de la plaza. Delia lo vio detenerse en la acera opuesta, mirar la fachada de la casa y luego continuar alejándose morosamente. Su despedida había durado exactamente lo que Delia había calculado. Un momento después vio una luz que pasaba por debajo de su puerta, oyó el roce almidonado de las enaguas de Charlotte y supo que madre e hija habían llegado a sus habitaciones.

Lentamente, con movimientos agarrotados, empezó a desvestirse, apagó las velas y se arrodilló junto al lecho, con el rostro oculto.

X

Tendida en la cama sin dormir, Delia revivió cada
detalle del funesto día en que se hizo cargo de la hija
de Charlotte. Por entonces ella misma había sido poco
más que una niña y no había tenido a nadie a quien
acudir, nadie que corroborase su decisión o la acon-
sejase acerca de cómo llevarla a efecto. Desde entonces, las experiencias acumuladas en treinta años tendrían que haberla preparado para las situaciones de
emergencia y haberla enseñado a aconsejar a los demás en lugar de buscar consejo en ellos. Pero las experiencias de aquellos años pesaban sobre ella como
unas cadenas que la amarrasen a la reducida parcela
de su existencia; la independencia de acción se le presentaba como algo más peligroso, menos concebible
que la primera vez que se había aventurado a ejer-
cerla. Ahora parecía haber tantas más personas a «considerar» («considerar» era el término en el léxico Ralston): sus hijos, los de ellos, las familias con las que
se habían ligado por matrimonio. ¿Qué dirían los Halsey? ¿Qué los Ralston? ¿Se había, pues, convertido en
una Ralston de pies a cabeza?

Pocas horas más tarde estaba sentada en la biblioteca del doctor Lanskell, con la mirada perdida en su alfombra de Esmirna sucia de hollín. Hacía varios años que el doctor Lanskell había abandonado su práctica: todo lo más, continuaba visitando a unos pocos viejos pacientes y actuando como consultor en casos «complicados». Pero conservaba el ascendiente en su antiguo reino, como una especie de pope o hermano mayor médico al que los pacientes a quienes una vez había curado los males físicos retornaban a menudo en busca de medicinas para el espíritu. La gente estaba de acuerdo en que los dictámenes del doctor Lanskell eran fiables; pero lo que secretamente los llevaba a él era el hecho de que, en la más socialmente prejuiciada de las comunidades, se le reconocía como alguien a quien nada asustaba.

Sentada ahora allí, observando a aquella corpulenta figura de cabellera plateada moverse pesadamente por la habitación, entre un rimero de libros de medicina encuadernados en piel y los gladiadores moribundos y jóvenes Augustos de pacientes agradecidos, Delia experimentaba ya el sosiego que transmitía la mera presencia física del médico.

— ¿Sabe usted?, cuando me hice cargo de Tina quizá no consideré lo suficiente...

El doctor Lanskell se paró de golpe detrás de su escritorio y, tras dar un cordial puñetazo sobre la mesa, dijo:

— ¡Gracias a Dios que no lo hiciste! Ya hay bastantes «consideradores» en esta ciudad, Delia Lovell, para que tú también lo seas.

Ella alzó rápidamente la cabeza.

— ¿Por qué me llama usted Delia Lovell?

— Pues, porque me inclino a sospechar que hoy lo *eres* —replicó él astutamente; y ella respondió con una sonrisa triste.

— Tal vez si no lo hubiese sido una vez, antes... quiero decir que, al final, habría sido mejor para Tina que yo hubiese sido siempre una prudente y cuidadosa Ralston.

El doctor Lanskell hundió su corpachón gotoso en el sillón del escritorio y la miró con expresión irónica desde detrás de sus gafas.

—Aborrezco lo de que habría-sido-mejor-al-final: es, más o menos, tan nutritivo como comer cordero frío tres días seguidos.

Ella reflexionó.

—Por supuesto comprendo que si adopto a Tina...

—¿Sí?

—Bueno, pues la gente dirá... —Un profundo rubor le cubrió el cuello, le trepó a las mejillas y la frente y se extendió como un incendio por debajo de su cabellera modestamente peinada con raya al medio.

Él hizo un gesto afirmativo:

—Sí.

—O si no... —el rubor se acentuó— que es de Jim...

El doctor Lanskell asintió otra vez.

—Lo más probable es que piensen eso; ¿y qué si lo hacen? Conozco a Jim; él no te hizo preguntas cuando te hiciste cargo de la criatura, pero sabía de quién era.

Ella alzó los ojos asombrada.

—¿Lo sabía?

—Sí: vino a verme. Y... bueno... en interés de la niña... yo violé el secreto profesional. Así es como Tina consiguió un hogar. No vas a denunciarme, ¿verdad?

—Oh, doctor Lanskell... —Conmovida, los ojos se le llenaron de lágrimas—. ¿Jim lo sabía? ¿Y no me lo dijo?

—No. La gente no se comunicaba muchas cosas en aquella época, ¿eh? Pero te admiró enormemente por lo que hiciste. Y si tú supones, como me parece, que él habita ahora un mundo mucho más comprensivo, ¿por qué no suponer que te admirará más todavía por lo que vas a hacer? Presumiblemente —concluyó sarcásticamente el doctor—, en el cielo la gente se dará cuenta de que en la tierra es endiabladamente más difícil hacer una buena obra a los cuarenta y cinco que a los veinticinco.

—Ah, eso es lo que estuve pensando esta mañana —confesó ella.

—Bien, esta tarde vas a demostrar lo contrario. —Miró su reloj, se puso de pie y posó paternalmente una mano en su hombro—. Deja que la gente piense lo que quiera. Y mándame a la joven Delia si te causa algún problema. Tu muchacho no lo hará, ya lo sabes, ni tampoco John Junius; debe de haber sido una mujer la que inventó aquello de la tercera-y-cuarta generación...

Una criada entrada en años se asomó, y Delia se levantó; pero al llegar al umbral se detuvo.

—Tengo el presentimiento de que puede ser Charlotte a quien tenga que mandarle.

—¿Charlotte?

—Ella va a odiarme por lo que voy a hacer, por supuesto.

El doctor Lanskell alzó sus plateadas cejas.

—Sí: la pobre Charlotte. Supongo que tiene celos, ¿no? Después de todo, ahí es donde entra en juego la verdad de lo de la tercera-y-cuarta generación. Siempre alguien tiene que pagar los platos rotos.

—¡Ah, con tal de que no sea Tina!

—Bueno, eso es precisamente lo que Charlotte llegará a comprender a su tiempo. De manera que tu curso de acción está claro.

La acompañó hasta la salida a través del comedor, donde algunos menesterosos y un par de viejos pacientes estaban ya esperando.

El curso de acción de Delia parecía, verdaderamente, bastante claro, hasta que esa tarde convocó a Charlotte a solas en su dormitorio. Tina estaba acostada con jaqueca: era, en aquellos tiempos, el estado adecuado para una joven enfrentada a un dilema sentimental, y facilitaba grandemente el contacto entre sus mayores.

Delia y Charlotte habían intercambiado únicamente frases convencionales durante la comida del mediodía; pero Delia seguía teniendo la sensación de que la decisión de su prima era irrevocable. Los sucesos de la noche anterior habían confirmado sin duda la convicción de Charlotte de que había llegado la hora de tomarla.

La señorita Lovell, cerrando la puerta del dormitorio con su fría cautela de siempre, avanzó hacia el diván de *chintz* instalado entre las dos ventanas.

—¿Querías verme, Delia?

—Sí. ¡Oh, no te sientes ahí! —exclamó la señora Ralston sin poder contenerse.

Charlotte se quedó mirando: ¿sería posible que no recordase los sollozos de angustia que una vez había ahogado contra aquellos mismos cojines?

—¿Que no me...?

—No; ven más cerca de mí. A veces creo que me he vuelto un poco sorda —explicó Delia nerviosamente, arrimando una silla a la suya.

—Ah. —Charlotte se sentó—. No lo había notado. Pero, si es así, puede que eso te haya ahorrado enterarte de a qué hora de la mañana regresó Tina del baile de anoche en lo de los Vandergrave. Ella nunca se perdonaría, a pesar de lo desconsiderada que es, haberte despertado.

—No me despertó —respondió Delia. Para sus adentros, pensó: «Charlotte está decidida; no podré hacerla cambiar de idea»—. Supongo que se habrá divertido mucho en el baile —prosiguió.

—Bueno, ahora lo está pagando con una jaqueca. Esas agitaciones no son para ella, como ya te he dicho...

—Sí —interrumpió la señora Ralston—. Es para reanudar nuestra conversación de anoche que te he pedido que vinieses.

—¿Reanudarla? —En las resecas mejillas de Charlotte aparecieron los círculos rojizos—. ¿Vale la pena? Creo que debo decirte de entrada que ya he tomado mi decisión. Supongo que admitirás que yo sé qué es lo mejor para Tina.

—Sí; por supuesto. Pero ¿no me permitirás al menos que participe en tu decisión?

—¿Participar?

Delia se inclinó hacia adelante, posando una mano cálida sobre los dedos entrelazados de su prima.

—Charlotte, una vez en este cuarto, hace años, me pediste que te ayudase: creíste que podía. ¿No volverías a creerlo?

Los labios de Charlotte se pusieron rígidos.

—Creo que ha llegado el momento de ayudarme yo misma.

—¿A costa de la felicidad de Tina?

—No; sino para evitarle una infelicidad mayor.

—Pero, Charlotte, la felicidad de Tina es lo único que yo deseo.

—Oh, lo sé. Tú has hecho todo lo que podías hacer por mi niña.

—No, todo no —Delia se puso de pie y se colocó delante de su prima adoptando una actitud en cierto modo majestuosa—. Pero ahora lo haré.

Fue como si hubiese pronunciado un voto solemne.

Charlotte Lovell alzó la cabeza para mirarla con un resplandor de aprensión en sus ojos acosados.

—Si lo que quieres decir es que vas a emplear tu influencia con los Halsey... te estoy muy agradecida; siempre te estaré agradecida. Pero no quiero un matrimonio compulsivo para mi hija.

Delia se exasperó ante la incomprensión de la otra. A ella le parecía que llevaba su propósito pintado en el semblante.

—Voy a adoptar a Tina: a darle mi apellido —anunció.

Charlotte Lovell la miró fijamente, petrificada.

—¿Adoptar?... ¿Adoptarla?

—Querida: ¿no te das cuenta de la diferencia que implica? Está el dinero de mi madre, el dinero de los Lovell; no es mucho, claro está, pero Jim siempre quiso que volviera a los Lovell. Y mi Delia y su hermano están tan bien... No hay razón alguna para que mi pequeña fortuna no sea para Tina. Ni para que no lleve el nombre de Tina Ralston. —Delia hizo una pausa—. Yo creo, pienso, sé, que Jim habría aprobado también eso.

—¿*Aprobado*?

—Sí. ¿No comprendes que cuando me permitió hacerme cargo de la niña él tuvo que haber previsto y aceptado todas, todas las derivaciones de ello?

Charlotte se levantó a su vez.

—Gracias, Delia. Pero no debe haber más derivaciones, aparte del hecho de que te dejemos; de que te dejemos ahora. Estoy segura de que es lo que Jim hubiese aprobado.

La señora Ralston retrocedió uno o dos pasos. La fría resolución de Charlotte enervó su valor, y no pudo hallar una respuesta inmediata.

—Ah, entonces ¿te es más fácil sacrificar la felicidad de Tina que tu orgullo? —exclamó.

—¿Mi orgullo? Yo no tengo derecho a ningún orgullo, más que al de mi hija. Y ése jamás lo sacrificaré.

—Nadie te pide que lo hagas. No eres razonable. Eres cruel. Lo único que yo quiero es que me dejes ayudar a Tina, y tú hablas como si fuera a interferir en tus derechos.

—¿Mis derechos? —Charlotte repitió las palabras acompañándolas con una risa desolada—. ¿Cuáles son? Yo no tengo derechos, ni ante la ley ni en el corazón de mi propia hija.

—¿Cómo puedes decir semejante cosa? Tú sabes cómo te quiere Tina.

—Sí; por lástima, como yo quería a mis tías solteronas. Eran dos, ¿recuerdas? ¡Como bebés marchitos! A los niños nos advertían que no debíamos decir nunca nada que pudiese molestar a tía Josie o a tía Nonie; exactamente como te oí prevenir a Tina la otra noche...

— Oh —murmuró Delia.

Charlotte Lovell, demacrada, tiesa, inflexible, continuaba de pie delante de ella.

— No, esto ya ha durado bastante. Pienso contárselo todo; y llevármela.

— ¿Contarle lo de su origen?

— Nunca me he avergonzado de ello —dijo jadeante Charlotte.

— De modo que la sacrificas: la sacrificas a tu anhelo de dominio.

Las dos mujeres quedaron cara a cara, agotados sus respectivos arsenales. Delia, en medio del temblor de su propia indignación, vio a su antagonista tambalearse lentamente, dar un paso atrás y desplomarse en el diván con un murmullo incoherente. Charlotte ocultó el rostro en los cojines, aferrándolos violentamente con ambas manos. La misma irreprimible pasión maternal que una vez la lanzara sobre aquellos mismos cojines la forzaba ahora a hundirse todavía más, con la angustia de un renunciamiento aún más amargo. A Delia le pareció oír el lamento de entonces: «Pero ¿cómo puedo renunciar a mi niña?». Disipado su pasajero resentimiento, se inclinó sobre los hombros convulsionados de la madre.

— Chatty: esta vez no será como renunciar a ella. ¿No podemos seguir queriéndola las dos juntas?

Charlotte no respondió. Durante un buen rato permaneció postrada en silencio, inmóvil, con el rostro escondido: parecía temerosa de mostrarlo ante la faz inclinada sobre ella. Pero poco después Delia notó un relajamiento gradual de los tensados músculos y vio que uno de los brazos de su prima se agitaba tanteando débilmente. Bajó su mano hacia aquellos dedos que buscaban, y la sintió aferrada y apretada contra los labios de Charlotte.

XI

Tina Lovell —ahora la señorita Clementina Ralston— iba a casarse en julio con Lanning Halsey. El compromiso había sido anunciado apenas en el pasado mes de abril; y las matronas de la tribu habían empezado a poner el grito en el cielo contra la indelicadeza de un noviazgo tan breve. En la Nueva York de aquellos tiempos todo el mundo coincidía en que «había que dar a los jóvenes oportunidad de conocerse»; a pesar de que en su gran mayoría los integrantes de las parejas que constituían la sociedad neoyorquina habían jugado juntos en la niñez y eran hijos de unos padres que a su vez se conocían de largo tiempo atrás, una misteriosa ley del decoro requería que los recién comprometidos fuesen asimismo tenidos por recién presentados. En los estados sureños las cosas se llevaban de otra manera: los compromisos repentinos, incluso los casamientos con rapto previo, no eran infrecuentes en sus anales; pero una precipitación de ese estilo era escasamente compatible con el temperamento apático de Nueva York, donde el ritmo de la existencia seguía estando a tono con la circunspección y la cautela de los holandeses.

No obstante, nadie se sintió demasiado sorprendido de que en un caso tan insólito como el de Tina se hubiese dejado de lado la tradición. En primer lugar, todo el mundo sabía que Tina no era más Ralston que tú o yo; a menos, verdaderamente, que uno fuera a dar crédito a los rumores acerca de un insospechado «pasado» del pobre Jim y a la magnanimidad de su esposa. Pero la mayoría de las opiniones era contraria a esto último. La gente era renuente a acusar a un muerto de un cargo del que no podía defenderse; y los Ralston fueron unánimes en manifestar que, aun cuando desaprobaban totalmente la actitud de la señora de James Ralston, tenían la convicción de que ella no habría adoptado a Tina si su acción pudiera haberse interpretado como «mancillar la memoria» de su finado esposo.

No: la muchacha era una Lovell —aunque tampoco esto era generalmente admitido—, pero ciertamente no era una Ralston. Sus ojos castaños y su talante frívolo la excluían del clan de un modo harto evidente para que hiciera falta cualquier excomunión formal. De hecho, la mayoría opinaba que —como había afirmado siempre el doctor Lanskell— su origen era imposible de descubrir, que la muchacha constituía uno de esos misterios insolubles que en ocasiones provocan perplejidad e irritación en las sociedades mejor organizadas, y que su adopción por parte de la señora Ralston era simplemente una demostración más del espíritu de clan de los Lovell, puesto que la niña había sido acogida por la señora Ralston nada más que porque su prima Charlotte estaba tan apegada a ella.

Decir que los hijos de la señora Ralston quedaron encantados con la idea de la adopción de Tina sería una exageración; pero ambos se abstuvieron de comentarios, minimizando el efecto del capricho materno mediante un silencio digno. Era costumbre en la rancia Nueva York que las familias encubriesen de tal modo las excentricidades de un miembro individual, y en una familia en la que se contase con «dinero suficiente para vivir», se habría considerado una vulgar mezquindad en los herederos el protestar por la alienación de una pequeña suma del patrimonio común.

No obstante, y desde el momento de la adopción de Tina, Delia Ralston fue consciente de un cambio de actitud por parte de sus dos hijos. Trataban con ella de un modo paciente, casi paternal, como con un menor a quien se ha condonado un desliz de juventud pero al que hay que someter, en consecuencia, a una vigilancia más estricta; y la sociedad la trataba de la misma manera indulgente pero cauta.

Ella tenía (fue Sillerton Jackson el primero en decirlo con esas palabras) un modo infalible de «llevar las cosas»; desde que aquella intrépida mujer, la señora Manson Mingott, quebrara la voluntad de su marido, Nueva York no había visto nada tan parecido a su actitud. Pero el método de la señora Ralston era diferente, y menos fácil de analizar. Lo que la señora Manson Mingott había logrado a fuerza de ingenio verbal, un lenguaje abusivo, insistencia y corridas de un lado para otro, la otra lo conseguía sin alzar la voz y sin que pareciera apartarse un paso del camino trillado. Cuando persuadió a Jim Ralston de acoger a la expósita, lo hizo sin forzar la mano, sin que uno supiese cuándo o cómo; y al día siguiente él y ella estaban tan tranquilos y alegres como siempre. ¡Y ahora, aquella adopción! Bueno, pues había seguido el mismo método; como había dicho Sillerton Jackson, actuó como si el hecho de adoptar a Tina fuese algo que siempre se había dado por supuesto, como si la dejase perpleja que la gente pudiera mostrarse sorprendida. Y frente a su perplejidad, la sorpresa de los otros resultaba fuera de lugar, por lo que poco a poco fueron desistiendo de manifestarla.

En realidad, detrás de la aparente seguridad de Delia había un tumulto de dudas e incertidumbres. Pero ella había aprendido una vez que uno puede hacer casi cualquier cosa (tal vez incluso matar) siempre que no intente explicarla; y jamás había olvidado la lección. Nunca había explicado el hecho de hacerse cargo de la criatura expósita; tampoco iba ahora a explicar su adopción. Iba a limitarse a continuar con sus asuntos como si no hubiese ocurrido nada de lo que tuviese que dar cuenta; y un viejo hábito moral de reticencia la ayudaba a guardar sus propios interrogantes para sí.

Estos interrogantes tenían que ver no tanto con la opinión pública como con los pensamientos íntimos de Charlotte Lovell. Charlotte, tras su primer momento de penosa resistencia, se había mostrado patéticamente —casi lastimosamente— agradecida. Que tenía razones para estarlo quedó harto manifiesto en la actitud de Tina. Durante los primeros días tras su retorno del baile de los Vandergrave, Tina había mostrado en su semblante una expresión reconcentrada y sombría, que a Delia le recordó tremendamente lo horrendo de aquella súbita imagen de Charlotte Lovell en el espejo de su cuarto, tantos años atrás. El primer capítulo de la historia de la madre estaba ya escrito en los ojos de la hija; y la sangre Spender en Tina podía perfectamente precipitar la secuencia. Durante esos primeros días de observación silenciosa, Delia descubrió, con horror y compasión, lo justificado de los temores de Charlotte. Las dos habían estado casi a punto de perder a la muchacha; a toda costa había que impedir la repetición de semejante riesgo.

En términos generales, los Halsey se habían comportado admirablemente. Lanning deseaba casarse con la protegida de la querida Delia Ralston, que pronto, se sabía, iba a llevar el apellido de su madre adoptiva y a heredar su fortuna. ¿A qué mejor cosa podía aspirar cualquier Halsey que a una alianza más con un Ralston? Las uniones matrimoniales entre ambas familias habían sido una constante. Los padres de Lanning dieron su bendición con una prisa que demostraba que también ellos tenían sus inquietudes, y que el alivio de ver al muchacho «asentado» compensaría con creces los posibles inconvenientes del matrimonio; aunque una vez decidido el mismo no admitirían, ni siquiera entre ellos, que tales inconvenientes existiesen. La vieja Nueva York siempre borraba de su cabeza todo aquello que cuestionara la perfecta propiedad de sus arreglos.

Charlotte Lovell era, desde luego, consciente de todo aquello y lo reconocía. Aceptaba la situación —en sus horas de intimidad con Delia— como una más en la larga lista de mercedes otorgadas a una pecadora que no las merecía. Y acaso una de sus frases diera la clave de su aceptación: «Así al menos ella nunca sospechará la verdad». Que su hija no adivinase nunca el vínculo entre ellas había acabado por convertirse en el objetivo fundamental de aquella pobre mujer...

Pero el principal sustento de Delia era ver a Tina. Aquella mujer madura, cuya vida entera había moldeado y teñido el tenue reflejo de una felicidad rechazada, permanecía en suspenso aturdida bajo la luz de la dicha aceptada. A veces, contemplando el rostro cambiante de Tina, tenía la sensación de que era su propia sangre la que latía en él, como si pudiese leer cada uno de los pensamientos y emociones que alimentaban aquellas tumultuosas corrientes. El amor de Tina era un asunto tormentoso, con permanentes alzas y bajas de embeleso y depresión, arrogancia y autohumillación; Delia veía expuestas ante sí, con ingenua franqueza, todas las visiones, ansias y suposiciones de su sofocada juventud.

Lo que la muchacha pensaba realmente de su adopción no era fácil de descubrir. A los catorce años le habían proporcionado la versión circulante sobre su origen, y ella la había aceptado con la despreocupación con que una criatura feliz acepta un hecho remoto e inimaginable que no altera el orden familiar de las cosas. Y con el mismo espíritu aceptó la adopción. Sabía que le habían dado el apellido Ralston para facilitar su casamiento con Lanning Halsey; y Delia tuvo la impresión de que cualquier interrogatorio irrelevante quedaba sumergido en una avasallante gratitud. «Siempre he pensado en ti como mi mamá; y ahora, queridísima mía, lo eres de veras», había susurrado Tina, con su mejilla contra la de Delia; y Delia le había replicado riendo: «Bueno, si los abogados pueden convertirme en eso». Pero la cuestión había acabado allí, arrastrada por el torbellino del arrobamiento de Tina. Por aquellos días todos ellos, Delia, Charlotte, hasta el gallardo Lanning, eran como unas ramitas girando en un torrente iluminado por el sol.

El dorado flujo los llevaba hacia adelante, cada vez más cerca de la fecha encantada; y Delia, sumergida en preparativos nupciales, se asombró de la comparativa indiferencia con que había encargado e inspeccionado la gruesa-de-cada-cosa para su propia hija. No había habido nada que acelerara el pulso en las plácidas nupcias de la joven Delia; en cambio, a medida que se aproximaba la boda de Tina, su imaginación florecía como el tiempo mismo. La boda iba a celebrarse en Lovell Place, la vieja residencia sobre el Estrecho en la que Delia Lovell se había desposado y donde, desde la muerte de su madre, pasaba los veranos. Aunque la vecindad estaba ya cubierta por una red de callejuelas, la vieja mansión, con su galería de columnas, todavía miraba a los canales del Hell Gate a través del prado sin recortar y los crecidos matorrales; y los salones conservaban sus endebles y gráciles canapés, sus consolas y vitrinas Sheraton. Se había considerado inútil descartarlo por otro mobiliario más moderno, dado que el crecimiento de la ciudad hacía casi seguro que el lugar tendría que ser vendido.

Tina, como la señora Ralston, iba a tener una «boda-en-casa», aunque la sociedad episcopal empezaba a desaprobar ese tipo de celebración, que era mirada como el despreciado *pis aller* de bautistas, metodistas, unitarios y demás sectas que prescindían de altar. En el caso de Tina, no obstante, tanto Delia como Charlotte consideraron que la intimidad mayor de un casamiento en la casa compensaba su carácter más secular; y los Halsey apoyaron aquella decisión. Las señoras se instalaron, por lo tanto, en Lovell Place antes de fines de junio, y todas las mañanas se veía al laúd del joven Lanning Halsey atravesando la bahía y plegando la vela en el ancladero al pie del prado.

Nadie recordaba un mes de junio mejor que aquél. Las rosas encarnadas y las resedas al pie de la galería jamás habían enviado aquel soplo de verano a través de las altas puertas vidrieras; los nudosos naranjos traídos del viejo invernáculo de techo de arcos no habían estado nunca tan profusamente cubiertos de brotes; hasta los almiares en el prado exhalaban aromas de Arabia.

La noche anterior a la boda, Delia Ralston se encontraba en la galería contemplando la luna que se elevaba al otro lado del Estrecho. Estaba fatigada por la multitud de preparativos de última hora y entristecida por la idea del alejamiento de Tina. A la noche siguiente la casa estaría vacía: hasta que viniese la muerte, ella y Charlotte compartirían la soledad sentadas junto a la lámpara de noche. Condolerse de aquel modo era de tontos: no era, se recordó a sí misma, lo que «cabía esperar» de ella. Pero demasiados recuerdos se agitaban y murmuraban en su interior y le asaltaban el corazón. Mientras cerraba la puerta del silencioso salón —convertido ya en capilla, con su altar adornado con encajes, los altos floreros de alabastro esperando las rosas blancas y los lirios estivales, la angosta alfombra roja que dividía las hileras de sillas desde el antealtar hasta la puerta—, sintió que tal vez había sido un error volver a Lovell Place para la boda. Volvió a verse con su vestido de novia de alto talle hecho de muselina hindú con margaritas bordadas, las sandalias planas de raso, el velo de Bruselas; vio nuevamente su figura reflejada en el alto espejo del entrepaño al salir de aquel mismo salón del brazo exultante de Jim Ralston, y la misma mirada aterrorizada que había intercambiado con su propia imagen antes de tomar ubicación bajo la cúpula de rosas blancas en el vestíbulo y ponerse a retribuir con sonrisas las felicitaciones de los presentes. ¡Ah, qué diferencia con la imagen que el espejo de la pared iba a reflejar mañana!

Adentro resonaron los pasos enérgicos de Charlotte Lovell, que salió a reunirse con la señora Ralston.

—He estado en la cocina para decirle a Melissa Grimes que será mejor que disponga de por lo menos doscientos platos para helado.

—¿Doscientos? Sí... supongo que sí, contando con toda la parentela de Filadelfia —calculó Delia—. ¿Qué hay de los posavasos y pañitos de adorno?

—Con los de tu tía Cecilia Vandergrave nos apañaremos de maravilla.

—Sí. Gracias, Charlotte, por tomarte tantas molestias.

—Oh... —protestó Charlotte, con su fugaz gesto despectivo característico; y Delia percibió la ironía de agradecerle a una madre el ocuparse de los detalles de la boda de su propia hija.

—Siéntate, Chatty —murmuró, sintiéndose enrojecer por el desliz.

Charlotte, con un suspiro de fatiga, tomó asiento en la silla más próxima.

—Mañana tendremos un día espléndido —dijo, recorriendo abstraídamente con la mirada el plácido firmamento.

—Sí. ¿Dónde está Tina?

—Estaba muy cansada. La he mandado subir a descansar.

Aquello era tan manifiestamente adecuado que Delia no formuló ningún comentario inmediato. Tras un intervalo, dijo:

—La echaremos de menos.

La respuesta de Charlotte fue un murmullo ininteligible.

Las dos primas se quedaron calladas, Charlotte, enhiesta como de costumbre, con las delgadas manos aferradas a los brazos de su anticuado asiento de anea, Delia un tanto pesadamente hundida en las profundidades de un sillón de respaldo elevado. Las dos habían intercambiado las últimas observaciones sobre los preparativos para el día siguiente; no quedaba nada más que decir sobre el número de invitados, la elaboración del ponche, los arreglos para la vestimenta del sacerdote y la disposición de los regalos en el mejor de los cuartos de huéspedes.

Únicamente un tema no había sido tocado hasta el momento, y Delia, observando el ceñudo perfil de su prima recortado contra la luz del crepúsculo que se desvanecía, esperaba que Charlotte hablase. Pero Charlotte permaneció en silencio.

—He estado pensando —empezó Delia finalmente, con un leve temblor en la voz— en que debería ahora mismo...

Le pareció que veía las manos de Charlotte tensarse sobre los brazos de su sillón.

—Deberías ahora mismo... ¿qué?

—Bueno, tal vez subir unos minutos, antes de que Tina se vaya a dormir.

Charlotte guardó silencio, visiblemente dispuesta a no hacer esfuerzo alguno por ayudarla.

—Mañana —continuó Delia— estaremos tan apremiadas desde primera hora que no veo cómo, entre las interrupciones y el alboroto, voy a poder...

—¿A poder qué? —le hizo eco monótonamente Charlotte. Delia sintió en la penumbra que su rubor se intensificaba.

—Bueno, supongo que convendrás conmigo, ¿ver-

178

dad?, en que se le debe decir algo a la niña acerca de los nuevos deberes y responsabilidades que... bueno... de hecho, lo que se acostumbra en esos casos —acabó vacilante Delia.

— Sí, ya he pensado en eso —respondió Charlotte. No dijo más, pero Delia adivinó en su tono la presencia de aquella oscura oposición que, en los momentos cruciales de la vida de Tina, parecía manifestarse automáticamente. No podía entender por qué en momentos así Charlotte se volvía tan enigmática e inaccesible, y en el caso presente no vio motivo para que aquel cambio de talante interfiriese con lo que ella consideraba su deber. Tina debía desear ansiosamente que su mano guiase su entrada en una nueva vida, tanto como ella suspiraba por ese intercambio de confidencias a medias que sería un verdadero adiós a su hija adoptiva. Con el corazón latiéndole a un ritmo algo más vivo que el habitual, se levantó y se introdujo por la puerta vidriera en el salón en sombras. La luna, por entre las columnas de la galería, arrojaba una ancha banda de luz que atravesaba las hileras de sillas, iluminaba los encajes que adornaban el altar, con sus candelabros y floreros vacantes, y orlaba de plata la atribulada imagen de Delia en el espejo del entrepaño.

Cruzó el recinto en dirección al vestíbulo.

— ¡Delia! —resonó detrás suyo la voz de Charlotte. Delia se volvió y las dos mujeres se escrutaron bajo la intensa luz. El rostro de Charlotte tenía el mismo aspecto que había mostrado el infausto día en que Delia lo viese de soslayo en el espejo.

— ¿Ibas a subir a hablar con Tina? —preguntó Charlotte.

— Yo... sí. Son casi las nueve. Pensé...

— Sí; comprendo. —la señorita Lovell hizo un visible esfuerzo de autocontrol—. Haz tú un esfuerzo por comprenderme a mí, Delia, si te pido que... que no lo hagas.

179

Delia miró a su prima con una vaga sensación de aprensión. ¿Qué nuevo misterio ocultaba aquella extraña solicitud? Pero no: la duda que cruzó fugazmente por su mente era inadmisible. ¡Estaba demasiado segura de su Tina!

— Confieso que no comprendo, Charlotte. Estoy segura de que encuentras natural que, en la noche previa a su boda, una muchacha deba contar con el consejo materno, con la asistencia de su...

— Sí; lo encuentro natural. —Charlotte Lovell respiró de prisa—. Pero la pregunta es: ¿*cuál de nosotras dos es la madre*?

Delia retrocedió involuntariamente.

— ¿Cuál de nosotras? —balbució.

— Sí. ¡Oh, no creas que es la primera vez que yo misma me hago la pregunta! Pero ¡vaya!: quiero estar serena; totalmente serena. No tengo intención de retornar al pasado. He aceptado, todo lo he aceptado, con agradecimiento. Sólo que esta noche... sólo por esta noche...

Delia sintió el acceso de lástima que siempre prevalecía sobre cualquier otro sentimiento en sus raros intercambios de sinceridades con Charlotte Lovell. Se le hizo un nudo en la garganta y guardó silencio.

— Sólo por esta noche —concluyó Charlotte—, *soy* su madre.

— ¡Charlotte! No irás a decírselo... No precisamente ahora —estalló involuntariamente Delia.

Charlotte rió débilmente.

— ¿Tan odioso lo encontrarías si lo hiciese?

— ¿Odioso? ¡Vaya palabra, entre nosotras!

— ¿Entre nosotras? ¡Pero si es la palabra que ha estado entre nosotras desde el principio! ¡Desde el comienzo mismo! Desde el día en que descubriste que a Clement Spender no se le había roto precisamente el corazón por no ser lo bastante bueno para ti; desde que encontraste tu venganza y tu revancha en tenerme a tu merced y en quitarme a su hija! —Las palabras de Charlotte brotaron inflamadas, como surgidas de los abismos infernales; después el fuego se apagó, su cabeza cayó hacia adelante, y quedó frente a Delia aturdida y agobiada.

La primera reacción de Delia fue de indignado rechazo. Mientras ella experimentaba nada más que ternura, compasión, el impulso de ayudar y de amparar, ¡aquellas miserias permanecían latentes en el pecho de la otra! Fue como si un humo venenoso se hubiese extendido sobre un puro paisaje de verano...

Generalmente aquellos sentimientos eran rápidamente seguidos por una reacción de simpatía. Pero esta vez no la tuvo. Se sintió presa de una total extenuación.

—Sí —dijo finalmente—, a veces creo que realmente me has odiado desde el primer momento; que me has odiado por todo lo que intentaba hacer por ti.

Charlotte alzó bruscamente la cabeza.

—¿Hacer por mí? Pero ¡si todo cuanto has hecho ha sido por Clement Spender!

Delia se quedó mirándola con una suerte de horror.

—Eres horrible, Charlotte. Por mi honor declaro que hace años que no he pensado en Clement Spender.

—¡Ah, por supuesto que has pensado! ¡Claro que sí! Has pensado en él al pensar en Tina: ¡en él y en nadie más! Una mujer jamás cesa de pensar en el hombre que ama. Piensa en él muchos años después, piensa en él de muchas maneras inconscientemente, al pensar en multitud de cosas: libros, cuadros, puestas de sol, una flor o una cinta, o en un reloj sobre la repisa de la chimenea. —Charlotte soltó una de sus risas burlonas—. Por eso fue por lo que aposté, ¿comprendes?, fue por eso por lo que acudí a ti aquel día. Sabía que le estaba dando a Tina otra madre.

Otra vez el gas venenoso pareció envolver a Delia: el que ella y Charlotte, dos mujeres viejas y agotadas, estuviesen delante del altar nupcial de Tina hablándose de odios, le resultaba inimaginablemente repulsivo y degradante.

— ¡Perversa! ¡*Eres* perversa! —exclamó.

Entonces la niebla maligna clareó y a través de ella vio la lastimosa estampa desconcertada de la madre que no era madre y que, con cada gracia aceptada, se sentía despojada de un privilegio. Se aproximó a Charlotte y posó una mano en su hombro.

— ¡Aquí no! No hablemos de ese modo aquí.

La otra se apartó de ella.

— Donde a ti te guste, pues. ¡No tengo preferencias!

— Pero ¿esta noche, Charlotte?: ¿la noche anterior a la boda de Tina? ¿Acaso no están todos los lugares de esta casa llenos de ella? ¿Cómo podríamos encontrar un rincón donde decirnos crueldades? —Charlotte no habló y Delia prosiguió, en tono más calmo—: Nada de lo que me digas puede dolerme de veras... mucho rato; y yo no quiero lastimarte, nunca lo he querido.

— Me dices eso, ¡cuando nunca has dejado por hacer algo que me separase de mi hija! ¿Imaginas que ha sido fácil, todos estos años, oírla llamarte madre? Oh, lo sé, lo sé... estábamos de acuerdo en que ella nunca debía sospechar... pero si tú no te hubieses interpuesto permanentemente entre nosotras, ella no habría tenido a nadie más que a mí, habría sentido por mí lo que una hija siente por su madre, habría *tenido* que quererme más que a nadie. Con todas tus concesiones y generosidades has acabado robándome mi hija. Y yo lo he tolerado todo por ella, porque sabía que no tenía otro remedio. Pero esta noche, esta noche ella me pertenece. Esta noche no puedo soportar que haya de llamarte madre.

Delia Ralston no replicó inmediatamente. Le pareció que por primera vez había sondeado en lo más hondo de la pasión maternal y estaba sobrecogida por los ecos que aquellas profundidades devolvían.

— Cuánto debes de quererla —murmuró—, para decirme esas cosas. —Y a continuación, con un último esfuerzo—: Sí, tienes razón. No subiré a verla. Eres tú quien debe ir.

Charlotte se arrancó impulsivamente en dirección a Delia, pero ésta, alzando una mano como para defenderse, atravesó la habitación y salió de nuevo a la galería. Mientras se hundía en el asiento oyó abrirse y cerrarse la puerta del salón y los pasos de Charlotte en la escalera.

Delia permaneció sentada a solas en la noche. La última gota de su magnanimidad había sido derramada, e intentó apartar a Charlotte de su mente convulsionada. ¿Qué estaba ocurriendo allí arriba en aquel momento? ¿Con qué oscuras revelaciones iban a estropearse los sueños nupciales de Tina? Bueno, aquello tampoco era materia para hacer conjeturas. Ella, Delia Ralston, había desempeñado su papel, había hecho lo más que había podido: ahora no le quedaba otra cosa que tratar de elevar su espíritu por encima de aquella amarga sensación de fracaso.

Había un extraño elemento de verdad en algunas de las cosas dichas por Charlotte. ¡Qué poderes adivinatorios le había otorgado su pasión maternal! Sus celos parecían dotados de un millón de antenas. Sí; era cierto que la dulzura y la paz de la noche prenupcial de Tina había estado llena, para Delia, de visiones de su propio pasado irrealizado. Suave, imperceptiblemente, la había reconciliado con el recuerdo de lo que había perdido. Todos aquellos últimos días ella había estado viviendo la existencia de la muchacha, había sido Tina, y Tina había sido ella de muchacha, la lejana Delia Lovell. Ahora, por primera vez, sin vergüenza, sin autorreproche, sin remordimiento ni escrúpulo, Delia podía entregarse a un ensueño de amor correspondido que su imaginación siempre había rechazado. Había hecho una elección en su juventud y la había aceptado en la madurez; y allí, en aquella dicha nupcial, tan inexplicablemente suya, estaba la compensación por todo lo que había perdido y a lo que, sin embargo, jamás había renunciado.

Delia comprendió ahora que Charlotte había adivinado todo aquello y que el saberlo la había llenado de un tremendo resentimiento. Charlotte había dicho hacía mucho que Clement Spender nunca le había pertenecido realmente; ahora se había dado cuenta de que lo mismo sucedía con la hija de Clement Spender. Cuando esa verdad se le impuso, Delia sintió que el corazón se le inundaba de la vieja compasión por su prima. Comprendió que era algo terrible, sacrílego, interferir en el destino de otra persona, imponer la más tierna de las caricias sobre el derecho de cualquier ser humano a amar y a sufrir a su manera. Delia había intervenido dos veces en la vida de Charlotte Lovell: era natural que Charlotte fuera su enemiga. ¡Si al menos no se vengase lastimando a Tina!

Los pensamientos de la madre adoptiva volvieron penosamente a la pequeña habitación blanca de allí arriba. Ella había planeado que su media hora con Tina dejara a la muchacha con pensamientos tan fragantes como las flores que iba a hallar a su lado cuando despertase. Y ahora...

Delia salió de repente de sus meditaciones. Hubo pasos en la escalera: Charlotte bajando en el silencio de la casa. Delia se levantó con un vago impulso de huir: sentía que no podía afrontar los ojos de su prima. Giró la esquina de la galería, esperando encontrar las persianas del comedor sin cerrar y escurrirse sin ser vista a su cuarto; pero enseguida Charlotte estuvo a su lado.

—¡Delia!

—Ah, ¿eres tú? Subía a acostarme. —A Delia le fue imposible eliminar un vestigio de rudeza en su tono.

—Sí: es tarde. Debes de estar muy fatigada. —Charlotte hizo una pausa; también su tono era tenso y forzado.

—Ciertamente lo estoy —reconoció Delia.

En el silencio de la luz lunar la otra se aproximó a ella y le tocó tímidamente un brazo.

—No será hasta que hayas estado con Tina.

Delia se puso rígida.

—¿Tina? Pero ¡es tarde! ¿No está dormida? Creí que te quedarías con ella hasta que...

—No sé si está dormida —dijo Charlotte e hizo una pausa—. No he entrado... pero hay luz por debajo de la puerta.

—¿No has entrado?

—No: me quedé en el pasillo e intenté...

—¿Intentaste...?

—...pensar algo... algo que decirle sin... sin que sospechase... —Un sollozo la detuvo, pero ella siguió adelante con un último esfuerzo—. Es inútil. Tenías razón: no hay nada que yo pueda decir. Tú eres su verdadera madre. Ve con ella. No es culpa tuya... ni mía.

—Oh —gimió Delia.

Charlotte se aferró a ella en implícita expresión de abatimiento.

—Tú dijiste que yo era perversa. No soy perversa. Después de todo, ¡ella fue mía cuando era pequeña!

Delia le pasó un brazo por encima del hombro.

—¡Chist, querida! Iremos las dos juntas.

La otra cedió automáticamente a su contacto, y juntas, las dos mujeres, subieron las escaleras, con Charlotte acompasando su impetuoso paso a los movimientos más pausados de Delia. Recorrieron el pasillo hasta la puerta de Tina; pero allí Charlotte Lovell se detuvo y meneó la cabeza.

—No: tú —susurró, y se alejó.

Tina estaba tendida en el lecho, los brazos cruzados debajo de la nuca, reflejando en sus ojos dichosos el espacio de cielo plateado que llenaba la ventana. Le sonrió a Delia a través de su ensueño.

—Sabía que vendrías.

Delia se sentó a su lado y colocaron las manos enlazadas sobre la colcha. Al final no dijeron gran cosa;
tal vez porque la comunión entre ellas no necesitaba
de palabras. Delia nunca supo cuánto tiempo estuvo
sentada junto a la muchacha: se abandonó al hechizo
de la luz lunar.

Pero de pronto pensó en Charlotte detrás de la ventana cerrada de su habitación, vigilante, inquieta, escuchando. Delia no debía, sólo por su placer, prolongar aquella dramática vigilia. Se inclinó para darle a
Tina un beso de buenas noches; después se detuvo
en el umbral y se volvió.

—¡Querida! Sólo una cosa más.

—¿Sí? —murmuró Tina entre sueños.

—Quiero que me prometas...

—¡Lo que sea, lo que sea, mamá querida!

—Bien, pues que mañana, cuando te vayas, en el
último momento, comprendes...

—¿Sí?

—Después que te hayas despedido de mí y de todos
los demás, cuando Lanning te esté ayudando a entrar
en el carruaje...

—¿Sí?

—Que le dediques tu último beso a tía Charlotte.
No lo olvides: el último de todos.

La chispa
(Los años sesenta)

I

— ¡Imbécil! —dijo su mujer, y dejó caer los naipes.
Yo miré rápidamente hacia otro lado, para evitar
ver el rostro de Hayley Delane; aunque no podría de-
ciros por qué quería evitarlo, ni mucho menos por qué
habría de imaginar (si eso hice) que un hombre de
su edad e importancia iba a parar mientes en lo que
sucedía con las facciones completamente insignificantes de un joven como yo.
Me volví hacia otro lado para que él no viese cómo
me lastimaba oír que le llamasen imbécil, aunque fuese en broma, o mejor dicho, medio en broma; sin embargo, a menudo yo mismo lo consideraba un imbécil,
y a pesar de lo malo de mi propio juego, sabía bastante de póker como para juzgar que el suyo —cuando no ponía atención— justificaba ampliamente aquella explosión de su esposa. Por qué su salida me per-
turbó, no sabría decirlo; tampoco por qué, cuando fue
recibida con una chillona carcajada por su «último»,
el joven Bolton Byrne, deseé vehementemente abo-
fetear al pequeño bastardo; ni tampoco por qué, cuando Hayley Delane, que siempre captaba las burlas de
manera tardía aunque segura, emitió finalmente su

grave y complacido gorgoteo de reconocimiento, por qué quise, más que nada, borrar la escena entera de mi memoria. ¿Por qué?

Allí estaban instalados, como con tanta frecuencia los había visto, en la lujosa biblioteca sin libros de Jack Alstrop (estoy seguro de que los numerosos libros alineados detrás de las puertas de cristal eran huecos), mientras al otro lado de las ventanas la pálida luz crepuscular se espesaba hacia el azul por encima de los prados y bosques de Long Island y sobre una franja de mar iluminada por la luna. Nadie miraba nunca hacia *allí*, excepto para hacer conjeturas sobre cómo estaría el tiempo al día siguiente para el polo, la caza o las carreras, o cualquier otro uso para el que la temporada requiriese que la naturaleza estuviera dispuesta; nadie se percataba del crepúsculo, la luna o las sombras azules, y Hayley Delane menos que nadie. Día tras día, noche tras noche, permanecía anclado a alguna mesa de póker, haciendo chapuzas con las cartas y con la mente puesta en otra cosa...

Sí; así era el hombre. Ni siquiera conocía su irrisorio oficio (como se dijo una vez de una gran autoridad en heráldica), que era andar de un lado al otro en el séquito de su mujer, jugar al póker con los amigos de ella y reír tontamente con las sandeces de una y otros. No era extraño que la señora Delane se exasperase a veces. Como ella decía, ¡no era *ella* la que había pedido casarse con él! Más bien no: todos los contemporáneos de ambos recordaban bien lo fulminante que el asunto había sido por parte de él. La primera vez que la vio —en el teatro, creo—: «¿Quién es aquélla? Allí... la de mucho cabello». «Oh, ¿Leila Gracy? Bah, no es una mujer *realmente* bonita...» «Pues voy a casarme con ella.» «¿Casarte con ella? Pero, su padre es ese viejo truhán de Bill Gracy... el que...» «Voy a casarme con ella...» «El que tuvo que renunciar a todos los clubes...» «Voy a casarme con ella...» Y lo hizo; y fue ella, si queréis, quien lo mantuvo pendiente, entre que sí y que no, hasta que un cierto joven mequetrefe, que entre tanto vacilaba con respecto a *ella*, se decidió finalmente por la negativa.

Así había sido el matrimonio de Hayley Delane; y así, imaginaba yo, era su manera de conducir la mayoría de los asuntos de su fútil y desmañada existencia... Grandes impulsos explosivos —tormentas que no podía controlar—, seguidos por largos períodos de adormilada calma, durante los cuales algo me decía que las viejas lamentaciones y remordimientos despertaban y se agitaban bajo la indolente superficie de su naturaleza. Y, sin embargo, ¿no estaba yo dramatizando un caso vulgar y corriente? Di la espalda a la ventana para mirar al grupo. La traída de velas a las mesas de juego había creado espacios iluminados que se distribuían por toda la oscura habitación; bajo el resplandor, la tosca cabeza de Delane destacaba como un risco en una llanura florida. Quizá fuese sólo porque él era grande, pesado y de tez morena; quizá fuese por su mayor edad, ya que debía de ser por lo menos quince años mayor que su mujer y que la mayor parte de sus amigos; el caso es que nunca pude mirarlo sin sentir que él pertenecía a otra parte, no tanto a otra sociedad como a otra época. Pues era indudable que la sociedad en que vivía le venía perfectamente. Tomaba parte alegremente en todas las diversiones de su pequeño grupo: montaba, jugaba al polo, cazaba y conducía su tiro de cuatro caballos como el que más (veréis, por esta última alusión, que estábamos todavía en los arcaicos noventa). Tampoco pude imaginar qué otras ocupaciones habría preferido de haber podido elegir. Con independencia de mi admiración por él, no podía admitir que fuese Leila Gracy quien lo hubiese subordinado a su estilo de vida. ¿Qué habría decidido hacer él si no la hubiese conocido aquella noche en la representación? Pues lo más probable, según creía yo, encontrar una igual y casarse con ella. No; lo diferente en él no estaba en sus gustos: estaba en algo muchísimo más hondo. Pero ¿qué hay más profundo en un hombre que sus gustos?

En otra época, pues, probablemente habría estado haciendo lo mismo que estaba haciendo ahora: pasando el tiempo, haciendo mucho ejercicio violento, comiendo más de lo que le convenía, riéndose de la misma clase de tonterías y adorando con la misma clase de sorda idolatría rutinaria a la misma clase de mujer, vistiera ella crinolina, miriñaque, peplo o una piel de animal. Lo de menos era lo suntuoso del ropaje bajo el que uno la imaginase. Sólo que en esa otra época podría haber habido espacio para otras facultades, ahora dormidas, quizá incluso atrofiadas, pero que debían —sí, realmente debían— haber tenido algo que ver con el desarrollo de aquella amplia frente acogedora, la monumental nariz y el notable hoyuelo que se le marcaba de cuando en cuando con la luz. ¿No sería el hoyuelo incluso más importante que Delia Gracy?

Bueno, quizá el imbécil fuera *yo*, al menos por lo que ella sabía; un imbécil para creer en su marido, estar obsesionado con él, angustiado por él, siendo que, en los últimos treinta años, él no había sido más que el Hayley Delane cuya presencia todos daban por descontada, a quien se alegraban de ver y enseguida olvidaban. Abandonando la contemplación de aquella gran estructura craneal, miré a su esposa. Su cabeza era como algo todavía no terminado, algo apenas en floración, una cabeza de muchacha envuelta en la bruma. Hasta las consideradas velas traicionaban las líneas en su rostro, la pintura en sus labios, el agua oxigenada en su pelo; pero nada de ello podía menoscabar la delicadeza de su perfil ni la candidez de niña que asomaba a sus ojos, emergiendo de sus profundidades como de los de una náyade sorprendida. Tenía un invencible aire de inocencia, como sucede tan a menudo con las mujeres que se han dedicado a acumular experiencias sentimentales. Mirando a marido y mujer así enfrentados sobre las cartas, cada vez me asombraba más que fuese ella la que dominase y él quien doblase la cerviz. Os daréis cuenta por esto de lo joven que era yo todavía.

Tan joven, en verdad, que a Hayley Delane lo había tenido desde mis días escolares por hecho consumado, un monumento inalterable: como la Trinity Church, el Reservoir o el Knickerbocker Club.[1] Un neoyorquino de mi generación no podría imaginarlo a él distinto o ausente, lo mismo que no habría podido imaginar tal cosa respecto de cualquiera de tales venerables instituciones. Así que yo había continuado no prestándole atención hasta que, concluidos mis años de Harvard, había regresado tras un intervalo de vagabundeo por el mundo a instalarme en Nueva York, y él se me había impuesto de nuevo como algo todavía no del todo explicado y más interesante de lo que yo hubiera sospechado.

No digo que el asunto me quitara el sueño. Tenía mis propias ocupaciones (en una oficina en el centro) y los placeres de mi edad; me dedicaba con ahínco a descubrir Nueva York. Pero de vez en cuando el enigma Hayley Delane se atravesaba entre mí y mis otros intereses, como había sucedido esa noche simplemente porque su esposa lo había maltratado verbalmente y él se había reído y la había considerado graciosa. Y en tales ocasiones yo me descubría conmovido y alterado, sin que nada de lo que yo pudiera saber o hubiese observado en él justificase en lo más mínimo dichas emociones.

El juego se acabó, habían llamado para la cena. La campanilla volvió a sonar, con discreta insistencia: Alstrop, condescendiente en todo lo demás, prefería que sus invitados no se retrasaran más de hora y media para cenar.

1. Respectivamente, la Iglesia de la Trinidad, el Depósito (de agua para la ciudad) y el club de los descendientes de las primeras familias holandesas, o neoyorquinos por antonomasia. (*N. del T.*)

—Pero, ¡*Leila*...! —protestó finalmente.

Los dorados bucles cayeron sobre las fichas.

—Sí, sí... Un minuto. Hayley, tendrás que pagar por mí. Bueno: ¡ya voy! —Rió y empujó su silla hacia atrás.

Delane, riendo a su vez, se levantó perezosamente. Byrne voló a abrir la puerta para la señora Delane; las otras mujeres salieron en tropel con ella. Delane, habiendo liquidado sus deudas, recogió el bolso de malla dorada y la pitillera de ella, y siguió a los demás.

Me dirigí a un ventanal que daba al prado. Tenía el tiempo justo para estirar las piernas mientras arriba funcionaban ansiosamente los ruleros y los polvos de tocador. Alstrop se me sumó y nos quedamos contemplando un opaco cielo descompuesto en el que aparecían y desaparecían las primeras estrellas.

—¡Maldita sea: luce pésimo para nuestro partido de mañana!

—Sí... pero ¡qué rico olor le da a las cosas la inminencia de la lluvia!

Él se rió.

—Eres un optimista: como el viejo Hayley.

Paseábamos por el prado en dirección a los árboles.

—¿Por qué como el viejo Hayley?

—Oh, él es un buen filósofo. Nunca lo he visto desconcertado, ¿y tú?

—No. Eso debe de ser lo que lo hace parecer tan triste —comenté.

—¿Triste? ¿Hayley? Pero si te estaba diciendo que...

—Sí, ya sé. Pero las únicas personas que no se desconciertan son aquellas a las que nada les importa; y ésa es casi la más triste de las actitudes que existen. Me gustaría verlo enfurecerse aunque fuera por una vez.

Mi anfitrión emitió un breve silbido y comentó:

—¡Atiza!, creo que el viento está virando al norte. Si es así... —se mojó el dedo y lo mantuvo en alto.

Yo sabía que no tenía objeto teorizar con Alstrop; pero intenté otro ángulo.

—¿Qué demonios ha hecho Delane consigo mismo durante todos estos años? —pregunté.

Alstrop andaba por los cuarenta, más o menos, y estaba por años mejor situado que yo para echar una mirada retrospectiva sobre el problema. El esfuerzo, no obstante, pareció fuera de su alcance.

—Pues... ¿a qué años te refieres?

—Bueno, desde que abandonó el colegio universitario.

—¡Jesús! ¿Y yo qué sé? Yo no estaba allí. Hayley debe de haber pasado largamente los cincuenta.

Aquello sonaba tremendo para mi juventud; casi como a una era geológica. Y eso, en cierto modo, casaba con él: podía imaginar su crecimiento por sedimentación, decantación u otro proceso computable en eones, a razón de alrededor de un milímetro por siglo.

—¿Cuánto tiempo lleva casado? —pregunté.

—Tampoco lo sé; cerca de veinte años, diría yo. Los chicos están grandes. Los varones están los dos en Groton. Leila no demuestra su edad, debo decirlo: por lo menos con determinadas luces.

—Bien, pues; entonces ¿qué ha estado haciendo Delane desde que se casó?

—Pues ¿qué debería haber hecho? Siempre ha tenido dinero suficiente para hacer lo que se le antoje. Tiene su participación en el banco, por supuesto. Dicen que el viejo sabandija de su suegro, a quien se niega a ver, le saca una buena tajada. Sabrás que es demasiado bondadoso. Pero me figuro que conserva las riendas de todo. Por otro lado, forma parte del directorio de un montón de obras: Asilo de Ciegos, Ayuda a la Infancia, Sociedad Protectora de Animales y demás. Y no hay persona más campechana que él.

—Pero no me refiero a eso —insistí.

Alstrop me miró en la oscuridad.

—¿Te refieres a mujeres? Nunca he oído nada... pero tampoco es muy probable que hubiese oído. Es un individuo reservado.

Regresamos a vestirnos para la cena. Sí, aquélla era la palabra que yo quería oír: que era un individuo reservado. Hasta el poco sofisticado Alstrop lo percibía. Pero ¿reservado conscientemente, deliberadamente, o sólo de un modo instintivo, congénito? Allí residía el misterio.

II

El gran partido de polo tuvo lugar al día siguiente.
Era el primero de la temporada y, tomando respetuosamente nota del hecho, el barómetro saltó a Bueno después de una noche de chaparrones.

Toda la Quinta Avenida se había volcado a ver a
Nueva York contra Hempstead. El césped, primorosamente cuidado, y el recién pintado palco del club
estaban salpicados de vestidos veraniegos y florecien-
tes de sombrillas, y los coches y vehículos en número
incontable atestaban el lado opuesto del terreno de
juego.

Hayley Delane todavía jugaba al polo, a pesar de haberse puesto tan grueso que el costo de proveerse de
montura debía de ser considerable. Ya no se lo consideraba, por supuesto, de primera fila; en realidad yo
no veía muy bien qué cometido podía asignársele a
alguien de su corpulencia en un juego que, en los últimos años, se había convertido en una ciencia exacta.
Pero en aquel remoto amanecer del deporte su seguridad y rapidez para pegarle a la bola hacían que
todavía se le considerase útil como zaguero, además
de ser estimado por la parte que le había correspon-

dido en la introducción y afianzamiento del juego.

Recuerdo poco del inicio del partido, parecido a muchos otros que había presenciado. Yo nunca jugué y no tenía dinero apostado: para mí el interés principal del espectáculo residía en el tiempo primaveral, el ondular de los vestidos de estación sobre el césped, la sensación de juventud, diversión, alegría, de la virilidad y la femineidad jóvenes urdiendo su eterna tela bajo el cielo cómplice. De cuando en cuando eran momentáneamente interrumpidos por un «¡Oh...!» que atraía todas aquellas miradas en una misma dirección cuando dos resplandecientes filas de hombres y caballos atravesaban velozmente el campo, se entreveraban, cimbraban, se dispersaban formando figuras estrelladas y volvían a emparejarse. Pero era sólo por un momento; enseguida las miradas deambulaban otra vez, empezaba la cháchara y la juventud y el sexo dominaban la situación hasta que la siguiente carga volvía a sacarlos bruscamente de su trance.

Yo me contaba entre aquellos espectadores escindidos. El polo como espectáculo no me divertía durante mucho rato, y vi tan poco de él como las bonitas muchachas encaramadas junto a sus festejantes encima de los coches y en el palco social. Pero mi deambular me condujo por casualidad hacia las cercas blancas que rodeaban el campo y allí, entre un grupo de espectadores, vislumbré a Leila Delane.

Al aproximarme me sorprendió descubrir a una figura conocida que se abría paso alejándose de ella. Uno todavía veía bastante al viejo Bill Gracy en los alrededores de las grandes pistas de carreras; pero me extrañaba que hubiese logrado introducirse en el recinto del elegante Club de Polo. Allí estaba, sin embargo, sin ninguna duda; ¿quién podría confundir aquel pecho inflado debajo del raído chaqué, el sombrero de copa gris siempre echado hacia atrás sobre el escaso cabello rojizo y la mezcla de cautela y jactancia que hacía tan lastimosa su acuosa mirada? Entre las siluetas que, como ruinas admonitorias, emergían dispersamente de la lisa superficie de respetabilidad de la vieja Nueva York, ninguna más típica que la de Bill Gracy; mi mirada lo siguió con curiosidad mientras se alejaba de su hija esquivando gente. «Tratando de sacarle más dinero», concluí; y recordé lo que había dicho Alstrop sobre la generosidad de Delane. «Pues si yo fuese Delane —pensé—, pagaría bastante para mantener a ese viejo rufián fuera de la vista.»

La señora Delane, vuelta para observar la retirada de su padre, me vio y me saludó con un movimiento de cabeza. En el mismo momento, Delane, sobre un potro de gran alzada y ancho pecho, se desplazaba por el terreno haciendo amblar a su cabalgadura, con el mazo al hombro. Viéndolo cabalgar de aquel modo, pesado y poderoso a la vez, con su camisa rojo y negro y sus blancos pantalones de montar, la cabeza como de bronce contra el verdor del césped, recordé caprichosamente la figura de Guidoriccio da Foglino, el famoso mercenario, cabalgando a ritmo lento e imponente en el fresco de las fortalezas del Ayuntamiento de Siena. Por qué un banquero neoyorquino de peso excesivo y más que mediana edad, trotando sobre un equino por un campo de polo de Long Island, habría de recordarme a una figura marcial sobre un acorazado caballo de guerra, me resulta difícil de explicar. Que yo supiese, no había fortalezas con torres en los antecedentes de Delane; y el casco de polo demasiado juvenil y la llamativa camiseta subrogaban pobremente la cota de malla de Guidoriccio. Pero era la clase de jugarreta que el hombre me gastaba siempre: inducirme, a su manera desmañada, a evocar tiempos y escenarios y gentes de mayor grandeza de la que él podía imaginar. Por eso era que me seguía interesando.

Fue ese interés lo que hizo que me detuviese junto a la señora Delane, a quien normalmente evitaba. Tras una vaga sonrisa, ella había vuelto de nuevo la mirada hacia el campo de juego.

—¿Admirando a su esposo? —sugerí, mientras el trote llevaba a Delane a nuestra línea de visión.

Ella me lanzó una mirada dubitativa.

—Usted cree que está demasiado gordo para jugar, supongo —replicó, con cierta aspereza.

—Creo que compone la mejor figura que haya a la vista. Luce como un gran general, un gran soldado de fortuna... en un fresco antiguo, quiero decir.

Ella miró fijamente, quizás sospechando una ironía, como siempre que no entendía algo.

—Ah, *él* puede pagar lo que sea por sus monturas —murmuró; y con una risa incierta añadió—: ¿Lo dice como un elogio? ¿Quiere que se lo cuente?

—Ojalá lo hiciera.

Pero sus ojos miraban nuevamente para otra parte, esta vez hacia el lado opuesto del campo. Por supuesto: ¡Bolton Byrne jugaba en el equipo contrario! La muy tonta estaba siempre así, absorbida por su más reciente aventura. ¡A pesar de lo cual había habido tantas, y a estas alturas debería de estar tan radiantemente segura de que habría más! Pero con cada una renacía la muchacha que había en ella: se ruborizaba, palpitaba, faltaba a los bailes, se inventaba encuentros, guardaba flores prensadas en su ejemplar de Omar Khayam (estoy dispuesto a apostar por ello) y era toda blanca muselina y rosas silvestres mientras aquello duraba. Y la fiebre Byrne estaba por entonces en su plenitud.

No parecía cortés abandonarla inmediatamente, y continué a su lado mirando el partido.

—Es la última oportunidad de marcar que les queda —me espetó, dejando a mi cargo la interpretación del ambiguo pronombre; y después de eso ambos nos quedamos callados.

El partido había sido muy parejo; los equipos estaban igualados a cinco, y la multitud que rodeaba la cerca permanecía pendiente de los últimos minutos. La lucha fue breve y rápida, y lo bastante dramática como para atrapar hasta a los enamorados encaramados en lo alto de los coches. En un momento dado miré fugazmente a la señora Delane y vi que las mejillas se le arrebataban. Byrne se había lanzado por el centro del campo, echado sobre el pescuezo de su más bien esmirriado corcel, blandiendo el mazo como una lanza: un bonito espectáculo, pues el muchacho era joven y flexible, y ligero en la silla.

—¡Van a ganar! —articuló ella jadeante, con lágrimas de alegría.

Pero en ese preciso instante el caballo de Byrne, incapaz de aguantar la carrera, tropezó, vaciló y se vino al suelo. Su jinete se dejó caer de la silla, forzó al animal a levantarse y permaneció un minuto semiatontado antes de volver a montar. Ese minuto fue decisivo. Concedió al otro bando su oportunidad. El nudo de hombres y caballos se apretó, osciló, se aflojó, se rompió en un vuelo de flechas; y de pronto una bola —golpeada por Delane— traspuso rauda y victoriosa la meta enemiga. Se alzó un rugido de alegría; «¡Bien por el viejo Hayley!», clamaban las voces. La señora Delane emitió una breve risa amarga.

—Ése... ese horrible caballo; le advertí que no servía para nada: y encima con el terreno todavía tan resbaladizo —se desahogó.

—¿El caballo? Pero si es estupendo. No cualquier caballo puede con el peso de Delane —dije. Ella me clavó la mirada ausente y se apartó con los labios apretados. La vi alejarse velozmente hacia el terreno cercado.

Me apresuré a seguirla, deseoso de ver a Delane en su hora de triunfo. Sabía que él se tomaba todos aquellos pequeños éxitos deportivos con absurda seriedad, como si, misteriosamente, fueran el espectro de consecuciones más importantes, soñadas o logradas en alguna vida anterior. Y quizás la vanidad del hombre maduro que compite sin menoscabo con los jóvenes fuera asimismo un elemento de su satisfacción; ¿cómo podía uno descubrirlo, en una mente de tan monumental simplicidad?

Cuando arribé al recinto de aparejar no lo localicé enseguida; en cambio, mis ojos contemplaron una desagradable escena. Bolton Byrne, lívido y descompuesto —con cara de vieja, pensé— cruzó el campo vacío castigando con furia los flancos de su cabalgadura. Se deslizó a tierra y al tiempo que lo hacía propinó al tembloroso animal un último golpe directamente en el testuz. Una escena desagradable...

Pero recibió su merecido. Que cayó como un rayo negro y blanco venido del cielo sobre el infeliz. Delane lo había cogido por el cuello, lo había golpeado con su fusta en la espalda y después lo había soltado como a una cosa demasiado mezquina para ser manipulada.

Todo acabó en menos que canta un gallo; a continuación, mientras el murmullo de los presentes que lo rodeaban empezaba a envolverlo, dejando que Byrne se escabullese como si se hubiera vuelto invisible, vi a mi gran Delane, ahora en calma e indiferente, volverse hacia el caballo y posar una mano tranquilizadora en su pescuezo.

Yo estaba adelantándome trabajosamente, movido por el impulso de estrechar aquella mano, cuando su esposa llegó junto a él. Aunque no estaba ya muy lejos, no pude oír lo que ella dijo; la gente no hablaba a gritos en aquellos tiempos, ni «hacía escenas», y las dos o tres palabras que salieron de los labios de la señora Delane debieron de haber resultado inaudibles para todos, aparte de su marido. Las palabras provocaron en el oscuro semblante de él un repentino enrojecimiento; hizo un movimiento con la mano libre (la otra estaba aún sobre el pescuezo del caballo), como para ahuyentar a un chico importuno; luego rebuscó en un bolsillo, extrajo un cigarrillo y lo encen-

dió. La señora Delane, blanca como un fantasma, iba
apresuradamente camino del coche de Alstrop.

Yo me estaba alejando a mi vez cuando vi que volvían
a vitorear a su marido. Esta vez fue Bill Gracy, empujando y retrayéndose a la vez, como era su característica, quien se presentó, con una fácil lágrima en las pestañas, la sonrisa mitad trémula, mitad desafiante, en alto
una mano enfundada en un guante amarillo.

—¡Dios te bendiga por esto, Hayley: Dios te bendiga,
mi querido muchacho!

La mano de Delane se separó desganadamente del
pescuezo del animal. Se agitó por un instante, tocó
apenas la palma del otro y fue instantáneamente apre-
sada por ella. Después, Delane, sin hablar, enderezó
hacia el cobertizo donde estaban cepillando a sus caballos, mientras su suegro se retiraba de escena con
aire de importancia.

Yo había prometido que de regreso a casa me de-
tendría a tomar el té en casa de un amigo, a mitad
de camino entre el Club de Polo y lo de Alstrop. Otro
amigo, que también iba para allí, ofreció llevarme y
acompañarme después a lo de Alstrop.

Durante el trayecto, y alrededor de la mesa del té,
la conversación giró por supuesto principalmente sobre el desagradable incidente del zamarreo a Bolton
Byrne. Las mujeres se mostraron horrorizadas o ad-
miradas, según su talante; pero todos los hombres estuvieron de acuerdo en que era bastante natural. En
un caso semejante cualquier pretexto era de recibo,
dijeron; aunque fue estúpido por parte de Hayley ai-
rear su agravio en una ocasión pública. Pero ya se
sabe que Hayley *era* estúpido: tal fue la opinión pre-
dominante. Si había una manera desatinada de hacer
algo que fuera necesario hacer, ¡podías dar por seguro
que él lo haría de esa manera! Por lo demás, todo el
mundo habló de él con afecto y convino en que Leila
era una tonta... y a nadie le gustaba especialmente
Byrne, un «de fuera» que se había infiltrado en so-

ciedad valido de su desfachatez y de sus proclamadas virtudes de jinete. Pero Leila, coincidieron todos, siempre había tenido debilidad por los «de fuera», tal vez porque su admiración halagaba su extremado deseo de ser considerada «dentro».

—Me pregunto cuánta gente quedará en la fiesta; este asunto debe de haber causado bastante alboroto —dijo mi amigo mientras yo descendía en la puerta de lo de Alstrop; y yo estaba pensando en lo mismo. Byrne se habría ido, por supuesto; y sin duda Delane y Leila, en otra dirección. Ojalá tuviese la oportunidad de estrechar la mano de Hayley, causante de aquel alboroto...

El vestíbulo y el salón estaban vacíos; el timbre para vestirse debía de haber efectuado su discreta llamada más de una vez y me sentí aliviado al descubrir que había sido obedecido. No me apetecía tropezar con ninguno de los otros huéspedes hasta haber visto a nuestro anfitrión. Cuando subía velozmente las escaleras oí que me llamaban desde la biblioteca y me volví.

—No hay prisa: la cena ha quedado para las nueve —dijo alegremente; y con una nota de indecible alivio, añadió—: lo hemos tenido difícil ¡uf!

La habitación lucía como si realmente lo hubiesen tenido difícil: las mesas de juego estaban sin tocar y los mullidos asientos, agrupados como en confidencia, parecían deliberar aún acerca del espinoso problema. Noté que la solución había exigido una buena cantidad de whisky con soda.

—¿Qué pasó? ¿Se ha ido Byrne?

—¿Byrne? ¡No... gracias a Dios! —Alstrop me miró casi con gesto de reproche—. ¿Por qué iba a hacerlo? Eso es justamente lo que queríamos evitar.

—No entiendo. No querrás decir que *él* se quedó y los Delane se han ido...

—¡Dios no permita! ¿Por qué iban a irse ellos? ¡Hayley se disculpó!

Me quedé con la boca abierta y le devolví a mi anfitrión su mirada de sorpresa.

—¿Se disculpó? ¿Ante ese sujeto? ¿Por qué?

Alstrop se encogió de hombros en señal de impaciencia. «Oh, por el amor de Dios, no reabras la maldita cuestión», pareció decir. En voz alta repitió mis palabras:

—¿Por qué? Pero bueno, después de todo, un hombre tiene el derecho de castigar a su propio caballo, ¿no? La cosa fue tremendamente impropia de un deportista, claro está, pero a nadie le concierne si Byrne decide actuar como un patán. Eso es lo que Hayley comprendió, cuando recobró la calma.

—Pues lamento que la haya recobrado.

Alstrop se mostró auténticamente contrariado.

—No te comprendo. Nos dio bastante trabajo. Tú dijiste que querrías verlo furioso por una vez; pero no querrás que siga poniéndose en ridículo, ¿verdad?

—Yo no llamo ponerse en ridículo a zarandear a Byrne.

—¿Y a proclamar sus dificultades conyugales por todo Long Island, con veinte periodistas pegados a sus talones?

Me quedé en silencio, desconcertado pero no convencido.

—No creo que él haya pensado siquiera en eso. Me pregunto quién habrá sido el primero que se lo planteó en esos términos.

Alstrop hizo girar entre los dedos su cigarrillo sin encender.

—Fuimos todos, lo más delicadamente que pudimos. Pero fue Leila la que finalmente lo convenció. Debo decir que Leila demostró mucho ánimo.

Yo continué cavilando: la escena en el picadero se alzó otra vez ante mí, el tembloroso animal aterrorizado y el modo en que la gran mano de Delane se había posado sobre su pescuezo para serenarlo.

—¡Tonterías! ¡No creo ni una palabra! —declaré.

—¿De lo que te he estado diciendo?

—Bueno, de la versión oficial de lo ocurrido.

Para mi sorpresa, Alstrop me miró a los ojos sin asombro ni resentimiento. Su rostro honesto pareció despojarse de una oscura sombra.

—¿Qué *es* lo que tú crees? —preguntó.

—Pues, que Delane zarandeó a ese bellaco por maltratar al caballo y de ningún modo por ser demasiado galante con la señora Delane. Te digo que yo estaba allí: yo lo vi.

La frente de Alstrop se aclaró por completo.

—Es una teoría bastante defendible —admitió, sonriendo por encima de la cerilla con que se aprestaba a encender su cigarrillo.

—Bien, entonces ¿por qué tenía que pedir excusas?

—Pues por *eso*: por entrometerse entre Byrne y su caballo. ¿Es que no lo ves, jovenzuelo estúpido? Si Hayley no se hubiera disculpado, era inevitable que el lodo salpicase a su esposa. Todo el mundo habría dicho que el incidente había sido por ella. Está tan claro como el agua: no le quedaba otra cosa que hacer. Lo entendió bastante bien después de que ella le estuvo hablando un rato.

—Quisiera saber qué le dijo —murmuré.

—No sé. Él y ella bajaron juntos. Él parecía tener cien años, pobre hombre. «Fue la crueldad, fue la crueldad», repetía: «Odio la crueldad». Yo creo que sabe que todos estamos de su parte. Sea como fuere, todo ha quedado atado y bien atado; y he dispuesto que se sirva mi último Georges Goulet del ochenta y cuatro para la cena. Tenía intención de guardarlo para mi banquete de boda; pero desde esta tarde esa celebración ha perdido bastante interés para mí —concluyó Alstrop con una sonrisa de célibe.

—Bueno —reiteré yo, como si fuera un alivio decirlo—, yo juraría que lo hizo por el caballo.

—Oh, yo también podría hacerlo —admitió él, mientras subíamos juntos por las escaleras.

Ya en el umbral de mi cuarto, me cogió del brazo y entró conmigo. Comprendí que le quedaba aún algo por decir.

—Oye, chico: ¿dijiste que estabas allí cuando ocurrió todo?

—Sí, muy cerca...

—Bueno —me interrumpió—, por el amor de Dios, no hagas alusión al tema esta noche, ¿eh?

—Desde luego que no.

—Te lo agradezco. La verdad es que casi no lo conseguimos, y no pude menos que admirar el desempeño de Leila. Estaba furiosa con Hayley; pero se dominó enseguida y se comportó muy decorosamente. En privado me dijo que él actuaba a menudo de aquel modo: explotando de repente como un loco. Nadie lo habría imaginado, ¿verdad?, con esa pachorra suya. Dice ella que debe de ser su antigua herida.

—¿Qué antigua herida?

—¿No sabías que lo hirieron en... dónde fue?: en Bull Run, creo. En la cabeza.

No, no me había enterado; ni siquiera había oído —o no recordaba— que Delane hubiese estado en la guerra civil. Con la sorpresa me quedé inmóvil, mirándolo con ojos muy abiertos.

—¿Hayley Delane? ¿En la guerra?

—Pues desde luego. De principio a fin.

—Pero Bull Run... Bull Run fue el comienzo mismo. —Me interrumpí para efectuar un rápido cálculo mental—. Mira, no puede ser, Jack; no tiene más de cincuenta y tres años. Si estuvo en la guerra desde el principio debió de haber ido siendo un estudiante.

—Bueno, es precisamente lo que hizo: se escapó para presentarse como voluntario. Su familia no supo qué había sido de él hasta que fue herido. Recuerdo que en casa se comentó. Un gran tipo, Hayley. No sé cuánto habría dado por que esto no hubiese ocurrido; al menos no en mi casa. Pero *ha* ocurrido, y eso no tiene remedio. Oye, tú te comprometes a no decir nada, ¿quieres? He puesto de acuerdo a todos los demás, y si tú te sumas tendremos una noche normal de Familia Feliz. Vístete de prisa: son casi las nueve.

III

Esto no es un relato de ficción; ni el episodio es siquiera de los susceptibles de ser convertidos en un relato. De haberlo sido, yo habría alcanzado el clímax, o, en todo caso, su primera etapa, en el incidente del Club de Polo, y lo que me quedaría por contar serían las consecuencias del incidente sobre las vidas de las tres personas implicadas.

No es una narración ni nada por el estilo, sino el simple intento de describir para vosotros —y, tal vez, de paso, dejarlos definitivamente en claro para mí— el aspecto y el carácter de un hombre a quien, con perplejidades pero fielmente, quise durante muchos años. No me excuso, en consecuencia, por el hecho de que Bolton Byrne, cuya sombra maligna debería planear sobre todas las restantes páginas, no vuelva jamás a aparecer en ellas; y porque la última ocasión en que lo vi (a mis efectos) haya sido aquella noche en lo de Jack Alstrop, cuando, después de nuestra exageradamente alegre y hasta ruidosa comida, lo observé dándose la mano con Hayley Delane y declarando, de los labios para afuera y en un tono de falsa cordialidad: «¿Guardar rencor? Pues ¡qué va! ¡No faltaba más! Todo vale, ¿no es así?... en el polo. ¡Y que lo diga! Sí, me largo mañana temprano. Supongo que ustedes se quedan a pasar el domingo con Jack, ¿verdad? Ojalá no me hubiese comprometido con los Gildermere...». Y a partir de ahí se desvanece, habiendo cumplido su papel de hurgar fugazmente, como el pasaje del rayo luminoso de un faro, en las sombras del carácter de Hayley Delane.

Yo sentí todo el tiempo que lo que importaba no era Bolton Byrne. Mientras en los clubes y en los salones todavía se comentaba el episodio y los amigos hacían maravillas por parecer que no sabían nada y decían «no sé a qué te refieres» con ojos que te suplicaban que hablases si sabías algo más que ellos, yo ya había descartado todo el asunto, como estaba seguro que había hecho Delane. «*Fue* por el caballo, y nada más que por eso», me decía riendo para mis adentros, tan contento como si hubiese tenido una cuenta por saldar con la señora Delane y me regodease con su humillación; y con todo, me seguía dando vueltas en la cabeza la frase que Alstrop decía que Delane había repetido una y otra vez: «Fue la crueldad. Fue la crueldad. Odio la crueldad».

¡Cómo encajaba, ahora, con el otro hecho que mi anfitrión había mencionado de pasada, el hecho de que Delane hubiera combatido durante toda la guerra civil! Parecía increíble que aquello hubiese sido para mí una sorpresa; que hubiese olvidado, o acaso no me hubiese enterado nunca de esa fase de su historia. Sin embargo, en jóvenes como yo, recién salidos de la universidad en la década de los noventa, semejante ignorancia era más disculpable de lo que ahora parece posible.

Fue la época oscura de nuestra indiferencia nacional, antes del despertar del país; sin duda la guerra parecía más alejada de nosotros, algo mucho menos nuestro, de lo que les parece a los jóvenes de hoy. Así era por lo menos en la vieja Nueva York, y más

especialmente, quizá, en el pequeño círculo de neoyorquinos ricos e indolentes con los que yo me había
criado. Algunos de ellos, es verdad, habían combatido
bravamente a lo largo de los cuatro años: Nueva York
había hecho su aporte, un aporte memorable, a la prolongada lucha. Pero recuerdo con qué perplejidad
—era en mis días de estudiante— abrí los ojos por
primera vez al hecho de que si bien determinados parientes y contemporáneos de mi padre habían estado
en la guerra, otros —¡y cuántos!— habían permanecido al margen. Recuerdo especialmente la sorpresa
con la que, en el colegio, había oído a un muchacho
explicar la cojera de su padre: «Nunca se recuperó del
tiro en la pierna que recibió en Chancellorsville».

Me quedé de una pieza: pues el padre de mi amigo
tenía la misma edad que mi padre. En aquel momento
(fue en un partido de fútbol estudiantil), los dos hombres estaban de pie uno al lado del otro, perfectamente visibles para nosotros: *su* padre agobiado, cojo
y avejentado, el mío, aun para ojos filiales, derecho
y juvenil. Apenas una hora antes yo había estado fan-
farroneando con mi amigo acerca de lo buen tirador
que era mi padre (me había llevado con él en Navidad
a su coto de caza en Carolina del Norte): pero ahora
estaba abochornado.

La siguiente vez que fui a casa para las vacaciones
le dije a mi madre un día, estando a solas:

—Madre: ¿por qué padre no luchó en la guerra?

El corazón me latía tan fuerte que pensé que ella
debía de haber notado mi nerviosismo y se iba a sorprender. Pero ella levantó la cabeza de su labor sin
acusar en el semblante el menor signo de perturbación.

—¿Tu padre, querido? Pues porque era un hombre
casado. —La reminiscencia le provocó una sonrisa—.
Molly ya había nacido: tenía seis meses cuando cayó
Fort Sumter. Recuerdo que la estaba cuidando cuan-
do papá entró con la noticia. No podíamos creerlo.
—Hizo una pausa para comparar apaciblemente unas

sedas—. Los hombres casados no fueron llamados a filas —explicó.

—Pero, sin embargo, ¡*fueron*, madre! El padre de Payson Gray luchó. Fue tan malherido en Chancellorsville que desde entonces ha tenido que andar con un bastón.

—Bueno, querido, supongo que no querrías que tu papá estuviese así, ¿verdad? —De nuevo hizo una pausa, y al ver que yo no le daba una respuesta pensó probablemente que estaba apenado por ser acusado de aquella manera de falta de corazón, pues añadió, como mitigando el reproche—: Dos de los primos de tu padre *sí* lucharon: Harold y James. Eran jóvenes, sin obligaciones familiares. Y al pobre James lo mataron, ya sabes.

Yo escuché en silencio y nunca más volví a hablarle a mi madre de la guerra. De hecho, a nadie, incluido yo mismo. Creí que enterraba todo el asunto fuera de mi vista, de mis oídos. Después de todo, la guerra había ocurrido hacía mucho tiempo; hacía diez años que había terminado cuando yo nací. Y, actualmente, nadie la mencionaba. Pero a medida que crecía uno conocía, desde luego, a hombres mayores de quienes oía decir: «Sí, Fulano de Tal estuvo en la guerra». Muchos de ellos continuaban incluso haciéndose llamar por el grado militar que ostentaban cuando abandonaron las filas: el coronel Ruscott, el mayor Detrancy, el viejo general Scole. La gente se sonreía un poco, pero admitía que, si les complacía conservar el rango militar, era un derecho que se habían ganado. Hayley Delane, al parecer, pensaba de otro modo. Nunca permitió que le llamasen mayor o coronel (creo que dejó las armas como coronel). Y además era mucho más joven que aquellos veteranos. Descubrir que él había combatido a su lado era como enterarse de que la abuela con la que uno recordaba haber jugado había sido alzada en brazos por su niñera para ver a Washington. Yo siempre pensé en Hayley Delane como

212

miembro de mi generación, más que de la de mi padre; aunque sabía que era tanto mayor que yo y en ocasiones le llamaba «señor», me sentía con él en un plano de igualdad, la igualdad producto de compartir las mismas diversiones y hablar sobre ellas en la misma jerga. Y ciertamente debió de haber sido diez o quince años menor que los pocos hombres conocidos por mí que habían estado en la guerra, ninguno de los cuales, estaba seguro, había tenido que escapar del colegio para presentarse voluntario; de modo que mi olvido (o quizá incluso ignorancia) de su pasado no era imperdonable.

Broad & Delane había sido, durante dos o tres generaciones, uno de los seguros y conservadores bancos privados de Nueva York. Mi amigo Hayley había sido hecho socio al principio de su carrera; el cargo era prácticamente hereditario en su familia. Sucedió que, no mucho después de la escena de lo de Alstrop, me ofrecieron un empleo en la firma. La oferta me llegó, no a través de Delane, sino del señor Frederick Broad, el socio principal, que era un viejo amigo de mi padre. La oportunidad era demasiado ventajosa para ser rechazada, así que trasladé a un despacho de Broad & Delane mis discretas capacidades y mi fervoroso deseo de dar de mí lo más posible. Fue gracias a este cambio imprevisto que gradualmente fue surgiendo entre Hayley Delane y yo un sentimiento casi filial por mi parte, y por la suya de hermano mayor, pues a él difícilmente se le podría llamar paternal, siquiera con sus hijos.

Mi trabajo no tenía por qué haberme puesto en su camino, pues sus tareas no le requerían gran esfuerzo y sus horarios en el banco no eran extensos ni regulares. Pero él pareció cogerme simpatía y pronto empezó a llamarme para los numerosos servicios que, en el mundo de los negocios, un joven puede prestar a sus superiores. Lo que más lo desconcertaba era la redacción de las cartas comerciales. Él sabía lo que quería decir; su sentido del uso adecuado de los términos era claro y expedito; nunca conocí a alguien a quien irritase más la confusa verbosidad con la que la rudimentaria cultura norteamericana estaba ya corrompiendo nuestro lenguaje. Señalaba enseguida aquellas laboriosas inexactitudes, rezongando: «Por Dios, tradúzcalo al inglés...»; pero cuando tenía que escribir o, peor aún, dictar una carta, su frente afectuosa y sus grandes manos se ponían húmedas, y murmuraba, medio para sí y medio para mí:

— ¿Cómo diablos decir: «su carta de fecha tal llegó ayer, y después de considerar lo que usted propone, la cosa no me gusta nada»?

— Pues diga usted precisamente eso —respondía yo; pero él meneaba la cabeza y objetaba:

— Mi querido amigo, es usted tan inepto como yo. No sabe *escribir en buen inglés*.

— A su juicio, había un abismo entre hablar el idioma y escribirlo. Nunca pude lograr que su imaginación superase esa sima ni que entendiese que las frases que salían de su boca eran «mejor inglés» que la versión escrita, resultado de mucho empeño y mucho morder la pluma, consistente en traducir lo dicho a tal lenguaje, de esta forma: «Estoy en posesión de su comunicación del 30 ppdo., y lamento verme compelido a informarle en respuesta de que, luego de una madura consideración de las propuestas en ella contenidas, me hallo incapacitado de emitir un pronunciamiento favorable respecto de las mismas...»; tachando generalmente con furia lo de «las mismas», por ser «jerga de tenderos», para después rezongar por su incapacidad de encontrar un sustituto más propio del doctor Johnson.

«Mi problema —solía decir— proviene de que tanto mi madre como mi padre eran intransigentes en materia de gramática y nunca permitieron a ninguno de nosotros, los chicos, utilizar una expresión vulgar, sin corregirlo.» (Por «vulgar» quería decir confianzuda o inexacta.) «Nos educaron con los mejores libros, Scott y Washington Irving, el viejo no-sé-cuántos que escribía el *Spectator*, y Gibbon y así por el estilo; y aunque no soy un hombre de letras ni nunca pretendí serlo, no puedo olvidar mi temprana instrucción, y cuando veo a los chicos leyendo a un escritor de periódico como Kipling me dan ganas de arrancarles esa basura de las manos. Periodismo barato: eso es lo que son la mayoría de los libros modernos. Y me perdonarás que te diga, querido muchacho, que incluso tú eres demasiado joven para saber cómo se debe *escribir* el inglés.»

Era muy cierto —aunque al principio tuve dificultad en creerlo— que una vez Delane debió de haber sido un lector. Una noche en que nos íbamos a casa de regreso de una cena en la que habíamos coincidido, me sorprendió apostrofando a la luna, que se alzaba, asombrada, por detrás del campanario del «campo santo», con «*She walks in beauty like the night*»; y para describir una carga victoriosa en un partido de polo, acostumbraba decir: «Te lo aseguro, caímos sobre ellos como los asirios».[1] Y no había sido Byron su único sustento. Evidentemente hubo un tiempo en que se supo de memoria toda la *Elegía* de Gray, y una vez le oí murmurar para sí, mientras estábamos en la terraza de su casa de campo cierta noche de otoño:

> *Now fades the glimmering landscape on the sight,*
> *And all the air a solemn stillnes holds...*[2]

A pesar de la escasa simpatía que me inspiraba la señora Delane, no me podía creer que hubiese sido el matrimonio lo que había matado el gusto de Delane

---

1. La alusión es a *The Destruction of Sennacherib*. (*N. del T.*)
2. Ahora se atenúa el fulgor del paisaje visible / y en el aire predomina una quietud solemne...

por los libros. A juzgar por su muy restringido repertorio de alusiones y citas, sus lecturas parecían haber cesado bastante antes de su primer encuentro con Leila Gracy. Explorándolo a la manera de un geólogo no descubrí, en varias capas por debajo del estrato Leila, vestigio alguno de interés por las letras; y llegué a la conclusión de que, al igual que otra persona de mi conocimiento, su mente había permanecido receptiva hasta una cierta edad y se había cerrado de golpe sobre lo acumulado, como un crustáceo repleto al que no vuelve a alcanzar otra marea alta. Todas las personas, según yo había descubierto para entonces, dejaban de vivir en un momento dado, no importa cuánto tiempo más continuasen existiendo; y mi sospecha era que Delane lo había hecho alrededor de los diecinueve años. Esa fecha coincidía a grandes rasgos con el final de la guerra civil, y con su retorno a la vida normal y corriente, de la que desde entonces nunca se había apartado. Aparentemente aquellos cuatro años habían rellenado por entero todos los recovecos de su ser. Pues yo no podía sostener que hubiera pasado por ellos como si tal cosa, como algunos personajes famosos, marionetas del destino, arrojadas al abismo desde las alturas de la experiencia humana sin enterarse en absoluto de qué les estaba pasando: perdiendo el derecho a una corona por aferrarse a un determinado ceremonial o por llevar en su huida un desproporcionado equipaje.

No, a Hayley Delane lo había afectado la guerra, había salido de ella diferente; sólo comprendí cuán diferente cuando lo comparaba con los otros «veteranos» que, de ser considerados por mí como los más aburridos de los invitados a las cenas de mi padre, se habían convertido ahora en figuras de un interés absorbente. Hubo un tiempo en el que, al anuncio de mi madre de que el general Scole o el mayor Detrancy venían a cenar, invariablemente yo había hallado algún pretexto para ausentarme; ahora, cuando sabía que se les esperaba, mi principal objetivo era persuadirla de que invitase a Delane.

«Pero es que es bastante más joven... sólo le interesa la gente vinculada al deporte. No le halagará que lo inviten junto a unos ancianos caballeros.» Y añadía mi madre, con una leve sonrisa: «Si alguna debilidad tiene Hayley, es el deseo de que lo crean menor de lo que es: a causa de su esposa, supongo».

Una vez, sin embargo, sí lo invitó, y él aceptó; y nos ahorramos el tener que invitar a la señora Delane (que indudablemente se habría aburrido) dejando fuera a las señoras Scole y Ruscott y convirtiendo el asunto en una «cena de hombres» a la antigua usanza, con pato marino, ponche, y mi madre como única dama presente: la clase de velada que a mi padre seguía gustándole más.

Recuerdo con cuánta atención, en ocasión de esa cena, estudié los contrastes —y traté de detectar los puntos de semejanza— entre el general Scole, el viejo Detrancy y Delane. Las alusiones a la guerra —las anécdotas sobre Bull Run y Andersonville, sobre Lincoln, Seward y MacClellan— abundaban en boca del mayor Detrancy, especialmente después de unas rondas de ponche. «Cuando un hombre ha estado en la guerra», solía decir como prefacio de prácticamente cualquier cosa, desde expresar su opinión acerca del último sermón dominical hasta alabar el punto de cocción del pato al horno. No pasaba lo mismo con el general Scole. Nadie sabía exactamente por qué había sido elevado al rango que ostentaba, pero él proclamaba tácitamente su derecho al mismo no haciendo jamás alusión al tema. Era un anciano caballero alto y callado, con una hermosa cabellera blanca, ojos azules semicerrados entre párpados en los que lucían las diminutas venas, y un porte admirablemente erguido. Sus modales eran perfectos: tan perfectos que en él hacían las veces de lenguaje, y la gente comentaba después lo agradable que había estado, cuando sólo había sonreído y repartido corteses inclinaciones de cabeza, se había levantado y vuelto a sentar, con un dominio absoluto de aquellas difíciles artes. Tenía reputación de experto en caballos y en los madeira, aunque nunca montaba y se sabía que ofrecía vinos sumamente corrientes a los escasos invitados que recibía en su triste casa antigua de Irving Place.

Él y el mayor Detrancy tenían un rasgo en común: la extremada cautela del neoyorquino viejo. Veían con instintiva desconfianza cualquier cosa susceptible de perturbar sus hábitos, disminuir su comodidad o echarles encima una responsabilidad desacostumbrada, cívica o social; y por más que sus demás procesos mentales fuesen lentos, demostraban una agudeza sobrenatural para adivinar cuándo una conversación aparentemente inocua podía arrastrarlos a «firmar un papel», a respaldar aun el más moderado intento de reforma municipal o a comprometer su apoyo, aunque fuese a un nivel insignificante, a cualquier causa nueva o desconocida.

De acuerdo con su credo, un caballero contribuía todo lo generosamente que sus medios le permitiesen al sostenimiento de las organizaciones filantrópicas, los bailes de caridad, el Socorro Infantil y las buenas obras de su parroquia. Todo lo demás olía a «política», a mitin de predicador religioso o a los intentos de la gente vulgar por comprarse el acceso al círculo de los elegidos; aun la Sociedad Protectora de Animales, por ser de reciente creación, les parecía sujeta a dudas, y consideraban precipitado que ciertos miembros del clero le prestaran su nombre. «Pero, desde luego —como dijo el mayor Detrancy—, en esta época alborotada alguna gente hace cualquier cosa para llamar la atención.» Y lanzaban un suspiro al unísono por la extinguida «vieja Nueva York» de su juventud, la exclusiva e impenetrable Nueva York cantada por Rubini y Jenny Lind y en la que dictó conferencias el señor Thackeray, la Nueva York que no había aceptado recibir a Charles Dickens y a la que éste, en venganza, había ridiculizado de un modo tan intolerable.

No obstante, el mayor Detrancy y el general Scole habían luchado toda la guerra, habían sido partícipes de horrores y agonías sin cuento, soportado toda clase de penalidades y privaciones, sufrido al máximo el calor, el frío, el hambre, la enfermedad, las heridas; y lo habían olvidado todo gradualmente —como se elimina confortablemente una indigestión mediante el sueño—, quedando perfectamente normales y felices.

Lo mismo era válido, con sus particularidades, con respecto al coronel Ruscott, quien, aun sin pertenecer al mismo grupo por razones de nacimiento, hacía mucho tiempo que había sido admitido en él, en parte por ser un compañero de armas, en parte por haber contraído matrimonio con una pariente de Hayley. Todavía veo al coronel Ruscott: un hombrecillo apuesto y vivaz, quizás ambas cosas en exceso, con una lustrosa cabellera ondulada (¿o era un peluquín?) y un poquito de colonia además en el pañuelo de batista demasiado fino. Había ingresado en la milicia neoyorquina en su juventud, había «salido» con el gran Séptimo; y el Séptimo había sido desde entonces la fuente y el centro de su ser, como todavía lo es, para ciertos octogenarios, el banquete anual de su universidad.

El coronel Ruscott se especializaba en hidalguía. Para él la guerra era «el azul y el gris», el rescate de adorables jóvenes sureñas, las anécdotas sobre la Old Glory[1] y el atravesar las líneas enemigas portando vitales mensajes. Los hechos fascinantes parecían haber abundado en su camino durante aquellos cuatro años que para tantos habían sido tan monótonos y aflictivos; y el ponche (para diversión de nosotros, los jovenzuelos, éramos proclives a tirarle de la lengua) siempre hacía revivir en su memoria innumerables si-

1. La bandera de los Estados Unidos de América. (*N. del T.*)

tuaciones en las que, mediante una acción resuelta, respetuosa pero insinuante, su figura había dejado una marca indeleble en algún orgulloso corazón sureño, al tiempo que descubría el paradero de los guerrilleros de Jackson o en qué punto se podía vadear el río.

Y allí estaba Hayley Delane, considerablemente más joven que los otros y, sin embargo, en ocasiones como aquélla, aparentemente tan mayor que me hacía pensar: «¡Pero si *él* dejó de crecer a los diecinueve, ellos están todavía en pañales!». Pero sólo moralmente había continuado su desarrollo. Intelectualmente, estaban todos a la par. Cuando se comentaba la nueva obra en el Wallack, o mi madre aludía tentativamente a la última novela del autor de *Robert Elsmere* (tenía la teoría de que, mientras estuviera presente en la mesa de una cena de hombres, la anfitriona debía mantener la conversación al más alto nivel), las observaciones de Delane no eran más penetrantes que las de sus vecinos... y era casi seguro que no hubiese leído el libro.

Era cuando se planteaba alguna cuestión de índole social —cualquier problema relacionado con la administración de clubes, las obras de caridad o la relación entre los «caballeros» y la comunidad—, cuando él, de pronto, se desligaba de los demás, no tanto por oposición como por prescindencia.

Permanecía escuchando, mientras acariciaba al alargado *terrier* de mi hermana (el cual, desafiando todas las normas, había saltado a sus rodillas a los postres), con una grave expresión semiabstraída en el rostro; y en el preciso momento en que mi madre (me daba cuenta) empezaba a pensar en lo aburrido que estaba, él dejaba que emergiese aquella gran sonrisa suya que le iluminaba el hoyuelo y decía, con el grado de vacilación suficiente para señalar su respeto hacia sus mayores, pero asimismo su total independencia de opinión: «Después de todo, ¿qué importa quién haga el primer movimiento? El asunto es que el negocio se haga».

Ése era siempre el quid. Para todos los demás, incluido mi padre, lo importante en cualquier asunto, fuera una reunión diocesana o un baile de caridad, era precisamente aquello que a Delane parecía preocuparle tan poco: la categoría de la gente que integraba el comité o encabezaba el movimiento. Para Delane sólo contaba el movimiento mismo; si la cosa valía la pena, sentenciaba en su estilo lento y pausado, la cuestión era hacerla como se pudiese, aunque sus promotores *fuesen* metodistas o congregacionistas, o personas que hiciesen su comida principal en mitad del día.

— Me tendría sin cuidado que fueran convictos de Sing Sing —afirmó, dando distraídamente palmaditas afectuosas en el cuello del perro, como le había visto hacer en el pescuezo del caballo espantado.

— O lunáticos salidos de Bloomingdale, como suelen ser esos «reformadores» —añadió mi padre, dulcificando el comentario con su complaciente sonrisa.

— Oh, bueno —murmuró Delane, cuya atención cedía—, yo diría que estamos bien como estamos.

— Especialmente —agregó el mayor Detrancy simulando jocosamente que olfateaba el aire— con el ponche a punto de aparecer, según percibo.

El ponche marcó para mi madre el momento de retirarse. Se levantó sonriendo tímidamente en redondo, mientras los caballeros, todos de pie, protestaban galantemente ante su deserción.

— Abandonarnos para retornar al señor Elsmere: ¡nos pondremos celosos del caballero! —declaró el coronel Ruscott, adelantándose caballerosamente a abrir la puerta; y mientras la abría, mi padre dijo, otra vez con su sonrisa complaciente:

— Ah, mi esposa... es una gran lectora.

Entonces trajeron el ponche.

IV

—Admitirá usted que Hayley es perfecto —me dijo
en tono desafiante la señora Delane.

No supongáis que habéis acabado todavía con la señora Delane, como tampoco Delane, ni yo. Hasta aquí
os he mostrado tan sólo una faceta, o más bien una
fase, suya; aquélla durante la cual, por obvias razones,
Hayley se convertía en un obstáculo o una molestia.
En los intervalos entre sus grandes pasiones, cuando
alguien tenía que ocupar el trono vacante en su pecho, su esposo era siempre reinstalado allí; y durante
tales períodos interlunares él y los chicos eran su principal tema de conversación. Si era entonces cuando
la conocías por primera vez, la tomabas por la esposa
y madre perfecta, y te preguntabas si Hayley tenía alguna vez un día libre; y no te equivocabas demasiado
conjeturando que no con mucha frecuencia.

Sólo que dichos intervalos eran bastante espaciados
y generalmente de corta duración; y que el resto del
tiempo, entretenida su esposa en alguna parte, era Delane quien hacía de hermano mayor para sus muchachos ya crecidos y su hermanita. A veces, en esas
ocasiones —cuando la señora Delane estaba en el ex-

tranjero o en Newport— Delane solía llevarme a pasar una semana a la tranquila antigua residencia en las colinas de New Jersey, llena de retratos de los Hayley y los Delane, de pesado mobiliario de caoba y del olor combinado de las bolsitas de lavanda y el cuero: botas, guantes, maletas de piel, todos los aromas que emanan de los armarios y los pasillos de una casa habitada por jinetes consumados.

Cuando su mujer estaba en casa, él jamás parecía prestar atención a los retratos de familia o al mobiliario antiguo. Leila superaba la cuestión de su deplorable origen profesando un democrático desdén por los antepasados en general. «Conozco a demasiados pelmazos vivos, para tomarme la molestia de recordar a todos los ya muertos», dijo un día cuando le pregunté el nombre de un viejo antecesor de peto y jubón de piel de búfalo que colgaba en la pared de la biblioteca: y Delane, tan práctico en duplicidades sentimentales, les guiñó jovialmente a los chicos como diciendo: «¡Ahí tenéis el verdadero espíritu americano, queridos míos! ¡Así es como debiéramos sentir todos!».

Sin embargo, tal vez notó en mí una sombra de irritación, pues esa noche, cuando estábamos instalados delante del fuego después de que Leila se fuese a la cama muerta de sueño, él lanzó una mirada a la figura del peto y dijo:

—Ése es el viejo Durward Hayley, el amigo de sir Harry Vane[1] el Joven y demás. Tengo unas curiosas cartas por alguna parte... Pero Leila tiene razón, ¿sabes? —añadió en un gesto de lealtad.

—¿En no interesarse?

—En considerar todo aquel pasado como cosa muerta. *Está* muerto. No nos sirve para nada ahora. Eso es lo que siempre me decía en Washington aquel tipo extraño...

1. Sir Harry Vane (1613-1662), administrador colonial y estadista británico, ejecutado por traición. (*N. del T.*)

—¿Qué tipo extraño?

—Oh, un tipo corpulento, una especie de habitante del bosque, que se portó conmigo de un modo fantástico cuando estuve en el hospital... después de Bull Run...

Me enderecé bruscamente. Era la primera vez que Delane hacía mención a su vida durante la guerra. Pensé que estaba sobre una pista; pero no era así.

—¿Usted estuvo hospitalizado en Washington?

—Sí; durante bastante tiempo. En aquella época no se sabía mucho de desinfectar heridas... Pero Leila —retomó el tema con sonriente obstinación—, Leila tiene toda la razón, ¿sabes? El mundo es mejor ahora. ¡Piensa en lo que se ha hecho de entonces a aquí para aliviar el sufrimiento! —Cuando pronunció la palabra «sufrimiento», los surcos verticales en su frente se acentuaron, como si de hecho volviera a sentir el dolor en su antigua herida—. Oh, yo creo en el progreso tanto como puede creer ella: pienso que estamos forjando algo mejor. Si no fuésemos... — Encogió los poderosos hombros, extendió perezosamente un brazo hacia la bandera que tenía al lado y me preparó un whisky con soda.

—Pero la guerra... ¿lo hirieron en Bull Run?

—Sí. —Miró su reloj—. Pero ahora me voy a la cama. Les prometí a los chicos llevarlos a montar a caballo mañana temprano, antes de clase, y yo necesito mis siete u ocho horas de sueño para sentirme en forma. Me voy haciendo viejo, ya ves. Apaga las luces cuando subas.

No; él no hablaba de la guerra.

Fue poco después cuando la señora Delane apeló a mi testimonio sobre la perfección de Hayley. Tras su última ausencia —una turbulenta relación de seis meses en Newport— había regresado demacrada y con aspecto de haber sufrido una dolorosa humillación. Por primera vez observé en la comisura de sus labios esa curva descendente de la edad mediana, que no tiene nada que ver con la pérdida de la dentadura. «¡Qué aspecto vulgar y corriente va a tener dentro de pocos años!», pensé con crueldad.

—Perfecto. Perfecto —insistió ella; y luego, en tono de queja—: Y sin embargo...

—¿Sin embargo...? —repetí fríamente como un eco.

—Con los chicos, por ejemplo. Para ellos lo es todo. Me ha apartado de mis propios hijos —dijo medio en broma, medio quejándose. Seguidamente me miró fugazmente por entre las pestañas y añadió—: Y a veces es tan *duro*.

—¿Delane?

—Oh, ya sé que usted no lo creerá. Pero en asuntos de negocios... ¿nunca lo ha notado? No lo admitiría, supongo. Pero hay veces en que uno sencillamente no puede hacerlo cambiar. —Estábamos en la biblioteca, y ella alzó la cabeza para mirar al antepasado del peto—. Es tan duro como tocar *eso* —dijo, indicando la convexidad de acero.

—No el Delane que yo conozco —murmuré, incómodo ante aquellas confidencias.

—Ah, ¿usted cree que lo conoce? —se burló a medias; y enseguida, en tono deferente—: Yo siempre he dicho que es un padre perfecto... y él se lo ha hecho creer a los chicos. Y sin embargo...

Entró él, y ella, dirigiéndole una desvaída sonrisa, se alejó sin rumbo llamando a sus hijos.

Yo pensé para mis adentros: «Está envejeciendo, y alguien se lo ha dicho en Newport. ¡Pobrecilla!».

Delane parecía tan preocupado como ella; pero esa noche no dijo nada hasta que ella nos dejó solos. Entonces se volvió súbitamente hacia mí.

—Mira. Tú eres un buen amigo nuestro. ¿Me ayudarías a resolver un asunto más bien embarazoso?

—¿Yo, señor? —dije, sorprendido por el «nuestro» y abrumado ante un requerimiento tan solemne de mi superior. Él hizo una mueca apenas perceptible.

— Oh, no me llames «señor»; no durante esta charla.
—Y después de una pausa agregó—: Estás recordando
nuestra diferencia de edad. Pues es por eso que te
lo estoy pidiendo. Quiero la opinión de alguien que
no haya tenido tiempo para anquilosarse como la mayoría de mis contemporáneos. El hecho es que estoy
tratando de hacer ver a mi esposa que tenemos que
dejar que su padre se venga a vivir con nosotros.

Mi boquiabierto asombro debió de haber sido lo bastante notorio como para perforar la melancolía que
lo embargaba, pues se rió brevemente.

— Pues... sí, claro...

Me quedé aturdido. Toda Nueva York sabía lo que
Delane pensaba de su cazurro suegro. Se había casado con Leila a pesar de su ascendencia; pero a Bill
Gracy se le había puesto en claro que no sería recibido bajo el techo de Delane. Apaciguado por el pago
regular de su asignación generosa, el viejo caballero,
con lágrimas en los ojos, solía decir a sus familiares
que personalmente él no culpaba a su yerno. «Tenemos gustos diferentes: eso es todo. En el fondo Hayley
no es un mal tipo; os doy mi palabra de que no.» Y
los familiares, conmovidos ante tamaña magnanimidad, brindaban por Hayley con el champán comprado
gracias a su última paga.

Como yo guardaba silencio, Delane pasó a explicar
la situación.

— El caso es que alguien tiene que ocuparse de él:
¿y quién más hay para eso?

— Pero... —barboté yo.

— Vas a decirme que siempre ha necesitado que lo
cuidasen. Bueno, yo he hecho cuanto he podido, menos tenerlo aquí. Durante mucho tiempo eso ha parecido imposible: yo he estado de acuerdo con Leila...
—¡De modo que era Leila la que rechazaba a su padre!—. Pero ahora es distinto —prosiguió Delane—. El
pobre viejo chochea: este último año se ha venido

derrumbando. Y hay una sanguijuela que lo domina y amenaza con arrastrarlo de un hipódromo a otro armando riñas de carreristas. Si no lo traemos con nosotros acabará hundido. Es su última oportunidad: él mismo se da cuenta. Está asustado; quiere venirse.

Yo continué callado, y Delane prosiguió:

— Supongo que pensarás que de qué sirve: ¿por qué no dejar que se cocine en su propia salsa? Con una asignación decente, claro está. Pues, no sé... no sé decirte... sólo que siento que no puede ser...

— ¿Y la señora Delane?

— Oh, yo la comprendo. Los chicos están crecidos; apenas han conocido a su abuelo. Y tenerlo en la casa no va a ser como tener a una agradable viejecita de cofia tejiendo junto al fuego. Gracy requiere espacio, cómo no; la cosa no va a ser placentera. Ella piensa que debemos considerar en primer lugar a los chicos. Pero yo no estoy de acuerdo. El mundo es un lugar demasiado feo: ¿por qué tiene alguien que criarse creyendo que es un jardín florido? Dejémosles que se arriesguen. Y además... —vaciló, como si se sintiera violento— bueno, tú la conoces: le gusta la vida social. ¿Y, por qué no? Está hecha para ella. Y por supuesto, esto nos va a aislar, nos impedirá invitar gente. Eso no va a gustarle, por más que ella no admita que eso tiene alguna relación con sus objeciones.

¡Así que, después de todo, juzgaba a la esposa a quien seguía adorando! Yo empezaba a comprender por qué tenía él aquella gran cabeza escultórica, aquellos grandes movimientos tranquilos. Había *algo*...

— ¿Qué alternativa propone la señora Delane?

Él enrojeció.

— Oh, más dinero. A veces se me ocurre que ella cree que si he propuesto traerlo aquí es porque no quiero darle más dinero —me dijo en tono de confidencia, apenas más audible que un susurro—. No entiende que más dinero no haría más que precipitar las cosas.

También yo me sonrojé, avergonzado de mis pensamientos. ¿No sería, acaso, que ella había entendido? ¿No era su perspicacia lo que la hacía resistirse? Si su padre estaba condenado a hundirse, ¿para qué prolongar el proceso? No podía estar seguro, ahora, de que Delane no sospechase también eso mismo y se aviniese a ello. Al parecer no había límite para lo que toleraba.

— *Usted* sí que nunca va a estar anquilosado —aventuré, sonriendo.

—Anquilosado puede que no; pero sí abrumado. Así es como estoy ya: ¡necesito una mano para salir, venga! —exclamó, devolviéndome la sonrisa.

Yo estaba aún en la edad de la autosuficiencia, y desde una cierta distancia podría haber tratado el problema con superficial seguridad. Pero desde tan cerca y bajo aquella mirada acongojada, experimenté una purificante sensación de inexperiencia.

—No tienes interés en decirme lo que piensas —me dijo, casi en tono de reproche.

—Oh, no es eso... lo estoy intentando. Pero el asunto es tan... tan condenadamente místico —declaré. Es que algunos de nosotros empezábamos ya a leer a los rusos.

—¿Ah, sí? Pues es curioso eso, también. Porque tengo idea de que eso también lo recibí, con otras cosas, de un antiguo conocido, un ateo: el tío que te mencioné antes, el que acostumbraba venir y pasarse horas hablándome, allá en Washington.

Aquello reavivó mi interés.

—¿El tipo de Washington? ¿Era ateo?

—Bueno, no iba a la iglesia. —Delane sí iba, generalmente llevando a los chicos mientras Leila se recuperaba durmiendo de la velada de póker de la noche anterior, y se unía al canto de los himnos con su voz de barítono, siempre medio tono por debajo.

Pareció adivinar que yo encontraba inadecuada la respuesta, y añadió en tono de impotencia:

—Ya sabes que no soy un intelectual: no sé qué lo llamarías tú. —Y bajando la voz agregó—: No creo que creyese en Nuestro Señor. Pero me enseñó caridad cristiana.

—Debe de haber sido un hombre poco corriente, para haber dejado en usted semejante huella. ¿Cómo se llamaba?

—¡Ahí está la lástima! Debo de haberlo oído, pero yo estaba la mayor parte del tiempo como en una bruma, por la fiebre, y no lo recuerdo. Ni tampoco qué se hizo de él. Un día no apareció: de eso es lo único que me acuerdo. Y poco después yo ya estuve fuera y pasé años sin pensar en él. Entonces, un día, yo tenía un asunto que dejar arreglado conmigo mismo y ¡zas!, allí estaba él, indicándome los pros y los contras. Curioso: se presenta así, a largos intervalos; en momentos cruciales, diría. —Frunció la frente, con la pesada cabeza hundida hacia adelante, evocando la imagen.

—¿Y no ha venido esta vez?

—¡Pues sí! Ése es mi problema: no puedo ver las cosas más que a su manera. Y necesito otra visión que me ayude.

El corazón me latía de un modo bastante violento. Me sentía pequeño, insignificante e inepto, inmiscuyéndome como un intruso en una grave cuestión privada. Intenté postergar mi respuesta y, al mismo tiempo, satisfacer otra curiosidad.

—¿Le ha hablado alguna vez a la señora Delane de... de él?

Delane irguió la cabeza y la giró para mirarme. Alzó levemente las hirsutas cejas, proyectó el labio inferior hacia adelante y volvió a sumergirse en la abstracción.

—Pues *yo*, señor, creo en él —dije, en respuesta a su mirada.

La sangre le subió a las mejillas. Se volvió nuevamente hacia mí y por un instante el surco facial produjo un destello en su semblante agobiado.

—¿Ésa es tu respuesta?

Yo asentí, sin aliento.

Él se puso de pie, caminó hasta el extremo de la habitación y regresó, deteniéndose frente a mí.

—Él desapareció. Nunca supe su nombre, siquiera.

V

Delane tenía razón: tener a Bill Gracy bajo el techo de uno no era como alojar a una afable anciana. Fui directo espectador de lo sucedido tras nuestra conversación y me asombró.

Nueva York —la Nueva York de los Delane— se alineó sin vacilaciones del lado de Leila. La actitud de la sociedad hacia la bebida y la deshonestidad era todavía inflexible: un hombre que había tenido que renunciar a sus clubes caía en un pozo presumiblemente sin fondo. Las dos o tres personas que juzgaron «plausible» la actitud de Delane, se apresuraban a añadir: «Pero debió alquilar una casa para el viejo en algún tranquilo rincón de la campiña». ¡Bill Gracy confinado en una cabaña en un tranquilo rincón campestre! Antes de una semana le habría prendido fuego al vecindario. Sencillamente no se lo podía manejar por procuración; Delane lo había comprendido y lo asumía.

De aquella situación sin precedentes, nada más curioso, inesperado e interesante que su percepción por parte del propio señor Gracy. También él había tomado conciencia de que su caso no tenía alternativa.

— *Tenían* que tenerme aquí, cuernos; yo mismo lo admito. ¡No se podía confiar en un viejo incendiario como yo! Hayley lo comprendió desde el principio: gran tipo, mi yerno. No tuvo empacho en decírmelo. Dijo: «No puedo confiar en usted, padre...»; me lo dijo en la cara. ¡Cuernos, si me hubiese hablado así unos años antes no habría yo respondido de las consecuencias! Pero ya no soy el mismo... Tengo que tolerar que me traten como a un chiquillo... Lo perdoné en el mismo momento, señor, en el mismo momento. —Con ojos anegados, me tendió a través de la mesa una envejecida mano blanda, marcada de venas y pecas.

En la virtual reclusión impuesta por su presencia, yo era uno de los pocos amigos a quienes los Delane veían todavía. Sabía que Leila agradecía mi presencia; pero no me hacía falta ese incentivo. Me alcanzaba con poder brindarle a Delane aunque fuese un apoyo negativo. Los primeros meses fueron horribles; pero era evidente que él se estaba diciendo que las cosas se irían arreglando poco a poco y cuadrando sus poderosos hombros para hacer frente a la tormenta.

Las cosas no se arreglaron; encarnadas en Bill Gracy, continuaron en un estado de efervescencia. Las atenciones filiales, la buena comida y el acostarse temprano devolvieron al culpable una relativa buena salud; se volvió exultante, arrogante y astuto. Por suerte su primera imprudencia provocó una recaída que lo alarmó incluso a él. Comprendió que su capacidad de resistencia se había extinguido y, delicadamente sensible a su afligente situación, recayó en sus cargosas lamentaciones. Pero nunca se comportó de manera pasiva. Él tenía que desempeñar siempre algún papel, generalmente en perjuicio de alguien.

Un día, una dama llamativamente vestida entró intempestivamente a verlo, y la casa vibró con los ecos de sus recriminaciones. Leila no estuvo de acuerdo en que los chicos presenciaran semejantes escenas, y cuando los muchachos regresaron para Navidad ella los mandó a Canadá con un tutor y ella se fue a Florida con la pequeña. Delane, Gracy y yo nos sentamos solos a la mesa ante el pavo de Navidad, y yo me pregunté qué habría pensado de semejante celebración aquel extraño amigo de Delane del hospital de Washington. El señor Gracy estaba de un talante afable y pasó revista a su pasado con una edificante minuciosidad.

— Después de todo, las mujeres y los niños siempre me han querido —resumió, con una lágrima retenida en las pestañas—. Pero he sido una desgracia para ti y para Leila y lo sé, Hayley. Ése es mi único mérito, supongo: ¡que lo sé! Bueno, brindo por dar vuelta a una página nueva... —Y así por el estilo.

Un día, unos meses después, el señor Broad, principal de la firma, me mandó llamar. Yo me sorprendí y me puse bastante nervioso ante la convocatoria, pues no era habitual que me llamasen a su presencia.

— El señor Delane tiene una alta opinión de sus capacidades —empezó afablemente. Yo hice una inclinación de cabeza, excitado ante lo que imaginé como el prolegómeno de un ascenso; pero el señor Broad continuó—: Estoy enterado de que usted visita mucho su casa. A pesar de la diferencia de edades, él siempre lo menciona a usted como a un viejo amigo. —Mis esperanzas de ascenso se disiparon, pero no me pesó. De alguna forma esto otro era incluso mejor. Volví a asentir con la cabeza...

El señor Broad empezaba a sentirse incómodo.

— ¿Ve usted con bastante frecuencia al señor William Gracy en casa de su yerno?

— Está viviendo allí —respondí sin rodeos. El señor Broad lanzó un suspiro.

— Sí. Un hermoso gesto del señor Delane... pero ¿se dará claramente cuenta de sus consecuencias? Su propia familia hace causa común con su esposa. Se preguntará usted por qué estoy hablando con tanta franqueza... pero me han pedido... se ha sugerido...

—Si no estuviese allí se encontraría en el arroyo.
El señor Broad suspiró, más ruidosamente esta vez.
—Ah, es un problema... Puede que se pregunte usted por qué no hablo directamente con el señor Delane... pero es algo tan delicado, y él es tan poco comunicativo. Pero, en fin, hay instituciones... ¿No considera usted que habría que hacer algo?

Yo guardé silencio y él me dio la mano, murmurando:

—Esto es confidencial. —Tras lo cual me retiré a mi despacho, con la sensación de que la situación debía de ser verdaderamente grave para que el señor Broad lo enfatizase consultándome a mí.

Para tranquilizar su conciencia respecto al asunto, Nueva York había decidido finalmente que Hayley Delane era «raro». Allí estaban los dos, chalados ambos, bebiendo juntos bajo su techo; ¡no era de extrañar que la pobre Leila encontrase insano el lugar! Tal opinión, esparcida, como pasa con esas cosas, con misteriosa rapidez subterránea, me preparó para lo que iba a venir.

Durante las vacaciones de Pascua fui un día a cenar con los Delane, y al encontrar a mi anfitrión solo con el viejo Gracy llegué a la conclusión de que Leila había vuelto a irse con los chicos. Así era: hacía una semana que se había ido y acababa de enviar una carta a su esposo diciéndole que se embarcaba con la pequeña en Montreal. Enviaría a los varones a Groton con un servidor de confianza. No agregaba nada más, no queriendo formular reflexiones hirientes sobre lo que la propia familia de él estaba de acuerdo con ella en considerar como un acto de generosidad mal entendida. Él sabía que ella estaba agotada por la tensión que le había impuesto, y comprendería su deseo de alejarse por un tiempo...

Lo había dejado.

Un suceso como ése no tenía, en aquellos tiempos, el carácter de cosa natural que ha adquirido de entonces acá; y tengo mis dudas de que a un hombre como Delane el golpe lo hubiese afectado menos alguna vez. Lo cierto es que aquella noche fue la más triste que pasé jamás en su compañía. Tuve la misma impresión que el día del correctivo a Bolton Byrne: la sensación de que a Delane le importaba un comino la opinión de la gente. No creo que el conocimiento de que esa opinión estaba del lado de su esposa lo afectara en absoluto; pero tampoco lo afectaban las opiniones que a ella le merecía su conducta: y para esto no estaba yo preparado. Lo que realmente lo afligía, descubrí, era su soledad. La echaba de menos, la quería de regreso, su frívola e irritante presencia era la única cosa en el mundo sin la cual no podía pasarse. Pero después de contarme lo que ella había hecho, simplemente añadió:

—No le veo arreglo; los dos tenemos el mismo derecho a opinar.

De nuevo lo miré con asombro. Parecía que otra voz hablaba por su boca y yo estaba por decir: «¿Es eso lo que su viejo amigo de Washington le habría dicho?». Pero en la puerta del salón donde habíamos estado hablando se interpusieron entre nosotros el rostro rubicundo y las patillas castaño rojizo del señor Gracy.

—Oye, Hayley: ¿qué pasa con nuestra pequeña partida? Si voy a tener que irme a la cama a las diez como un niño travieso, bien podrías al menos jugar mi partida de póker. —Me guiñó ligeramente un ojo mientras pasábamos a la biblioteca y agregó con voz ronca, en un aparte—: Si cree que me va a mandar como Leila, está muy equivocado. La propia carne es una cosa; ahora que ella se ha ido, que me aspen si voy a aceptar intimidaciones.

Aquella bravata fue la última eclosión del indomable espíritu del señor Gracy. El acto de desafío que lo confirmó le trajo una grave pleuresía. Delane cuidó al anciano con obstinada paciencia y éste salió de la enfermedad disminuido, mustio, desaparecido hasta el último vestigio rojizo de su escaso cabello ondeado y sin nada identificable con su antiguo ser, sino una inocua charla inconexa.

Delane le enseñó a comportarse con paciencia y él se acostumbró a pasarse horas sentado junto al hogar en la biblioteca, absorto sobre los naipes o hablándole al loro de los chicos, al que alimentaba y atendía con conmovedora regularidad. Dedicaba asimismo mucho tiempo a coleccionar estampillas para el menor de sus nietos, y su gentileza y humor retozón cada vez más acentuados lo hicieron tan querido para la servidumbre que una criada de confianza hubo de ser despedida por contrabandear cócteles a su habitación. Cuando el tiempo era bueno, Delane, adelantando su regreso del banco, lo llevaba a dar un breve paseo; y un día, caminando casualmente detrás de ellos por la Quinta Avenida, noté que los hombros del más joven empezaban a caer como los del otro y que había menos levedad en su andar que el garboso paso desigual de Bill Gracy. Tenían el aspecto de dos viejecillos caminando su diaria milla por la acera soleada de la calle. Bill Gracy ya no era un peligro para la comunidad y Leila podía haber regresado al hogar. Pero me enteré por Delane de que seguía en el extranjero con su hija.

La sociedad se habitúa pronto a cualquier estado de cosas que se le impone sin explicación. Yo había notado que Delane jamás daba explicaciones; su fuerza principal radicaba en aquella cualidad negativa. Probablemente apenas se diera cuenta de que la gente empezaba a decir: «Pobre viejo Gracy, después de todo está acabando su vida de un modo decente. Hayley hizo lo que había que hacer; pero su esposa debería regresar a compartir la carga con él». En asuntos importantes le importaba tan poco la opinión de la gente, que no es probable que advirtiese el cambio. Deseaba el retorno de Leila al hogar; cada vez añoraba más a su mujer y a la niña; pero para él el asunto no admitía «debería» alguno.

Y un día ella retornó. La ausencia la había rejuvenecido, poseía alguna llamativa ropa nueva, había conocido a un encantador noble italiano que venía a Nueva York en el próximo barco... estaba dispuesta a perdonar a su esposo, a ser tolerante, resignada e incluso afectuosa. Delane, con su pasmosa sencillez, dio todo aquello por sentado; en cierto modo el efecto del retorno de Leila fue hacerle sentir que el equivocado había sido él, con lo que se dispuso a disfrutar de su perdón. Ella, felizmente para su popularidad, arribó a tiempo para dulcificar la decadencia de su padre. El señor Gracy era ahora meramente un afable viejo pensionista, y Leila solía sacarlo a pasear con regularidad y rechazar invitaciones aburridas «porque tenía que estar con papá». Después de todo, comentó la gente, tenía corazón. Su esposo pensaba lo mismo y esa convicción lo regocijaba. Aunque melancólica, la vida diaria en el hogar de Delane tenía por aquella época un carácter idílico; fue una lástima que no se pudiera mantener vivo al viejo Gracy por más tiempo, dado lo milagrosamente que su presencia unió aquel hogar que una vez había dividido. Pero él no llegó a tener conciencia del hecho, y desde una gozosa senilidad se hundió en el coma y en la muerte. Toda Nueva York asistió al funeral, y el crespón de Leila fue exactamente del largo correcto, una cuestión de gran importancia por aquellos tiempos.

Es típico de la naturaleza que la hierba acabe cubriendo tanto sus realizaciones como sus despojos. En menos tiempo del que hubiera parecido posible en una sociedad de evolución tan lenta, la crisis familiar de los Delane quedó enterrada y olvidada. Nada parecía cambiado en la actitud recíproca de marido y mujer o en la de su pequeño círculo hacia la pareja. En todo caso, Leila había ganado en la estima de la gente por la constancia demostrada junto al lecho de su padre; si bien como cronista veraz he de añadir que en parte hipotecó esa ventaja al precipitarse a mantener un *flirt* con el noble italiano antes de haber cambiado el crespón por la *passementerie*. En cuanto al mantenimiento de normas tan fundamentales, la vieja Nueva York seguía manteniendo su postura.

En cuanto a Hayley Delane, salió de la prueba más viejo, más pesado de movimientos, más agobiado, pero por lo demás igual que antes. No me consta que, aparte de mí, alguien se hubiese dado cuenta de que había habido tal prueba. Pero mi convicción no varió. El retorno de su esposa lo había devuelto a su condición de caballero entrado en años asiduo jugador de cartas, asistente a bailes y frecuentador de las carreras; pero yo había visto apartarse las aguas y emerger de ellas una roca granítica. Dos veces había ocurrido aquel levantamiento; y cada vez obedeciendo a razones ininteligibles para las personas entre las que él vivía. Prácticamente cualquiera puede adoptar una postura con respecto a un principio que sus conciudadanos ya sustentan; pero Hayley Delane mantenía su postura en cosas que sus amigos no podían comprender y lo hacía por razones que no podía explicar. El enigma básico subsistía.

¿Ha subsistido para mí hasta el presente? A veces, yendo a pie hacia la parte alta de la ciudad desde el banco en el que yo mismo soy ahora una institución, echo una mirada a través de las rejas del cementerio de Trinity Church y me hago esa pregunta. Ahora hace diez años o más que él yace allí; su mujer se casó con el rector de una próspera universidad del Oeste y se ha vuelto intelectual e hipercrítica; sus hijos están dispersos y establecidos. ¿Contiene su vieja tumba el secreto de Delane, o lo descubrí yo un día? ¿Lo descubrimos juntos él y yo?

Fue un domingo por la tarde, lo recuerdo, no mucho después del edificante final de Bill Gracy. Yo no había salido de la ciudad aquel fin de semana, y después de una larga caminata en el gélido crepúsculo por Central Park me introduje en mi pequeño piso. Me causó sorpresa ver en el vestíbulo el gran abrigo y el sombrero de copa de Delane. Él solía entrar de vez en cuando, pero casi siempre de camino a su casa al regreso de alguna cena en la que habíamos coincidido; y su aparición a aquella hora y en domingo me sobresaltó bastante. Pero cuando alzó el rostro del periódico matutino no vi en él ninguna señal de preocupación.

—No esperabas una visita en domingo, ¿eh? El caso es que no tengo nada que hacer. Quería ir al campo, como de costumbre, pero Leila estaba comprometida para no sé qué importante concierto de esta tarde; y esta noche tenemos cena en lo de Alstrop. Así que vine a pasar el día. En todo caso, ¿qué otra cosa hay para hacer un domingo por la tarde?

Allí estaba, el mismo viejo Hayley de costumbre, tan desamparado como el más frívolo de los desocupados de su círculo cuando se trataba de emplear una hora no dedicada al póker. Me alegró que me considerase una posible alternativa y se lo dije riendo. Él se rió a su vez —nos tratábamos en términos de igualdad fraternal— y me dijo que me pusiese a leer dos o tres notas que habían llegado en mi ausencia.

—¡Vaya, cómo le llueven a un tío de tu edad! —bromeó.

Rompí el lacre y estaba ojeando las cartas cuando oí una exclamación a mis espaldas.

—¡Cielos! ¡Si es él! —Exclamó Hayley Delane. Me volví a mirar de qué se trataba.

Había cogido un libro, cosa poco habitual en él,

pero lo tenía a la altura del hombro y supongo que ya había exprimido los periódicos. Me alargó el volumen sin hablar, con el índice descansando en la página abierta; su rostro atezado estaba encendido, la mano le temblaba un poco. El grabado en la página señalada por su dedo era el retrato de un hombre.

—Es él, sin lugar a dudas: reconocería en cualquier parte esa vieja ropa suya —declaró exultante Delane, saltando de su asiento.

Yo cogí el libro y miré atentamente el retrato y después a mi amigo.

—¿Su compañero de Washington?

Él asintió visiblemente excitado.

—¡Sí, el tío de quien te he hablado a menudo! —Nunca olvidaré el modo en que su sonrisa se ensanchó hasta abarcar el hoyuelo en la mejilla. Su alegre semblante pareció llenarse de ellos. La mirada se le volvió ausente, como si contemplase unos paisajes invisibles. Al cabo de un rato regresó a mí.

—¿Cómo demonios consiguió el bribón poner su retrato en un libro? ¿Alguien se habrá puesto a escribir sobre él? —Despierta su cansina curiosidad, extendió la mano hacia el volumen. Pero yo lo retuve.

—Un montón de gente ha escrito sobre él; pero este libro es suyo.

—¿Quieres decir que lo escribió él? —preguntó con una sonrisa de incredulidad—. ¡Pero si el pobre tío no tenía educación ninguna!

—Tal vez tenía más de la que usted piensa. Déjeme un momento el libro, que voy a leerle algo.

Él hizo una señal de asentimiento, aunque ya vi que la aprensión que le inspiraba la página impresa enturbiaba su interés.

—¿Qué clase de cosas escribió?

—Cosas *para usted*. Ahora escuche.

Se instaló nuevamente en el sillón, con el semblante penosamente concentrado, y yo me senté y empecé a leer:

A sight in camp in the day-break grey and dim.
As from my tent I emerge so early, sleepless,
As slow I walk in the cool fresh air, the path near by the
  hospital tent,
Three forms I see on stretchers lying, brought out there,
  untended lying,
Over each the blanket spread, ample brownish woolen
  blanket,
Grey and heavy blanket, folding, covering all.

Curios, I halt, and silent stand:
Then with light fingers I from the face of the nearest, the
  first, just lift the blanket:
Who are your, elderly man so gaunt and grim, with well-
  grey'd hair, and flesh all sunken about the eyes?
Who are you, my dear comrade?
Then to the second I step — And who are you, my child
  and darling?
Who are you, sweet boy, with cheeks yet blooming?

Then to the third — a face nor child, nor old, very calm,
  as of beautiful yellow-white ivory;
Young man, I think I know you — I think this face of your
  is the face of the Christ himself;
Dead and divine, and brother of all, and here again he
  lies.[1]

Deposité el libro abierto en mis rodillas y miré furtivamente a Delane. Su rostro, que conservaba aún
el rictus propio de una atención reconcentrada, no
traslucía reacción alguna. No se había producido ninguna chispa. Evidentemente había una distancia demasiado grande entre la forma de la poesía en el ya
lejano punto donde él y ella se habían separado y esta
desconocida forma nueva de que se había revestido.

1. Un espectáculo en el campamento en el gris tenue del amanecer, / en el momento en que emerjo de mi tienda tan temprano,
insomne, / en el momento en que voy andando en medio de la fres-
cura del aire por el sendero lindante con la tienda-hospital, / veo
tres bultos tendidos en camillas, llevados hasta allí fuera, yaciendo
sin atención, / sobre cada uno la manta extendida, amplia manta
de lana amarronada, / gris y pesada manta, envolviéndolo, cubrién-
dolo por completo. /

Era menester que yo encontrara algo que hiciera el tema lo bastante reconocible como para superar la falta de familiaridad con el medio expresivo.

Vigil strange I kept on the field one night,
When you, my son and my comrade, dropt at my side...[1]

El murmullo estelar del poema continuó discurriendo, apagado, insistente; mi garganta se llenó de él, mis ojos se nublaron. Cuando mi voz se ahogó con el último verso, me dije: «Ahora está reviviéndolo todo, viéndolo de nuevo, enterándose por primera vez de que alguien más lo vio como él».

Delane se removió nerviosamente en su asiento y cambió de una a otra la posición de sus piernas cruzadas. Una de sus manos acariciaba con ademán abstraído la raya de su pantalón cuidadosamente planchado. Su rostro permanecía inexpresivo. La distancia entre la *Elegía* de Gray y esta nueva armonía ininteligible no había sido cubierta. Pero yo no me desanimé. No debía haber esperado que nada de ella lo alcanzase —no de entrada— más que por vía de la más estrecha atracción personal. Pasé la página de «Lovely and Soothing Death», en la que había reabierto

Curioso, me detengo, y quedo silencioso de pie; / luego, con dedos ligeros, de la cara del más próximo, el primero, levanto apenas la manta; / ¿quién eres, hombre avejentado, tan consumido y grave, con el cabello casi del todo blanco y la carne completamente hundida en torno a los ojos? / ¿Quién eres, querido camarada? / Luego doy un paso hacia el segundo — ¿Y quién eres tú, hijo mío, entrañable? / ¿quién eres, dulce criatura de mejillas todavía en flor? /

Después al tercero, un rostro ni infantil ni anciano, muy calmo, como / de hermoso marfil blanco amarillento; / joven, creo que te conozco — creo que ese rostro tuyo es el rostro del propio Cristo; / muerto y divino, y hermano de todos, y aquí, otra vez yacente, / (de *A sight in camp in the daybreak gray and dim*)

1. Extraña vigilia guardé una noche en el campo, / cuando tú, hijo y camarada, caíste al lado mío... /

el libro, y busqué otra. Mi oyente reclinó resignadamente la espalda sobre el respaldo del sillón.

> *Bearing the bandages, water and sponge,*
> *Straight and swift to my wounded I go...*[1]

Leí hasta el final. Luego cerré el libro y alcé de nuevo la cabeza. Delane seguía sentado en silencio, con las grandes manos aferradas a los brazos del sillón, la cabeza ligeramente abatida sobre el pecho. Tenía los párpados caídos, en un gesto que imaginé reverente. Mi corazón latía presa de una emoción religiosa; jamás había yo sentido aquellos versos, leídos con frecuencia, como los sentí entonces.

Un poco tímidamente, él habló por fin:

—¿*Él* escribió eso?

—Sí; más o menos en la época en que usted lo veía, probablemente.

Delane todavía cavilaba; su expresión se hacía cada vez más tímida.

—¿Cómo... eee... cómo lo llamas, exactamente? —aventuró.

Por un momento me quedé perplejo; luego dije:

—Pues poesía... una forma bastante libre, claro está... ¿Sabe usted?: él fue un creador de nuevas formas poéticas...

—¿Nuevas formas poéticas? —repitió en tono de desamparo. Se puso de pie con su pesadez característica, pero no amagó recuperar el libro de mis manos. Vi en su rostro los síntomas de que se aprestaba a irse.

—Bueno, estoy contento de haber visto su figura otra vez después de todos estos años —dijo; e hizo una pausa en el umbral para preguntar—: A propósito, ¿cuál es su nombre?

---

1. Llevando vendas, agua y esponja, / voy recta y velozmente hacia mis heridos... (de *The Wound-dresser*)

Cuando se lo dije lo repitió lentamente, paladeándolo con una sonrisa.

—Sí, eso es. El Viejo Walt: así es como todos solían llamarle. Era un gran tipo: no lo olvidaré nunca. —Y en tono de suave reproche añadió—: Habría preferido, eso sí, que no me hubieses dicho que escribió todas esas boberías.

El día de Año Nuevo
(Los años setenta)

I

—Ella siempre fue... *mala.* Solían darse cita en el
Hotel Quinta Avenida —dijo mi madre, como si el escenario del delito aumentase la culpa de la pareja
cuyo pasado estaba revelando. Con los anteojos in-
clinados sobre la labor, dejó caer aquellas palabras
con un ardor que pudo haber chamuscado la nívea
mantilla para bebé que tejían sus incansables dedos
(era típico de mi madre el estar siempre ocupada en
una buena acción cuando formulaba un comentario
corrosivo).

«Solían darse cita en el Hotel Quinta Avenida»: ¡cómo
caracterizaba a mi vieja Nueva York la precisión de
aquella frase! Una generación más tarde, comentando
un asunto amoroso semejante al de Lizzie Hazeldean
con Henry Prest, la gente habría dicho: «Se citaban
en hoteles»; y hoy en día, ¿quién, aparte de algunas
solteronas anticuadas cargadas todavía de veneno des-
tilado en su juventud, tendría el menor interés en semejantes detalles topográficos?

La vida se ha vuelto demasiado telegráfica para que
la curiosidad se detenga en un aspecto puntual de una
relación sentimental; como el viejo Sillerton Jackson,

247

en respuesta a mi madre, rezongó a través de su perfecto «servicio de porcelana»:

— ¿El Hotel Quinta Avenida? Actualmente podrían citarse en medio de la Quinta Avenida, por lo que a la gente le importa.

Pero ¡qué poderoso haz de luz había enfocado súbitamente aquella frase mordaz de mi madre sobre un inadvertido suceso de mi niñez!

El Hotel Quinta Avenida... la señora Hazeldean y Henry Prest... la conjunción de esos nombres había hecho que el rápido flujo de su conversación quedara para mí súbitamente detenido en un determinado punto de mi memoria, de la misma manera en que, controlando su movimiento giratorio, hacemos que la luz de un reflector se mantenga inmóvil mientras tomamos nota de las imágenes insólitamente nítidas y lucientes que nos muestra.

Yo era por entonces un chico de doce años y estaba en casa, de vacaciones. La madre de mi madre, la abuela Parrett, vivía aún en la casa de West Twenty-third Street, construida por mi abuelo en su pionera juventud, época en que la gente se estremecía ante los peligros de vivir al norte de Union Square; días que la abuela y mis padres miraban retrospectivamente con jocosa incredulidad a medida que pasaban los años y las nuevas casas avanzaban constantemente hacia el Parque, sobrepasando la tercera decena de calles, dejando el Depósito cercado y dejándonos en lo que, ya en mis días escolares, era un amodorrado remanso entre la Aristocracia al sur y el Dinero al norte.

Incluso entonces la moda cambiaba rápidamente en Nueva York, y mi memoria infantil apenas alcanzaba a la época en que la abuela, de escofieta de encaje y crujiente muaré, acostumbraba recibir en Año Nuevo asistida por sus elegantes hijas casadas. Por su parte, el viejo Sillerton Jackson, que una vez que una costumbre social caía en desuso siempre aducía no haberla observado jamás, sostenía enérgicamente que el ceremonial del día de Año Nuevo no había sido nunca tomado en serio más que entre las familias de ascendencia holandesa, y que por eso era que la mujer de Henry van der Luyden, con desgana y casi disculpándose, había persistido en él mucho después de que sus amigas hubieran cerrado la puerta al primero de enero; y también por lo que la fecha había sido elegida para esas partidas campestres que tan a menudo se utilizan como pretexto para estar ausente cuando el vulgo está celebrando sus ritos.

La abuela, por supuesto, ya no recibía. Pero le habría parecido algo sumamente extravagante salir al campo en invierno, especialmente ahora que las casas de Nueva York se hallaban ricamente templadas por los nuevos caloríferos de aire caliente y minuciosamente iluminadas por las lámparas de gas. No, gracias: ¡nada de inviernos campestres para la generación de las zapatillas de estameña y el tafetán escotado, afligida por los sabañones, la generación criada en viviendas sin calorífero ni luz y despachada a morir en Italia cuando se revelaba inepta para la lucha de sobrevivir en Nueva York! De allí que la abuela, como la mayoría de sus contemporáneos, permaneciese en la ciudad el primero de enero y señalase la fecha con una reunión familiar, una especie de Navidad suplementaria, si bien para nosotros, los menores, la ausencia de regalos y budín inglés la convertía en apenas un pálido y mustio reflejo de La Fiesta.

De todos modos, el día era bienvenido como legítimo pretexto para comer en exceso, haraganear y mirar por la ventana: una costumbre holandesa ampliamente practicada en los mejores círculos neoyorquinos. El día de marras, sin embargo, todavía no nos habíamos instalado detrás de los cristales, desde donde tan divertido sería muy pronto observar a aquellos cómicos señores que andaban apresuradamente, con la corbata de etiqueta apenas oculta por el cuello del abrigo, entrando y saliendo con rapidez de las casas de fachada color chocolate, en su sacramental ronda de visitas. Estábamos aún plácidamente dedicados a engullir en torno a la arrasada mesa del comedor, cuando una criada entró como un torbellino a avisar que el Hotel Quinta Avenida se estaba incendiando.

¡Oh, entonces empezó la diversión! ¡Y menuda diversión fue! Pues la casa de la abuela estaba precisamente enfrente del noble edificio de mármol blanco que yo asociaba con aquellas gruesas alfombras y aquel sofocante aroma a carbón y a café de las veces en que me mandaban «cruzar» a buscar un mensajero o a comprar el periódico de la noche para mis mayores.

El hotel, no obstante su sobria majestad, ya no estaba de moda. Nadie, que yo recordase, había conocido a alguien que se hospedase allí; lo frecuentaban «políticos» y «gente del oeste», dos clases de ciudadanos a quienes la entonación de mi madre parecía siempre privar del voto equiparándolos a los analfabetos y a los delincuentes.

Pero por esa misma razón cabía esperar que la calamidad resultase mucho más entretenida; pues ¿acaso no habíamos observado aquella mañana, enormemente divertidos, el arribo de los monumentales «arreglos» florales y las imponentes tartas escarchadas para la recepción de Año Nuevo al otro lado de la calle? Se trataba de un evento comunal. Todas las damas que eran «huéspedes» del hotel habían de recibir conjuntamente en los salones de recibo provistos de densos cortinajes y profusión de lámparas, y los caballeros de largos cabellos, perilla y guantes blancos habían estado llegando precipitadamente al escenario de la jarana desde las dos de la tarde. Y ahora, gracias a la oportuna conflagración, íbamos a disfrutar no sólo de la excitación de ver en acción al Cuerpo de Bomberos (supremo gozo para la chiquillada neoyorquina), sino la de presenciar la huida de las damas y sus visitantes saliendo a tropezones por entre el humo, vestidas de gala. La idea de que el fuego pudiera ser peligroso no estropeó aquellas placenteras expectativas. La construcción era sólida; el invencible Cuerpo de Bomberos de Nueva York estaba ya en la puerta, con el resplandor del bronce pulido, los cascos fulgurantes y los caballos brillantes como vajilla de plata; y mi primo el alto, Hubert Wesson, que había cruzado como una flecha a la primera alarma, había regresado prontamente con la noticia de que el peligro había pasado, si bien las dos plantas inferiores estaban tan llenas de humo y de agua que a los huéspedes, en medio de una cierta confusión, los estaban trasladando a otros hoteles. ¿Cómo, entonces, podía un chico considerar el suceso como otra cosa que una interminable jarana?

Nuestros mayores, una vez tranquilizados, adoptaron esa misma actitud. De pie detrás nuestro en las ventanas, mirando por encima de nuestras cabezas, escuchábamos sus risas sofocadas mezcladas con comentarios irónicos.

—Oh, Dios mío, mira: ¡allí vienen! ¡Las damas del Año Nuevo! ¡Todas de escote bajo y manga corta en pleno día! Oh, y aquella gorda con las rosas de papel en el pelo... *son* de papel, querida... ¡probablemente de la tarta escarchada! ¡Oh! ¡Oh! ¡Oh! ¡*Oh*!

Tía Sabina Wesson tuvo que cubrirse la boca con el pañuelo de encaje, mientras su rígida figura envuelta en popelina se sacudía de deleite.

—Pues, mi querida —le recordó suavemente la abuela—, en mi juventud llevábamos vestidos escotados de la mañana a la noche y durante todo el año.

Nadie escuchó. Mi prima Kate, que siempre imitaba a tía Sabina, me pellizcaba el brazo en el paroxismo de la dicha.

—¡Míralas correr! Los salones deben de estar llenos de humo. Oh, pero aquélla es todavía más cómica: ¡la de pluma en el cabello! Abuelita, ¿llevabais de día plumas en el cabello? Oh, ¡no me pidas que lo crea! ¡Y la del collar de diamantes! ¡Y todos los caballeros de corbata blanca de plastrón! ¿Se ponía el abuelo corbata blanca a las dos de la tarde? —No había nada sagrado para Kate, que fingió no darse cuenta del leve gesto de reprobación de la abuela.

—Bueno, en París lo hacen, hasta hoy, en las bodas: ponerse ropa de etiqueta y corbata blanca —dijo Sillerton Jackson con autoridad—. Cuando Minnie Transome, de Charleston, se casó en La Madeleine con el Duc de...

Pero nadie oyó siquiera a Sillerton Jackson. Uno de los presentes había exclamado de pronto:

—¡Oh, una de las señoras que salen corriendo del hotel no lleva traje de noche!

La exclamación hizo que todos dirigiésemos la mirada hacia la persona en cuestión, que acababa de llegar a la puerta; y alguien agregó, en tono de extrañeza:

—Pues tiene la misma figura de Lizzie Hazeldean...

Se produjo un silencio absoluto. La dama que no llevaba vestido de noche se detuvo. De pie en el escalón de la entrada con el velo levantado, quedó enfrentada a nuestra ventana. Su vestido era oscuro y sencillo —casi llamativamente sencillo— y en menos de lo que se tarda en decirlo se había bajado el espeso velo para cubrirse el rostro. Pero mi vista joven era aguda y perspicaz; y en aquel intervalo apenas perceptible yo había captado una imagen. ¿Era hermosa o era solamente distinta? Sentí el impacto del pequeño óvalo, las oscuras pestañas curvadas de un único trazo, los labios hechos para la tibieza y ahora contraídos en una mueca de terror; y fue como si ese misterioso, rico, secreto e insistente algo que cavila y murmura en el fondo de los pensamientos conscientes de un muchacho, me hubiera súbitamente mirado fijamente... Al tiempo que el dardo me alcanzaba, su velo cayó.

—¡Pero si *es* Lizzie Hazeldean! —dijo jadeante tía Sabina. Había cesado de reírse y su pañuelo estrujado cayó sobre la alfombra.

—¿Lizzie?... ¿*Lizzie*? —El nombre fue repetido encima de mi cabeza en diversos tonos de reprobación, desconsuelo y apenas velada malicia.

¿Lizzie Hazeldean? ¿Saliendo deprisa del Hotel Quinta Avenida el día de Año Nuevo con todas aquellas mujeres vestidas de fiesta? Pero ¿qué demonios podía haber estado haciendo allí? No; ¡absurdo! Era imposible...

—Ese que está con ella es Henry Prest —continuó precipitadamente tía Sabina en un susurro.

—¿Con ella? —dijo alguien sin aliento; y mi madre exclamó, con un estremecimiento:

—¡Oh!

Los hombres de la familia no dijeron nada, pero yo vi que el rostro de Hubert Wesson enrojecía de la sorpresa. ¡Henry Prest! Hubert se pasaba embromándonos a los menores con su Henry Prest. Ésa era la clase de tío que Hubert proyectaba ser a los treinta: a sus ojos Henry Prest encarnaba todas las virtudes masculinas. ¿Casado?: ¡no, gracias! Esa clase de hombre no estaba hecha para el yugo doméstico. Demasiado aficionado a la sociedad con las damas, insinuaba Hubert con la sonrisa autosatisfecha del estudiante de bachillerato; y apuesto, rico, independiente, un deportista de pies a cabeza, buen jinete, buen cazador, distinguido en la vela (poseía el certificado de navegación y siempre timoneaba su propia balandra, cuya cabina estaba llena de trofeos); daba las más encantadoras cenas reducidas, nunca más de seis comensales, con cigarros mejores que los del viejo Beaufort; era tremendamente considerado con los más jóvenes, incluidos los muchachos de la edad de Hubert; todo ello combinado: en resumen, todas las cualidades, mentales y físicas, que componían, a juicio de alguien como Hubert, la magistral e irresistible figura del hombre de mundo. «El tipo —concluía siempre Hubert en tono solemne— a quien yo acudiría directamente si me metiese en cualquier clase de lío del que no quisiera que mi familia se enterase»; y a nosotros se nos helaba la sangre en las venas al imaginar a nuestro Hubert metido alguna vez en tan inimaginable situación.

Me dio pena haberme quedado sin ver a aquella legendaria figura; pero mi mirada había estado acaparada por la dama y ahora la pareja se había mezclado con la multitud.

El grupo estacionado junto a la ventana continuaba guardando un incómodo silencio. Parecían casi asustados; pero lo que me impresionó todavía más fue que ninguno de ellos pareciera sorprendido. Hasta para mi entendimiento infantil resultó claro que lo que acababan de ver no había sido más que una confirmación de algo para lo que hacía tiempo estaban preparados. Por fin, uno de mis tíos emitió un silbido, se contuvo ante la mirada seria que le dirigió su esposa y murmuró:

— Maldita sea.

Otro de mis tíos se puso a narrar —sin que nadie le prestase atención— un incendio en el que había estado presente en su juventud; y mi madre me dijo en tono severo:

— Deberías estar en casa preparando tus clases: ¡un muchacho grande como tú! —Una observación tan obviamente injusta que sólo sirvió para dar la medida de su agitación.

— Es increíble —dijo la abuela en voz baja, en un tono que implicaba advertencia, protesta y llamamiento. Vi a Hubert lanzarle una rápida mirada de agradecimiento.

Pero nadie más escuchaba: todos los ojos seguían mirando atentamente por la ventana. Fueron apareciendo unos «simones», de la antigua variedad de cortinilla azul, para recoger a los fugitivos; pues era un día tremendamente frío, alumbrado por uno de esos soles crueles de Nueva York, cuyos rayos parecen carámbanos. Las damas, que iban recuperando la compostura, estaban siendo apiladas con sus pertenencias portables en aquellos vetustos vehículos, mientras sus visitantes de guantes blancos de cabritilla («¡Igualitos al Conejo Blanco!», exclamó Kate, loca de contenta) aparecían y reaparecían en la entrada, vacilando galantemente detrás de ellas con la carga de bolsos, jaulas, gozquecillos y atavíos diversos. Pero de todo esto, como hasta un chico como yo se daba cuenta, ninguno de los que estaban en la ventana de la abuela hacía el menor caso. La atención de todos y cada uno, muda y reconcentrada, continuaba siguiendo los movimientos de aquellos dos tan evidentemente desvinculados del resto. El episodio entero —descubrimiento, comentarios, callado seguimiento visual— no pudo durar más de un minuto, quizás ni eso; antes de transcurridos los sesenta segundos, la señora Hazeldean y Henry Prest se habían perdido entre la multitud y, mientras el hotel continuaba vaciándose hacia la calle, habían tomado su camino, juntos o por separado. Pero en la ventana de mi abuela se mantenía el silencio.

— Bueno: se acabó. Ahí vuelven a salir los bomberos —dijo finalmente alguien.

Nosotros, los chicos, estábamos alerta esperando aquello; pero percibí que, en cambio, los mayores apenas prestaban una desganada atención al espléndido espectáculo que constituía la única pompa neoyorquina: las escaleras rojas apiladas de nuevo sobre los rojos carromatos, los yelmos de los exterminadores de las llamas que trepaban de un salto a la máquina y la disciplinada embestida de cada par de robustos corceles cuando, una tras otra, las carrozas de fuego partían con estrépito.

En silencio, casi morosamente, nos fuimos retirando hacia el hogar del salón; donde, tras un intervalo de lánguidos monosílabos, mi madre, la primera en levantarse, deslizó su labor dentro del bolso y, volviéndose hacia mí con renovada severidad, dijo:

— El andar corriendo detrás de los carros de bomberos es lo que te hace tener demasiado sueño para preparar tus lecciones. —Un comentario tan traído de los pelos que de nuevo percibí, sin comprender, la magnitud del estrago provocado en su mente por el hecho de haber visto salir juntos a la señora Hazeldean y a Henry Prest del Hotel Quinta Avenida.

No fue sino al cabo de muchos años que la casualidad me permitió relacionar aquella fugitiva impresión con lo que la había precedido y lo que vino después.

II

La señora Hazeldean se detuvo en la esquina de la
Quinta Avenida con Madison Square. Seguía inmersa
en la multitud atraída por el fuego; no había riesgo
alguno en hacer un alto y cobrar aliento.

Sabía que su acompañante había tomado la dirección opuesta. Los movimientos de ambos, en ocasiones como aquélla, estaban tan bien ensayados como
los de la brigada del Cuerpo de Bomberos de Nueva
York y eran ejecutados con la misma presteza; y tras
su precipitado descenso al vestíbulo, el descubrimiento de que la policía había clausurado la salida que uti-
lizaban habitualmente y el rápido «¿Estás bien?» al que
ella había respondido con un imperceptible movimiento afirmativo, tenía la seguridad de que él había do-
blado por la Calle 23 hacia la Sexta Avenida.

«Las ventanas de los Parrett estaban llenas de gente», fue lo primero que pensó. Consideró aquello un
momento y luego reflexionó: «Sí, pero con todo ese
alboroto y tanta gente, a nadie se le iba a ocurrir pensar en *mí*».

Instintivamente se llevó la mano al velo, como recordando que sus rasgos habían estado expuestos

cuando salió corriendo y sin poder decir si se los había cubierto a tiempo o no.

«¡Qué tonta soy! No puedo haber permanecido más de un instante a cara descubierta...» Pero enseguida la asaltó otra inquietante posibilidad. «Estoy casi segura de haber visto la cabeza de Sillerton Jackson en una de las ventanas, inmediatamente detrás de la de Sabina Wesson. Nadie más tiene esas canas particularmente plateadas.» Se estremeció, pues en Nueva York todo el mundo sabía que a Sillerton Jackson no se le escapaba nada y que era capaz de unir los fragmentos de hechos aparentemente sin conexión con la habilidad de un experto restaurador de porcelanas.

En el ínterin, y después de lanzar una mirada circular a su alrededor, como siempre que llegaba a aquella esquina en particular, había empezado a andar por Broadway hacia arriba. Caminaba bien: rápido, pero no demasiado; con movimientos fáciles, seguros, con el aire de la mujer que sabe que posee una buena figura y espera, más bien que teme, que la identifiquen por ello. Pero bajo aquel exterior aparentemente tranquilo, iba cubierta de frías gotas de sudor.

Broadway, como de costumbre a aquella hora y además en un día festivo, se hallaba casi desierta; los paseantes continuaban saturando lentamente la Quinta Avenida de un extremo al otro.

—Por suerte, había una multitud tal cuando salimos del hotel, que no es posible que me haya visto nadie —murmuró una vez más, tranquilizada por tener toda la extensa vía pública para ella.

La compostura y la presencia de ánimo eran tan necesarias para una mujer en su situación, que en ella se habían convertido prácticamente en una segunda naturaleza, y en pocos minutos el violento latido desigual de su corazón empezó a suavizarse y a hacerse uniforme. Como para comprobar su regularidad, se detuvo ante el escaparate de una floristería y contempló apreciativamente los jarrones de rosas y lilas de invernáculo, los compactos ramilletes de lirios del valle y violetas, los primeros tiestos de tupidas azaleas. Finalmente abrió la puerta de la tienda y después de examinar los *Jacqueminot* y *Mariscal Niel*, eligió cuidadosamente dos ejemplares perfectos de una nueva rosa de color rosa plateado, esperó a que el florista las envolviese en papel de seda y deslizó los largos tallos dentro de su manguito para su mejor protección.

«Después de todo, es tan sencillo —se dijo mientras continuaba andando—. Le diré que mientras subía por la Quinta Avenida, viniendo de lo de la prima Cecilia, oí los carros de bomberos doblando por la Calle 23 y corrí tras ellos. Exactamente lo que hubiese hecho *él*... una vez...», terminó con un suspiro.

En la Calle 31 dobló la esquina apretando el paso. La casa a la que se iba aproximando era baja y estrecha; pero el lustroso acebo de Navidad entre los bordes fruncidos de las cortinas, los bien barridos escalones, la campanilla y el picaporte brillantes, le daban un aspecto acogedor. De la buhardilla al sótano lucía radiante como la morada de una pareja feliz.

Un curioso cambio se operó en Lizzie Hazeldean al llegar a la puerta. Ella fue de inmediato consciente de ello. Eran tantas las veces en que se había dicho, cuando su casita se alzaba ante ella: «Me hace sentir más joven en cuanto doblo la esquina»... Y era verdad incluso hoy. A pesar de su agitación, se dio cuenta de que las arrugas entre sus cejas se alisaban y de que la tumultuosa palpitación de su pecho iba siendo sustituida por una especie de levedad interior. La levedad se manifestaba en sus movimientos, que se hicieron vivos como los de una niña mientras subía corriendo los peldaños. Llamó dos veces —era su señal— y obsequió a su doncella entrada en años con una despejada sonrisa.

—Susan, ¿está el señor Hazeldean en la biblioteca? Espero que le hayas tenido el fuego preparado.

—Oh, sí, señora. Pero el señor Hazeldean no está

en casa —dijo Susan, devolviéndole respetuosamente la sonrisa.

—¿Que *no está* en casa? ¿Con este frío... y este tiempo?

—Eso es lo que yo le dije, señora. Pero él se rió...

—¿Se rió? ¿Qué quieres decir, Susan? —Lizzie Hazeldean se sintió palidecer. Apoyó rápidamente una mano en la mesa del vestíbulo.

—Pues, señora, tan pronto como oyó a los bomberos salió disparado como un chiquillo. Parece que se ha incendiado el Hotel Quinta Avenida: allí es adonde ha ido.

Los labios de la señora Hazeldean quedaron exangües; sintió que la sangre se le agolpaba agitadamente en el corazón. Pero un segundo después habló en un tono de natural y jocosa impaciencia.

—¡Qué locura! ¿Cuánto hace? ¿Te fijaste? —Al instante, cayó en la cuenta de la posible imprudencia de la pregunta y añadió—: El doctor ha dicho que no debía permanecer fuera más de un cuarto de hora, y sólo a la hora más soleada del día.

—Lo sé, señora, y se lo recordé. Pero yo diría que salió hace más o menos una hora.

Una sensación de profunda fatiga se apoderó de la señora Hazeldean. Se sentía como si hubiese andado durante muchas millas contra un viento helado: respiraba con dificultad.

—¿Cómo pudiste dejarlo ir? —gimió; a continuación, como la criada sonriese otra vez respetuosamente, agregó—: Oh, lo sé, a veces no se le puede detener. Se pone tan inquieto, encerrado con esos largos constipados.

—Es lo que me parece a mí también, señora. —Ama y doncella intercambiaron una mirada de simpatía y Susan se sintió estimulada como para sugerir, con la tendencia de los de su clase a incitar a la desobediencia a los inválidos privilegiados—: Quizás la salida le haga bien.

260

La mirada de la señora Hazeldean se tornó severa.

—¡Susan! Te he advertido muchas veces que no le dijeses esas cosas...

Susan enrojeció y adoptó una expresión apenada.

—¿Cómo se le ocurre, señora?... Yo, que nunca le digo nada a nadie, como todos en esta casa pueden salir de testigo.

Su ama hizo un gesto de impaciencia.

—Oh, bueno, apostaría que no tardará mucho. El incendio terminó.

—Ah, ¿entonces usted también se enteró, señora?

—¿Del incendio? Pues desde luego: incluso lo *vi*. —La señora Hazeldean sonrió—. Venía andando desde Washington Square, de casa de Cecilia Winter, y en la esquina de la Calle 23 había gran cantidad de gente amontonada, y nubes de humo... Es muy raro que no haya tropezado con el señor Hazeldean. —Miró a la doncella con ojos límpidos—. Pero está claro que con toda aquella gente y la confusión reinante... —A mitad de la escalera se volvió para gritarle—: Haz un buen fuego en la biblioteca, por favor, y sube el té. En el salón hace demasiado frío.

La biblioteca estaba en la planta alta. Entró, sacó las dos rosas de su manguito, las desenvolvió con ternura y las colocó en una delgada copa sobre el escritorio de su esposo. Al llegar al umbral se detuvo un momento sonriente a mirar aquel toque veraniego en la invernal habitación alumbrada por el fuego; pero unos instantes después el rictus de ansiedad había reaparecido en su semblante. Escuchó atentamente esperando oír el sonido de una cerradura; después, al no oír nada, continuó hacia su dormitorio.

Era una habitación color de rosa, con cortinajes hechos de una de las nuevas telas de *chintz* inglesas, que también cubría el mullido sofá y el lecho con sus fundas de almohada rosadas. La alfombra era rojo cereza, el tocador con frunces y lazos como un vestido de baile. ¡Ah, cómo habían cosido y martillado, y reunido viejos retales de encaje y galón y muselina, en la construcción de aquel vaporoso monumento! Transcurrieron varias semanas, después que tuvo la habitación terminada, en las que su esposo no entraba en la habitación sin decir: «No puedo imaginar cómo te las has arreglado para sacarle tanto jugo a ese último cheque de tu madrastra».

Sobre la mesa del tocador, Lizzie Hazeldean descubrió una gran caja de floristería, uno de cuyos extremos había sido abierto para dar espacio a los tallos de un ramo de rosas más largas que ella. Cortó el cordel con unas tijeras y extrajo de la caja un sobre que arrojó al fuego sin echar siquiera una ojeada a su contenido. Luego hizo las flores a un lado, y después de arreglarse nuevamente el oscuro cabello ante el espejo, se puso con cuidado una holgada prenda de terciopelo y encaje que la esperaba sobre el sofá, al lado de las zapatillas de tacón alto y las medias de seda de malla abierta.

Había sido una de las primeras mujeres neoyorquinas en tomar el té a las cinco todas las tardes y en cambiarse el vestido de calle por una bata a propósito.

III

Retornó a la biblioteca, donde el brillante resplandor del fuego empezaba a atravesar la oscuridad. Su luz se reflejaba en las cubiertas encuadernadas de los numerosos libros de Hazeldean, y ella sonrió abstraídamente ante la bienvenida que le ofrecía. Se oyó el ruido de una cerradura y el sonido de los pasos de su esposo, y su tos, abajo en el vestíbulo.

— ¡Qué locura!... ¡Qué locura! —murmuró.

Lentamente —¡qué lentitud para un hombre joven!—, él subió la escalera y, tosiendo aún, entró en la biblioteca. Ella corrió hacia él y lo cogió entre sus brazos.

— ¡Charlie! ¡Cómo has podido! Con este tiempo... ¡Ya casi está oscuro!

El rostro alargado y delgado de él se encendió con una sonrisa de desaprobación.

— Supongo que Susan me ha traicionado, ¿eh? No te enfades. ¡Te has perdido un espectáculo! Se incendió el Hotel Quinta Avenida.

— Sí, lo sé. —Hizo una pausa casi imperceptible—. Pero *no* me lo he perdido: crucé corriendo Madison Square para ir a verlo.

— ¿De veras? ¿Estabas allí, también? ¡Qué divertido! —La idea se le apareció con una alegría infantil.

— ¡Naturalmente que estaba! Venía de lo de la prima Cecilia...

— Ah, claro. Había olvidado que ibas allí. Pero ¡qué raro, pues, que no nos hayamos encontrado!

— Si nos *hubiésemos* encontrado te habría arrastrado a casa hace bastante rato. Hace media hora que estoy, y el fuego ya estaba extinguido cuando llegué allí. ¡Qué niño pequeño eres: mira que estarte fuera todo ese tiempo, contemplando el humo y una bomba de incendios!

Él sonrió, todavía con ella abrazada, con gesto pensativo y acariciándole suavemente la cabeza con una mano consumida.

— Oh, no te apures, he estado adentro, perfectamente resguardado y bebiéndome el ponche de la anciana señora Parrett. La vieja dama me vio desde su ventana y mandó cruzar la calle a uno de los chicos de Wesson a buscarme. Acababan de concluir una comida de familia. Y Sillerton Jackson, que estaba allí, me trajo a casa en coche. De modo que ya ves...

Él la soltó y se encaminó hacia el fuego, y ella permaneció inmóvil, con la mirada clavada en un punto lejano mientras sus pensamientos giraban en su cabeza como una rueda de molino.

— Sillerton Jackson... —repitió, sin tener la menor idea de lo que estaba diciendo.

— Sí; está otra vez con la gota —¡suerte para mí!— y la berlina de su hermana vino a buscarlo a lo de los Parrett.

Ella se repuso.

— Estás tosiendo más que ayer —le acusó.

— Oh, bueno... el aire estaba medio cortante. Pero enseguida me pondré bien... ¡Oh, qué rosas! —Se detuvo admirado ante su mesa de escribir.

Un placer reflejo iluminó el semblante de ella, aun cuando los nombres que él había pronunciado —los

Parrett, los Wesson, Sillerton Jackson— resonaban en su cabeza como un toque de difuntos.

—Son preciosas, ¿no es cierto? —dijo, radiante.

—Demasiado preciosas para mí. Debes llevártelas al salón.

—No; vamos a tomar el té aquí arriba.

—Eso es estupendo: significa que no habrá visitas, espero.

Ella asintió, sonriente.

—¡Bien! Pero las rosas... no, no deben desperdiciarse en esta atmósfera desértica. ¿Vas a llevarlas en tu vestido esta noche?

Ella se sobresaltó visiblemente y retrocedió lentamente hacia la chimenea.

—¿Esta noche?... Oh, voy a lo de la señora Struthers —dijo, recordándolo.

—Así es. Cariño: ¡yo quiero que vayas!

—Pero ¿qué vas a hacer tú toda la noche solo? Con esa tos no te irás a dormir hasta tarde.

—Pues si es así, tengo un montón de libros nuevos con los que entretenerme.

—¡Oh, tus libros...! —Hizo un pequeño ademán, a medias entre la broma y el fastidio, en dirección a los volúmenes recién cortados apilados junto a su lámpara de estudio. Era una vieja broma entre ellos el que ella jamás hubiese podido creer que a alguien «le gustase realmente la lectura». A pesar del largo tiempo de vida en común, aquella pasión de su esposo permanecía siendo para ella tan misteriosa como el día en que por primera vez lo sorprendió, mudo y absorto, sobre lo que la gente con la cual ella siempre había vivido habría llamado «un libro serio». Fue su primer encuentro con un lector innato; o al menos, los pocos que ella había conocido habían sido, como su madrastra, la cantante de ópera retirada, febriles devoradores de obras de ficción de la biblioteca de préstamo: nunca antes había vivido en una casa con libros. Poco a poco había aprendido a enorgullecerse del hábito lector de Hazeldean, como si se tratase de un raro don; había percibido que le acarreaba reconocimiento e incluso era consciente de que contribuía al encanto de su conversación, un encanto que ella siempre había notado sin poder definirlo. Pero, aun así, en lo más recóndito consideraba a los libros como un mero expediente y estaba segura de que eran sólo un modo de ejercitar la paciencia, como el juego de las pajitas u otro similar, con la desventaja de requerir un mayor esfuerzo mental.

—¿No estarás demasiado cansado para leer esta noche? —preguntó en tono de ansiedad.

—¿Demasiado cansado? Pero tontita: ¡si leer es lo más descansado del mundo! —dijo—. Quiero que vayas a lo de la señora Struthers, cariño; quiero verte otra vez con el vestido de terciopelo negro —añadió, con una sonrisa persuasiva.

La doncella trajo la bandeja y la señora Hazeldean se enfrascó en la preparación del té. Su esposo se había tendido sobre el mullido sofá que ocupaba habitualmente. Estaba con los brazos cruzados por detrás de la nuca y la cabeza echada hacia atrás con gesto fatigado, de manera que cuando lo miró desde la chimenea le vio el largo cuello con los músculos prominentes y las prematuras arrugas alrededor de las orejas y el mentón. La parte inferior de su rostro estaba particularmente estragada; sólo los ojos, aquellos serenos e irónicos ojos grises, y la blanca frente por encima de ellos, le recordaban lo que había sido siete años antes. ¡Tan sólo siete años!

Sintió un acceso de lágrimas: no, había veces en que el destino era demasiado cruel, la contemplación del futuro demasiado horrible y el pasado, ¡oh, cuánto peor todavía! Y allí estaba él, tosiendo, tosiendo: y pensando vaya Dios a saber qué detrás de aquellos tranquilos párpados semicerrados. En momentos así él se volvía misteriosamente tan remoto, que ella se sentía más sola que cuando no estaba en la habitación.

— ¡Charlie!

Él volvió en sí.

— ¿Sí?

— Aquí tienes el té.

Él cogió la taza en silencio y ella empezó a preguntarse con inquietud por qué no hablaba. ¿Era porque tenía miedo de que hablar lo hiciera toser otra vez, que ella se preocupase y lo reprendiese? ¿O era porque estaba pensando: pensando en cosas escuchadas en lo de la vieja señora Parrett, o en el viaje de regreso con Sillerton Jackson... indicios que ellos hubiesen dejado caer... insinuaciones... quién sabe qué; o en algo que él había *visto*, quizá, desde la ventana de la vieja Parrett? Le miró la blanca frente, tan lisa e impenetrable a la luz de la lámpara, y pensó: «¡Oh, Señor, es como una puerta cerrada! ¡Un día me voy a romper la cabeza contra ella!».

Es que, después de todo, no era imposible que realmente la hubiese visto, que la hubiese visto desde la ventana de la señora Parrett, o incluso desde la multitud que rodeaba la entrada del hotel. Lo que es por ella, bien podría haber estado entre la gente, lo bastante cerca como para extender un brazo y tocarla. Y podría haberse contenido, aturdido, estupefacto, sin creer en lo que veía... Ella no podía decirlo. Todavía no había conseguido hacerse una idea definida acerca de cuál sería su aspecto, cómo reaccionaría, qué diría él si verdaderamente alguna vez *viera* u oyese algo...

¡No! Eso era lo peor del asunto. Habían vivido juntos —¡y hasta qué punto juntos!— durante casi nueve años, y nada de lo que hubiese sabido de él u observado en él la habilitaba para predecir exactamente cuáles serían, en semejantes circunstancias, su disposición mental y su actitud. Sabía que en la profesión lo alababan por su agudeza y su perspicacia; en los asuntos personales a menudo se mostraba, para la vigilante atención que ella ejercía, extrañamente abstraído e indiferente. No obstante, podía tratarse simplemente de un modo instintivo de ahorrar esfuerzos para cosas que él consideraba más importantes. Había veces en que ella estaba segura de que él obraba deliberadamente y con suficiente autodominio para sentir de una manera y actuar de otra: quizás incluso para haber urdido de antemano un plan de acción; como cuando, ante los primeros síntomas de enfermedad, había hecho tranquilamente testamento y planificado todo lo relativo al futuro de ella, la casa y la servidumbre... No, no podía decirlo; siempre pendía de ella el tenue resplandor de la amenaza de un peligro que nunca podía definir ni localizar: como aquel rayo vengativo que buscaba a tientas a los amantes, en aquel horrible poema (¡vaya elección!) que una vez le había leído en voz alta en una perezosa tarde de su viaje de bodas, en Italia, tendidos bajo los pinos marítimos.

La criada entró a correr las cortinas y encender las lámparas. El fuego brillaba suavemente, el perfume de las rosas se esparcía en la calidez del aire y el tictac del reloj desgranaba los minutos; tocó suavemente la media mientras la señora Hazeldean continuaba preguntándose, como venía haciendo con tanta frecuencia: «A ver: ¿qué sería *natural* que dijera ahora?». Y de pronto las palabras se le escaparon, sin saber cómo:

— Me sorprende que no me vieras salir del hotel: pues el caso es que conseguí colarme dentro.

Su esposo no respondió. A ella el corazón le saltó convulsivamente en el pecho, antes de levantar la mirada y descubrir que él se había quedado dormido. ¡Qué expresión tan plácida la de su semblante! ¡Parecía años más joven que cuando estaba despierto! La enormidad de su alivio la envolvió como un resplandor tibio, contrapartida del sudor frío que la había llevado temblando todo el tiempo camino de casa desde el lugar del incendio. A fin de cuentas, si él podía quedarse dormido, si podía caer en un sueño tan apacible —fatigado, sin duda, por su imprudente salida y la exposición al frío—, quería decir, más allá de toda duda, más allá de cualquier posible temor, que no sabía nada, que no había visto nada ni sospechado nada: que ella estaba a salvo, ¡a salvo!, ¡a salvo!

La violencia de la reacción hizo que ansiase ponerse de pie de un salto y ponerse a dar vueltas por la habitación. Vio un cuadro torcido y tuvo ganas de enderezarlo, le habría gustado modificar la inclinación de las rosas en el vaso. Pero allí estaba él durmiendo tranquilamente, y el hábito de permanecer alerta, largamente practicado, le hizo respetar su descanso, cuidando pacientemente de él como si fuese un niño enfermo.

Respiró satisfecha. Ahora podía permitirse pensar en la salida de él sólo con relación al perjuicio para su salud; y sabía que su súbita somnolencia, aun siendo una señal de extrema fatiga, era también el modo natural de recuperarse de ella. Continuó sentada detrás de la bandeja del té, con las manos enlazadas, contemplando su rostro, mientras la paz de la escena se apoderaba de ella, cobijándola bajo sus alas protectoras.

IV

Esa noche, a las once, los extensos salones profusamente iluminados de la señora Struthers estaban ya repletos de gente.

Lizzie Hazeldean se detuvo en el umbral y miró en torno suyo. El hábito de hacer una pausa para orientarse, de lanzar una mirada en círculo allí donde hubiese gente reunida, en cualquier salón, sala de conciertos o teatro donde entrase, se había tornado tan instintivo, que habría quedado sorprendida si alguien le hubiera señalado la expresión desatenta y los movimientos despreocupados de las jóvenes que conocía, quienes también miraban a su alrededor, es verdad, pero con la incierta mirada a la nada propia de la juventud y de la belleza que sólo es consciente de sí misma.

Hacía mucho tiempo que Lizzie Hazeldean había concluido que la mayoría de las mujeres de su edad eran como párvulos en el arte de la vida. Cierto salvaje instinto de autodefensa, nutrido en la experiencia, la había hecho siempre más alerta y perceptiva que las encantadoras criaturas que pasaban del cuarto infantil al matrimonio como si las alzaran de una cuna forrada de rosa para pasar a otra. «Siempre las han estado meciendo para hacerlas dormir», pensaba a veces, escuchando sus inocuas conversaciones durante las prolongadas tertulias de sobremesa en los calurosos salones, mientras abajo, los maridos, en el salón de fumar, cambiaban entre ellos ideas que, si no más atractivas, estaban al menos basadas en experiencias más directas.

Claro que, como todas las señoras de edad comentaban, Lizzie Hazeldean siempre había preferido la compañía de los hombres.

El hombre al que ahora buscaba con la mirada no estaba a la vista, y ella exhaló un pequeño suspiro de alivio. «¡Ojalá haya tenido el buen sentido de mantenerse apartado!», pensó.

Ella misma habría preferido mantenerse apartada; pero su esposo se había encaprichado en que viniese. «Sabes que siempre lo pasas bien en lo de la señora Struthers: le pasa a todo el mundo. La vieja se las compone no sé cómo para tener la casa más divertida de Nueva York. ¿Quién canta esta noche?... Si no vas, sabré que es porque he tosido dos o tres veces más que de costumbre y que te tengo preocupada. Mi querida niña, hace falta más que el incendio del Hotel Quinta Avenida para matarme a *mí*... Mi corazón funciona más acompasadamente que nunca... Ponte el vestido de terciopelo negro, ¿quieres?: con esas dos rosas...»

De modo que había ido. Y allí estaba, con su vestido de terciopelo negro, bajo el fulgor de las lámparas colgantes de la señora Struthers, rodeada por toda la juventud, la belleza y la alegría de Nueva York; pues, como decía Hazeldean, la mansión de la señora Struthers era más divertida que la de nadie, y siempre que abría sus puertas, el mundo se atropellaba para entrar por ellas.

Cuando la señora Hazeldean llegó al salón interior, las últimas notas de una rica voz de tenor caían sobre una atenta audiencia silenciosa. Vio la expuesta garganta de Campanini apaciguarse hasta quedar en silencio sobre el piano, y al aplauso de una multitud de guantes ajustados siguió un movimiento general y el habitual e irreprimible estallido de las conversaciones.

Cuando los grupos se disolvieron, divisó la plateada cabellera de Sillerton Jackson. Sus miradas se encontraron por sobre los hombros desnudos, él hizo una profunda inclinación de cabeza y ella tuvo la impresión de que una sonrisa satírica le levantaba el bigote. «No es usual que me dedique una inclinación tan profunda», pensó aprensivamente.

Pero al internarse en el salón recobró su autodominio. Entre todas aquellas estúpidas mujeres bonitas adquiría una sensación de poder, de saberlo prácticamente todo mejor que ellas, desde arreglarse el cabello al arte de mantener un secreto. La invadió un sentimiento de orgullo por la blanca curvatura de sus hombros sobre el terciopelo negro, por el solitario rizo escapado de su apretado moño y por la flecha de oro guarnecida de diamantes que se había puesto para sujetarlo. ¡Y todo hecho sin una doncella, sin nadie más avispada que Susan para ayudarla! Ah, como mujer, ella sí que conocía su oficio...

La señora Struthers, emplumada y voluminosa, con su peluca negra tachonada de estrellas de diamante que hacía pensar en un alfiletero, se había abierto paso con su energía habitual hacia el salón exterior. Estaban llegando más personas y ella las recibía, distribuía y presentaba con su tempestuosa pericia de siempre. De pronto, su sonrisa se acentuó: era evidente que estaba saludando a un viejo amigo. El grupo que la rodeaba se deshizo, y la señora Hazeldean vio que, con su distraída cordialidad característica y mientras su ojo de anfitriona vagaba recorriendo las estancias, le estaba diciendo algo confidencial a un hombre alto cuya mano había retenido. Se sonrieron mutuamente; entonces la señora Struthers volvió la mirada hacia el salón interior y su sonrisa pareció decir: «La encontrarás allí».

El hombre alto asintió. Miró calmosamente a su alrededor y empezó a desplazarse hacia el centro de la muchedumbre, hablando con todos, aparentando no tener otro propósito que el de saludar a cuantas personas encontraba en su camino, pero avanzando pausada y firmemente por ese camino, que lo llevaba directamente al salón interior.

La señora Hazeldean había encontrado asiento cerca del piano. Un apuesto joven, sentado junto a ella, le estaba contando en detalle qué iba a ponerse para el baile de disfraces en lo de los Beaufort. Ella escuchaba, aprobaba, sugería; pero su mirada no se apartaba de la figura del hombre alto que se aproximaba.

¿Bien parecido? Sí, se dijo; tenía que admitir que lo era. Un pelín demasiado basto y rubicundo, tal vez; aunque su porte y su actitud lo negaban de un modo tan manifiesto que, pensándolo mejor, una admitía que, después de todo, un hombre de su altura tiene que tener cierto aplomo. Sí; su confianza en sí mismo hacía que, por regla general, apareciese ante la gente exactamente como él optaba por presentarse; esto es, como un cuarentón que lleva bien sus años, un individuo activo y musculoso cuyos ojos azules eran todavía diáfanos, cuyo cabello rubio formaba sobre la angosta frente tostada por el sol unas ondas apenas menos espesas de lo que solían, por encima de unas cejas casi plateadas de tan rubias y unos ojos azules que bajo esa techumbre parecían más azules todavía. ¿Aspecto estúpido? De ningún modo. Su sonrisa lo negaba. Lo bastante autosuficiente como para evitar el engreimiento, pero tan contenido que una percibía su frialdad básica, dirigía el rumbo de su vida con la misma facilidad y la misma decisión que ahora mostraba al abrirse paso por los salones de la señora Struthers.

A medio camino lo detuvo un leve golpe del abanico rojo de la señora Wesson. La señora Wesson: por cierto, reflexionó la señora Hazeldean, ¿no había Charles mencionado la presencia de la señora Sabina Wesson junto a su madre, la señora Parrett, mientras observaban el incendio? Sabina Wesson era una mujer formidable, una de las pocas de su generación y de su clan que habían roto con la tradición y habían ido a lo de la señora Struthers casi tan pronto como la Reina de la Crema para el Calzado hubo adquirido su mansión de la Quinta Avenida y lanzado su primer desafío a la sociedad. Lizzie Hazeldean cerró los ojos por un instante; luego, levantándose del asiento, se unió al grupo que rodeaba al cantante. De allí pasó, sin propósito aparente, a otro grupo de conocidos.

—Mira: el tío va a cantar de nuevo. Vámonos a aquel rincón.

Sintió un levísimo toque en el brazo, y se encontró con la sosegada mirada de Henry Prest.

Una antesala iluminada de rojo y provista de palmas separaba los salones del comedor, que ocupaba al fondo todo el ancho de la casa. La señora Hazeldean vaciló; a continuación captó la mirada vigilante de la señora Wesson, alzó la cabeza con una sonrisa y siguió a su acompañante.

Se sentaron en un pequeño sofá bajo las palmas, y una pareja, que había estado buscando el mismo lugar de retiro, se detuvo en el umbral y tras un intercambio de miradas, siguió andando. La señora Hazeldean sonrió más intensamente.

—¿Dónde están mis rosas? ¿No las recibiste? —preguntó Prest. Tenía un modo de escrutarla desde atrás de sus párpados semicerrados, mientras fingía examinar el botón de su guante o contemplar la punta de su brillante zapato.

—Sí, las recibí —respondió ella.

—No las llevas. Ésas no son las que pedí yo.

—No.

—Entonces ¿de quién son?

Ella desplegó su abanico de nácar y se inclinó sobre sus complicados dibujos calados.

—Mías —declaró.

—¿Tuyas? Bueno, es obvio. Pero supongo que alguien te las envió.

—Fui *yo.* —Vaciló por un segundo—. Me las envié yo misma.

Él alzó ligeramente las cejas.

—Pues no te sientan. ¡Ese rosa aguado! ¿Puedo preguntar por qué no te pusiste las mías?

—Ya te lo he dicho... Te he pedido muchas veces que nunca me envíes flores... el día...

—Tonterías. Ése es precisamente el día... ¿Qué sucede? ¿Sigues estando nerviosa?

Ella permaneció un momento callada; luego bajó la voz para decir:

—No deberías haber venido aquí esta noche.

—Mi querida chiquilla, ¡me extraña!: sí que *estás* nerviosa.

—¿No viste a toda aquella gente en la ventana de los Parrett?

—¿Qué? ¿Enfrente? Por Dios, no; ¡no hice más que esfumarme! ¡Fue un infierno, con la salida trasera clausurada! Pero ¿qué más da? Con toda aquella gente, ¿imaginas por un momento...?

—Mi marido estaba en la ventana con ellos —dijo ella, en tono aún más bajo.

Por un momento, él perdió su expresión confiada, pero casi enseguida recobró su actitud de arrogante condescendencia.

—¿Y?

—Oh, nada... por el momento. Sólo te pido... que ahora te vayas.

—¡Igual que me pediste que no viniese! Pero *tú* viniste, porque tuviste el buen sentido de comprender que si no venías... Y por la misma razón he venido yo. Mira, querida, por el amor de Dios, ¡no pierdas la cabeza!

El reto pareció provocarla. Alzó el mentón, recorrió con la mirada el repleto salón que dominaban desde aquel rincón, y saludó con la cabeza a varios conocidos, enarbolando una seductora sonrisa con la esperanza de que alguno de ellos se acercase. Pero, aunque todos le devolvieron el saludo con una cordialidad en cierta manera estudiada, nadie dio un paso hacia su lugar de retiro. Ella volvió ligeramente la cabeza hacia su acompañante.

—Vuelvo a pedirte que te vayas —repitió.

—Bien, pues, lo haré cuando el tipo termine la canción. Pero debo decir que eres mucho más agradable cuando...

Los primeros compases de *Salve, Dimora* lo hicieron callar, y se quedaron sentados uno al lado del otro en la rígida actitud meditativa con que las personas elegantes escuchan una música que les cuesta cara. Ella se había arrinconado en un extremo del sofá y Henry Prest, en quien todo resultaba discreto menos los ojos, permanecía sentado a distancia, con las piernas cruzadas y una mano sosteniendo el clac plegado sobre las rodillas, mientras la otra descansaba sobre el asiento. Pero en el espacio entre ambos se encontraba la chalina de tul de ella; y, sin mirar en su dirección, sin apartar la mirada del cantante, ella tuvo conciencia de que la mano de Prest había alcanzado la chalina y la estaba recogiendo. Con un pequeño estremecimiento, hizo un movimiento involuntario como para retenerla, pero luego desistió. Cuando terminó la canción, él se inclinó ligeramente en su dirección, dijo «amada» en voz tan baja que para ella fue apenas un soplo contra su mejilla, y a continuación, poniéndose de pie, le hizo una reverencia y se alejó sin prisa hacia el otro salón.

Ella lanzó un ligero suspiro y, arrinconada de nuevo en el extremo del sofá, alzó la cabeza para mirar con ojos radiantes a Sillerton Jackson, que venía hacia ella.

— Fue *muy* considerado de su parte traer a Charlie a casa desde lo de los Parrett esta tarde. —Le tendió la mano, haciéndole sitio a su lado.

— ¿Considerado? —dijo él riendo—. Pues me hizo feliz tener la oportunidad de reintegrarlo a casa sano y salvo; sospecho que fue más bien poco considerado de parte de él estar donde estaba. —A ella le pareció que Sillerton hacía una pausa como aguardando a ver el efecto causado, y bajó los ojos en silencio. Pero él ya proseguía—: ¿Le permite usted que ande por ahí con esa tos detrás de las autobombas?

Ella le devolvió la risa.

— Yo no le prohíbo jamás nada, si puedo evitarlo. Pero *fue* una tontería de su parte salir con este día —admitió; y todo el tiempo se preguntaba, como había hecho por la tarde durante la conversación con su esposo: «A ver: ¿qué sería *natural* que dijese ahora?».

¿Debía comentar que ella misma había estado en el incendio o era mejor callarlo? La pregunta resonaba en su cerebro de tal modo que apenas podía escuchar lo que le decía su interlocutor; y, sin embargo, al mismo tiempo experimentaba la extraña sensación de no haberlo tenido nunca tan cerca, o más bien observándola tan de cerca como ahora. En aquel curioso estado de nerviosa lucidez, sus ojos parecían absorber con una precisión nueva cada detalle facial de cualquiera que se aproximase a ella; y la inmediatez de la máscara de Sillerton Jackson, con sus ajadas mejillas sonrosadas, las venas en el hueco de las sienes bajo la plateada cabellera cuidadosamente cultivada, y los diminutos puntos sanguíneos visibles en lo blanco del ojo cuando posaba sobre ella su mirada cautelosa, la hacía aparecer como detrás de una poderosa lente. Con los anteojos colgando sobre una mano enguantada de blanco y la otra mano sujetando el clac sobre sus rodillas, su aspecto sugería, tras la aparente naturalidad de la postura, la paciente inmovilidad del entomólogo conteniendo el aliento junto a la grieta por la que puede emerger súbitamente un pequeño animal, siempre que uno esté al acecho el tiempo suficiente y le dé, de un modo convincente, la impresión de que no lo busca o de que ni sueña que pueda andar por allí. La impresión de estar sujeta a aquella persistente atención hizo que a la señora Hazeldean le doliesen las sienes como si estuviese sentada bajo un resplandor mucho más poderoso que el de las lámparas de la señora Struthers: un resplandor bajo el cual el menor aleteo de un pensamiento apenas formado podía resultar tan visible detrás de su frente como las tenues líneas que, en la superficie, marcaban en su entrecejo una incontrolable ansiedad. Sí, Prest tenía razón: estaba perdiendo la cabeza; perdiéndola por primera vez en aquel peligroso año durante el cual había tenido tan permanentemente la necesidad de mantenerla firme.

«¿Qué es? ¿Qué me ha sucedido?», se preguntó.

Había habido alarmas antes: ¿cómo podría ser de otro modo? Pero sólo habían servido para estimularla, para hacer que estuviese más alerta y dispuesta; mientras que esa noche se sentía caer temblorosa en quién sabe qué pozo de debilidad. ¿Qué era, pues, lo diferente? ¡Oh, lo sabía perfectamente!: era Charles... aquella mirada ojerosa, y las rayas en su garganta mientras estaba dormido, echado hacia atrás. Ella nunca había admitido en su fuero íntimo lo enfermo que lo creía, y el tener ahora que admitirlo y al mismo tiempo no tener la absoluta certidumbre de que su modo de mirar respondía únicamente a la enfermedad, le creaba una tensión insoportable.

Miró a su alrededor con un súbito sentimiento de desesperación. Supo que de todas las personas que formaban aquellos grupos brillantemente animados —de todas las mujeres que la llamaban Lizzie y los hombres que frecuentaban su casa—, nadie imaginaba o podría haber comprendido lo que ella estaba sintiendo en aquel momento... Sus ojos se posaron en Henry Prest, que había emergido a la superficie un poco más allá, inclinado sobre la silla de la atractiva señora Lyman. «¡Y *tú* menos que nadie!», pensó. «¡Y, no obstante —añadió con un estremecimiento—, Dios sabe que todos ellos tienen su teoría acerca de mí!»

— Mi querida señora Hazeldean, la veo un poco pálida. ¿Tiene usted frío? ¿Le traigo un poco de champán? —estaba ofreciéndole solícitamente Sillerton Jackson.

«¡Como si las demás lucieran rozagantes! Mi estimado señor: es esta horrible y vulgar iluminación desde arriba...» Se levantó fastidiada. Se le había ocurrido que lo que tenía que hacer —lo «natural»— era ir andando sin prisa hasta donde estaba Jinny Lyman, sobre la que Prest continuaba galantemente inclinado. ¡*Entonces* iba a ver la gente si estaba nerviosa, o enferma... o atemorizada!

Pero, a mitad de camino, se detuvo y pensó: «¿Y si los Parrett y los Wesson *me hubiesen visto*? En ese caso, el que vaya donde está ella cuando él le está hablando parecerá... ¿qué parecerá?». Empezó a lamentar no haber aclarado las cosas allí mismo con Sillerton Jackson, en quien podía confiarse que en determinadas circunstancias supiera refrenar su lengua, especialmente si una mujer bonita se ponía a su merced. Giró la cabeza como para llamarlo, pero él se había alejado e incorporado a otro grupo; y, en cambio, se encontró bruscamente cara a cara con Sabina Wesson. Bueno, tal vez esto fuese mejor aún. En definitiva, todo dependía de cuánto hubiese visto la señora Wesson, y de qué actitud pensara adoptar, en el supuesto de que *hubiese* visto algo. No era probable que se mostrase tan inescrutable como el viejo Sillerton. Lizzie deseó en aquel momento no haber olvidado asistir a la última recepción de la señora Wesson.

— Querida señora Wesson, fue tan amable de su...
Pero la señora Wesson no estaba allí. Merced al ejer-

cicio de ese misterioso poder defensivo que permite a una mujer evitar un encuentro indeseado haciéndose invisible, o transportándose, por medios no perceptibles, a otra parte de la superficie terrestre, la señora Wesson, que dos segundos antes parecía precipitarse directamente sobre la señora Hazeldean con toda su recia hermosura, a menos de un metro de parqué entre las dos; la señora Wesson, como su animada figura de espaldas y su agitado abanico rojo lo hacían notar en ese momento a toda la asistencia, no había estado allí en ningún momento, no había visto para nada a la señora Hazeldean («¿*Estuvo* el domingo en lo de la señora Struthers? ¡Qué curioso! Debo de haberme ido antes de que ella llegase...»), sino que estaba afanosamente dedicada, al otro lado del piano, a examinar un cuadro acerca del cual parecían haberle llamado la atención las personas que tenía más próximas.

—Ah, ¡qué *natural*! Eso es lo que siempre me impresiona cuando contemplo un Meissonier —se la oyó exclamar, con su instinto para el epíteto adecuado.

Lizzie Hazeldean se quedó inmóvil. Con la mirada turbia como si hubiese recibido un golpe en la frente. «¡De modo que es esto lo que se siente!», pensó. Irguió resueltamente la cabeza, miró nuevamente a su alrededor, intentó hacer una seña llamando a Henry Prest, pero vio que seguía entretenido con la encantadora señora Lyman, y en ese mismo momento captó la mirada del joven Hubert Wesson, el hijo mayor de Sabina, que estaba de pie y expectante cerca de la puerta del bufet.

Cuando su mirada se cruzó con la de la señora Hazeldean, Hubert Wesson enrojeció hasta la raíz del cabello, permaneció un instante sin moverse y luego se adelantó hacia ella haciendo una profunda reverencia: ¡otra vez aquella cortesía excesiva! «Así que él también me vio», pensó. Puso una mano en su brazo, y dijo en tono risueño:

—¡Válgame Dios, qué ceremonioso eres! De verdad que no soy tan vieja como tu reverencia da a entender. Querido mío, espero que me invites a entrar al bufet inmediatamente. Estuve toda la tarde tomando frío a la intemperie, mirando el incendio en el Hotel Quinta Avenida, y estoy sencillamente muerta de hambre y de fatiga.

Bueno, los dados estaban echados: lo había dicho lo bastante alto como para que se enterasen todos los que estaban cerca suyo. Y ahora estaba segura de que estaba bien, de que había hecho lo más «natural».

Mejorado su ánimo, entró en el bufet con el andar avasallante de una diosa, conduciendo a Hubert hacia una mesa vacante en un rincón adornado con flores.

—No... creo que estamos muy bien solos, ¿no te parece? ¿Te apetece que esa gorda pelmaza de Lucy Vanderlow se una a nosotros? Si *tú* quieres, desde luego... Veo que ella se muere de ganas... pero entonces, ¡te advierto que yo invitaré a algún joven! Déjame ver... ¿invito a Henry Prest? ¡Ya verás que anda revoloteando! No, es más agradable que seamos sólo tú y yo, ¿no es cierto? —Se inclinó un poco hacia adelante, apoyando el mentón sobre las manos enlazadas, con los codos sobre la mesa, en un gesto que las señoras mayores consideraban de un chocante desenfado, pero que las más jóvenes empezaban a imitar.

—Y ahora un poco de champán, por favor: ¡y tortuga *caliente*!... Pero supongo que tú también estuviste en el incendio, ¿o no? —Se inclinó aún más cerca para decírselo.

El sonrojo barrió de nuevo el rostro del joven Wesson, le cubrió la frente y convirtió los lóbulos de sus grandes orejas en bolas de fuego. («Da la impresión de llevar unos grandes pendientes de coral», pensó ella.) Pero lo forzó a mirarla directamente a los ojos y, riendo, continuó:

—¿Habías visto alguna vez algo más cómico que todas aquellas emperifolladas ridiculeces saliendo apresuradamente al frío? ¡Parecía el final de un Baile de Inauguración! Yo estaba tan fascinada que me colé en el vestíbulo. Los bomberos se pusieron furiosos, pero no pudieron impedírmelo: ¡nadie puede detenerme cuando hay un incendio! Tendrías que haber visto a las damas corriendo escaleras abajo: ¡todas esas gordas! Pero discúlpame: había olvidado que te gustan... rellenitas. ¿No? Pero... la señora Van... ¡soy una estúpida! ¡Te estás sonrojando! Te aseguro que estás tan rojo como el abanico de tu madre... ¡y se te ve desde la misma distancia! Sí, gracias, un poco más de champán...

Y entonces siguió lo inevitable. Ella olvidó el incendio, olvidó sus temores, olvidó la ofensa de la señora Wesson, olvidó todo lo que no fuese el regocijo, el pueril regocijo pasajero de hacer girar con el meñique a aquel torpe muchacho vergonzoso, como había hecho con tantos otros, viejos y jóvenes, sin importarle si volvía a verlos alguna vez, tan absorbida en el juego y en la sensación de saber manejarse en aquello mejor que las demás mujeres —más calladamente, más insidiosamente, sin coqueteos, sujeciones o mohínes—, que a veces se preguntaba con un estremecimiento: «¿Para qué he recibido este don?». Sí, siempre la divertía al principio: el surgimiento gradual de la atracción en ojos que la habían mirado con indiferencia, la sangre subiendo a la cara, el modo en que podía manejar la conversación a su antojo, como si tuviese a su víctima sujeta por una traílla, haciéndola bailar como una peonza por los sinuosos senderos del sentimentalismo, la ironía, el capricho... y abandonándolo, con el corazón palpitante y los ojos deslumbrados, a la ilusión de un mañana preñado de promesas.

—¡Mi única consumación! —murmuró para sí al levantarse de la mesa, seguida por la mirada fascinada del joven Wesson, mientras ella ya sentía en sus labios el sabor de las cenizas. «Pero en todo caso —pensó—, él no va a hablar de haberme visto en el incendio.»

V

Entró utilizando su llave, echó una ojeada a los mensajes y cartas que había sobre la mesita del vestíbulo (el viejo hábito de no permitir que se escapase nada) y subió sin ruido la escalera en dirección a su cuarto.

En la chimenea brillaba un fuego sin llama, que iluminaba dos floreros de rosas rojas. Su perfume llenaba la habitación.

La señora Hazeldean frunció el ceño, y luego se encogió de hombros. Había sido un error, después de todo, dejar que pareciese que era indiferente a las flores; tenía que acordarse de agradecerle a Susan el haberlas rescatado. Empezó a desvestirse, de prisa pero con torpeza, como si sus hábiles dedos fuesen todos pulgares; pero antes, quitándose del pecho las dos mustias flores rosa pálido, las colocó con gesto reverente en un vaso sobre la mesa del tocador. Después, deslizándose dentro de la bata, se encaminó silenciosamente hacia la puerta de su esposo. La puerta estaba cerrada y ella se inclinó para apoyar una oreja contra el ojo de la cerradura. Al cabo de un momento captó la respiración de él, pesada, como siempre que estaba constipado, pero regular, tranquila... Con un suspiro de alivio regresó de puntillas a su cuarto. El lecho intocado, con sus cojines impecables y su colcha de satén, era como una dulce invitación; pero ella se acurrucó ante el fuego, con las rodillas abrazadas y la mirada clavada en las ascuas.

—De modo que *esto* es lo que se siente —repitió.

Era la primera vez en su vida que alguien la «evitaba» deliberadamente; y el ser evitada constituía una injuria mortal en la vieja Nueva York. Para haber utilizado semejante arma de un modo consciente y deliberado —pues no cabía duda de que se había encaminado a propósito hacia su víctima—, Sabina Wesson tuvo que haber tenido intención de matar. Y para arriesgarse a ello tenía que estar segura de los hechos que la justificasen, segura de contar con testigos corroborantes, de estar respaldada por todo su clan.

Lizzie Hazeldean también tenía su clan: pero era un clan reducido y débil, al que estaba apenas marginalmente vinculada por un poco estimado parentesco de prima. En cuanto a la tribu de los Hazeldean, que era numerosa y más fuerte (aunque nada comparable con el *linaje* del gran y organizado clan Wesson-Parrett, con media Nueva York y toda Albany detrás), bueno, con los Hazeldean no se podía contar mucho y acaso sin confesarlo hasta no lamentasen demasiado («si no fuese por el pobre Charlie») que a la mujer del pobre Charlie se le hiciera pagar, al menos, por ser guapa, por gustarle a la gente y sobre todo por ser tratada por el pobre Charlie —a pesar de su origen— como si fuese una de ellos.

Su origen era, desde luego, suficientemente respetable. Todo el mundo lo sabía todo acerca de los Winter, y ella había sido Lizzie Winter antes de su matrimonio. Pero era gente modesta y su padre, el reverendo Arcadio Winter, romántico y muy estimado rector de una elegante iglesia de Nueva York, después de algunas temporadas de éxito excesivo como predicador y director de conciencias femeninas, había tenido que renunciar abruptamente a irse a las Bermudas por razones de salud —¿o fue a Francia?—, a una oscura estación balnearia, según los rumores. En todo caso, Lizzie, que fue con él (y una madre quebrantada y postrada en cama), fue finalmente —tras la muerte de su madre— sacada de un colegio para chicas en Bruselas —¡parecían haber estado en tantos países al mismo tiempo!— y devuelta a Nueva York por una antigua feligresa del pobre Arcadio, que siempre había «creído en él», a pesar del obispo, y se apiadó de su solitaria hija.

Aquella feligresa, la señora Mant, era «una de las Hazeldean». Era una viuda rica, dada a gestos de generosidad que a menudo no sabía cómo redondear; y cuando tuvo en casa a Lizzie Winter y terminó de celebrar su propio valor por hacerlo, no supo bien qué paso dar a continuación. Había supuesto que sería agradable tener en la casa a una muchacha guapa y despierta; pero su ama de llaves no pensaba lo mismo. Las sábanas de la habitación de huéspedes estaban guardadas con espliego desde hacía veinte años; y la señorita Winter siempre dejaba las persianas levantadas en su cuarto, y tanto las alfombras como las cortinas, no acostumbradas a tal exposición, sufrían en consecuencia. Después empezaron a venir jóvenes a visitarla: gran cantidad de jóvenes. La señora Mant no había imaginado que la hija de un clérigo —y un clérigo «en desgracia»— esperase visitantes. Se había imaginado a sí misma llevando a Lizzie Winter a las ferias parroquiales y cogiéndole las puntadas de su labor de punto, puesto que la joven «tenía mejores ojos» que su benefactora. Pero Lizzie no sabía tejer —no poseía ningún conocimiento útil— y se aburría visiblemente en las ferias parroquiales, en las que su presencia tenía poco sentido puesto que carecía de dinero para gastar. La señora Mant empezó a comprender su error; y el descubrimiento hizo que le cobrase tirria a su protegida, a quien secretamente acha-caba haberla engañado intencionadamente.

En la vida de la señora Mant, la transición de un entusiasmo a otro era siempre marcada por un intervalo de desilusión durante el cual, dado que la Providencia no había satisfecho sus expectativas, ella ponía abiertamente en duda su existencia. Pero había una cosa que aquella sucesión de estados anímicos no hacía variar: la señora Mant era una mujer cuya existencia giraba en torno a un manojo de llaves. A qué tesoros daban acceso o qué desastres sobrevendrían si se perdiesen para siempre, no estaba claro; pero siempre que no se encontraban se armaba en la casa una gran conmoción, y, como la señora Mant no se las confiaba a nadie que no fuese ella, tales ocasiones eran frecuentes. Una de ellas se planteó en el preciso momento en que se estaba recobrando de su entusiasmo por la señorita Winter. Un minuto antes las llaves habían estado allí, en un bolsillo de su mesa de labor; las había tocado incluso, buscando las tijeras de ojalar. La habían llamado para hablar con el fontanero acerca de una pérdida en el cuarto de baño, y cuando salió de la habitación no quedó nadie más que la señorita Winter. Cuando regresó, las llaves no estaban. Se había revisado la casa de cabo a rabo; todo el mundo había sido, si no acusado, cuando menos objeto de sospecha; y en un momento de arrebato la señora Mant había llamado a la policía. Inmediatamente, el ama de llaves había anunciado su renuncia y su propia doncella había amenazado con seguirla; cuando de pronto a la señora Mant le vinieron a la mente las insinuaciones del obispo. El obispo siempre había dado a entender que había habido algo irregular en las cuentas del doctor Winter, aparte del otro desgraciado asunto.

Con mucha suavidad le había preguntado a la señorita Winter si no podría haber visto las llaves y haberlas «cogido sin darse cuenta». La señorita Winter

286

se permitió sonreír al rechazar la insinuación; la sonrisa irritó a la señora Mant; y en un instante las compuertas se abrieron. No veía nada en su pregunta que provocase una sonrisa, a menos que se tratase del tipo de sonrisa a la que la señorita Winter ya estaba acostumbrada, para la que estaba dispuesta... con aquellos antecedentes... su infortunado padre...

— ¡Basta! —gritó Lizzie Winter.

Recordaba ahora, como si hubiera sucedido ayer, el abismo que súbitamente se había abierto a sus pies. Había sido su primer contacto directo con la crueldad humana. Sufrimientos, debilidades, flaquezas diferentes de las que pudiera pintar la restringida imaginación de la señora Mant había conocido, o al menos sospechado, aquella muchacha; pero en su senda había encontrado tanta bondad como insensatez, y nadie hasta entonces se había aventurado a señalarle los defectos de su pobre padre, oscuramente presentidos por ella. Se había sentido sacudida de horror tanto como de indignación, y su «¡Basta!» había estallado con tanta violencia que la señora Mant, demudada, había hecho un débil ademán buscando a tientas la campanilla.

Y fue entonces, en aquel preciso momento, cuando entró Charles Hazeldean: Charles Hazeldean, el sobrino favorito, el orgullo de la tribu. Lizzie lo había visto únicamente una o dos veces, pues él había estado ausente desde que ella había retornado a Nueva York. Le había juzgado de aspecto distinguido, aunque bastante serio y sarcástico; y él, al parecer, apenas había hecho caso de ella, lo cual quizás explicase aquel juicio.

— Oh, Charles, mi querido Charles, ¡que debas estar aquí para oír que me digan semejantes cosas! —exclamó su tía, jadeante, con una mano sobre el corazón ultrajado.

— ¿Qué cosas? ¿Dichas por quién? Aquí no veo a nadie que pueda decirlas, aparte de la señorita Winter

—había dicho Charles, riendo y cogiéndole una mano helada a la muchacha.

—¡No le des la mano! ¡Me ha insultado! Me ha ordenado callarme: en mi propia casa. Dijo «¡Basta!» cuando yo, llevada de mi buen corazón, intentaba inducirla a admitir en privado... Bueno, si ella prefiere que la policía...

—¡Por supuesto que sí! ¡Exijo que la llame! —gritó Lizzie.

¡Cuán vívidamente recordaba todo lo que siguió!: el hallazgo de las llaves, las desganadas excusas de la señora Mant, la frialdad con que las había aceptado y la percepción por ambas partes de la imposibilidad de continuar viviendo bajo el mismo techo. La habían herido en lo más hondo y por primera vez era consciente de su situación en toda su crudeza. Antes de aquel momento, y a pesar de los altibajos propios de una existencia errante, su juventud, su apostura, la percepción de un cierto gozoso poder sobre las personas y los acontecimientos, la habían impulsado como una marea primaveral de confianza en sí misma; jamás había pensado en sí misma como dependiente, como beneficiaria de las personas que eran buenas con ella. Ahora se veía, a los veinte años, sin un centavo, con un padre endeble y desacreditado que arrastraba su cabeza cana, su voz untuosa, sus ejemplares modales de balneario en balneario, a través de una interminable sucesión de enredos sentimentales y pecuniarios. Ella no podía serle de más ayuda que él a ella; y salvo a él, ella no tenía a nadie. Los primos Winter, tan humillados por su desgracia como habían estado inflados con sus éxitos, dieron a entender, cuando trascendió la ruptura con la señora Mant, que no estaban en posición de interferir; y entre los antiguos feligreses del doctor Winter no quedaba nadie que hiciera algo por él. Casi al mismo tiempo, Lizzie se enteró de que estaba por casarse con una cantante portuguesa de ópera y de que iba a ingresar en la Iglesia de Roma; y aquel escándalo final llegaba puntualmente para dar razón a su familia.

La situación era grave y requería medidas enérgicas. Lizzie lo comprendió y una semana después se comprometía con Charles Hazeldean.

Ella siempre dijo después que a no mediar el incidente de las llaves, él jamás habría pensado en desposarla; mientras que él afirmaba riendo que, por el contrario, de no ser por las llaves ella nunca lo habría mirado a *él*.

Pero ¿qué contaba todo ello en el completo y feliz entendimiento que habría de seguir a su apresurada unión? Aun si unos sensatos consejeros, sopesando todo lo que aportaba cada parte, lo hubiesen encontrado equivalente, difícilmente podría haberse previsto entre ellos una armonía más completa. En realidad, los consejeros, de haber sido sensatos, probablemente habrían encontrado únicamente elementos discordantes en los caracteres estudiados. Charles Hazeldean era, por naturaleza, contemplativo y estudioso, con una mente reflexiva y curiosa; Lizzie Winter (mirándose retrospectivamente), ¿qué era?, ¿qué sería siempre sino una criatura expeditiva y efímera, en la cual una actividad perpetua y adaptable hacía las veces de inteligencia, como su gracia, su viveza y su expresividad hacían las veces de la belleza? Así la habrían juzgado otros; así, ahora, se juzgaba ella misma. Y sabía que, en lo fundamental, seguía siendo la misma. Y, no obstante, a él lo había satisfecho: según todos los indicios, lo había satisfecho en estos últimos años de serenidad tanto como en las primeras horas exaltadas. Con igual plenitud, o acaso más todavía. En los primeros meses, una deslumbrada gratitud hizo que fuese ella la más humilde y cariñosa en su relación; pero, a medida que sus poderes se fueron desarrollando en una cálida atmósfera de comprensión, según se fue sintiendo más apuesta, más inteligente, más competente y más sociable de lo que él había esperado o de lo que ella misma se había creído capaz, la situación se fue invirtiendo imperceptiblemente, lo mismo que la chispa de triunfo en los ojos de él cuando se posaban en ella.

Los Hazeldean acabaron conquistados; tuvieron que admitirlo. Una incorporación tan brillante al clan no podía ser ignorada. Dejaron sola a la señora Mant en el cultivo de su ofensa, hasta que también ella se alineó con los demás, generosamente perdonada, aunque sin darle importancia.

¡Ah, aquellos primeros años triunfales! Mirando ahora hacia atrás, Lizzie sintió miedo. Un día, la hija inerme y desamparada de un hombre desacreditado; al siguiente, casi, la esposa de Charlie Hazeldean, estimado y exitoso joven abogado, con una buena clientela y excelentes perspectivas en el ámbito profesional y el privado. Los padres de él habían muerto, y habían muerto pobres; pero se sabía que dos o tres parientes sin hijos estaban dejando acumular su capital en su beneficio y, entre tanto, sus ingresos resultaban más que suficientes en las ahorrativas manos de Lizzie.

¡Ah, aquellos años primeros! Habían sido apenas seis; pero todavía ahora había momentos en los que su dulzura la empapaba hasta el alma... Apenas seis; y después la brusca reaparición de una hereditaria afección cardíaca que Hazeldean y sus médicos habían supuesto completamente curada. Una vez, por la misma causa, lo habían enviado súbitamente fuera, a pasar un año en climas templados y escenarios distantes; y su primer regreso había coincidido con el final de la estancia de Lizzie en lo de la señora Mant. El joven se sintió lo bastante seguro del futuro como para casarse y reasumir sus obligaciones profesionales, y durante los seis años siguientes, sin interrupción, llevó la ajetreada vida de un abogado con éxito; entonces vino un segundo quebranto, más inesperado y con síntomas más alarmantes. El «corazón de los Hazeldean» era algo de lo que proverbialmente se alardeaba en la familia; entre ellos, los Hazeldean, lo consideraban más distinguido que la gota de los Sillerton y mucho más refinado que el hígado de los Wesson; y a la mayoría de ellos les había permitido sobrevivir, con la preocupación de evitar todo esfuerzo penoso, hasta una edad avanzada, para morir de algún trastorno completamente diferente. Pero Charles Hazeldean lo había desafiado y el corazón se tomó su venganza; y lo hizo alevosamente.

Uno tras otro, planes y esperanzas se desvanecieron. Los Hazeldean se fueron a pasar el invierno en el sur; en Florida, él lo pasaba echado sobre una tumbona en el jardín, leyendo y soñando, feliz con Lizzie a su lado. Así pasaron los meses; y para el otoño siguiente se encontró mejor, retornaron a Nueva York y se reintegró a su profesión. De manera intermitente, pero pertinaz, había continuado luchando durante dos años más; pero antes de transcurridos, marido y mujer habían comprendido que los buenos tiempos habían terminado.

Sólo pudo permanecer en su despacho a intervalos cada vez más espaciados; se hundió gradualmente en la invalidez sin rendirse. Sus ingresos menguaron; y a él, indiferente en cuanto a sí mismo, lo afligía permanentemente el pensamiento de privar a Lizzie del más insignificante de sus lujos.

En realidad, a ella también le eran indiferentes; pero no podía convencer de eso a su esposo. Él se había criado en la tradición de la vieja sociedad neoyorquina, que disponía que un hombre debía a cualquier coste proporcionar a su mujer aquello a lo que siempre «había estado acostumbrada»; y se había ufanado demasiado de su atractivo, de su elegancia, de la soltura con que lucía sus costosos vestidos y de cómo sus amistades disfrutaban de la bondad de las comidas que ella sabía organizar, para no acostumbrarla a todo lo que pudiera realzar tales dones. La inconfesada satisfacción de la señora Mant provocaba su encono.

Ella le enviaba tortuga de río de Baltimore y su famoso caldo de almejas con una docena de botellas de viejo oporto de los Hazeldean, y cada vez que se mencionaba a Lizzie les comentaba a sus íntimos: «Ya os lo decía yo»; y Charles Hazeldean se enteraba y echaba pestes.

—¡A mí no va a depauperarme ella! —declaraba; pero Lizzie le quitaba el enojo con una sonrisa y lo inducía a probar la tortuga y a beber un sorbo de oporto.

Sonreía débilmente recordando aquel último episodio entre él y la señora Mant cuando la sobresaltó ver girar el picaporte de la puerta del dormitorio. Se levantó de un salto y allí estaba él de pie. La sangre le fluyó a la frente; la expresión de él la asustaba; por un instante se quedó mirándolo fijamente como si fuera un enemigo. A continuación comprendió que aquella expresión ausente y perdida indicaba un dolor físico insoportable.

Enseguida estuvo junto a él, sosteniéndolo, guiándolo hacia el sillón más cercano. Él se hundió en el sillón y ella le echó por encima un chal y se arrodilló a su lado, mientras sus ojos inescrutables continuaban rechazándola.

—Charles... Charles —suplicó ella.

Durante un rato él no pudo hablar; y ella se dijo que tal vez nunca sabría si él la había buscado porque estaba enfermo o si la enfermedad lo había atacado en el momento en que entraba en la habitación a interrogarla, a acusarla, o a revelarle lo que había visto o escuchado esa tarde.

De pronto, él alzó una mano y le empujó la frente hacia atrás, de modo de tenerla ante sus ojos a rostro descubierto.

—Amor, amor, ¿has sido feliz?

¿Feliz? La palabra la ahogó. Se aferró a él para sepultar la angustia en su regazo. Él le removía levemente el cabello y ella, reuniendo todas sus fuerzas, alzó nuevamente la cabeza, lo miró a los ojos y susurró a su vez:

— ¿Y tú?

Él la miró en profundidad; toda su vida juntos, desde el primer día hasta el último, estaba en aquella mirada. Su mano la acarició una vez más, como si la bendijese, y luego cayó. El momento de comunión entre ambos había pasado; al siguiente día ella estaba preparando remedios, llamando a las criadas, ordenando llamar al médico. Su esposo era otra vez el inofensivo y desvalido cautivo que la enfermedad hace por igual del más temido y del más amado de los seres.

VI

Fue en el salón de la señora Mant, cosa de medio año después, que tras un momento de vacilación, la señora Hazeldean le dijo a la criada que sí, que podía hacer pasar al señor Prest.

La señora Mant estaba ausente. Salía para Washington a visitar a una nueva protegida en momentos en que la señora Hazeldean arribaba de Europa y, tras una rápida consulta con el clan, decidió que no sería «decente» permitir que la viuda del pobre Charles fuese a un hotel. Lizzie experimentó, por lo tanto, la extraña sensación de retornar, después de casi nueve años, a la casa de donde su esposo la había rescatado triunfalmente; de retornar allí, eso sí, en una situación de comparativa independencia y sin riesgo de caer en su antigua servidumbre, pero con los nervios contraídos debido a todo lo que aquel escenario hacía revivir.

La señora Mant había partido para Washington al día siguiente; pero, antes de partir, le había alcanzado al desgaire una esquela a su visitante por encima de la mesa del desayuno.

— Muy considerado: tengo entendido que era uno de los más antiguos amigos de Charlie, ¿no es así?

294

—dijo con su gélida sonrisa indulgente. La señora Hazeldean miró la nota, le dio la vuelta como para examinar la firma y se la devolvió a su anfitriona.

—Sí. Pero no creo que me apetezca ver a nadie todavía.

Hubo una pausa, durante la cual el mayordomo trajo tortitas recién hechas, remplazó el recipiente de leche caliente y se retiró. Cuando la puerta se hubo cerrado tras él, la señora Mant dijo, con ominosa cordialidad:

—Nadie tomaría a mal que recibieses a un viejo amigo de tu esposo, como el señor Prest.

Lizzie Hazeldean lanzó una penetrante mirada al misterioso rostro inexpresivo al otro lado de la mesa. ¿De modo que *querían* que recibiese a Henry Prest? Ah, pues... quizá ella comprendiese...

—¿Quieres que conteste por ti, querida? ¿O lo harás tú? —persistió la señora Mant.

—Oh, como quiera. Pero, por favor, no fije un día. Más tarde...

El rostro de la señora Mant volvió a su vacuidad.

—No debes cerrarte demasiado en ti misma. No sirve de nada adoptar una actitud morbosa. Lamento tener que dejarte aquí sola...

Lizzie tuvo ganas de llorar: la simpatía de la señora Mant era más cruel que su crueldad. Cada palabra que pronunciaba sonaba lejanamente a su antónimo.

—Oh, no vaya a pensar en renunciar a su visita...

—Querida mía, ¿cómo podría? Se trata de un *deber*. Le enviaré unas líneas a Henry Prest, pues... Si bebieses un poco de oporto con la comida y la cena pronto lucirías menos parecida a un fantasma...

La señora Mant partió; y dos días más tarde —un intervalo «decente»—, anunciaron al señor Henry Prest. La señora Hazeldean no lo había visto desde el pasado día de Año Nuevo. Las últimas palabras las habían intercambiado en el *boudoir* escarlata de la señora Struthers y, desde entonces, había pasado casi un año. Charles Hazeldean había tardado una quincena en morir; pero, aunque había habido alzas y bajas e intervalos de esperanza durante los cuales nadie habría criticado a su esposa por ver a sus amigos, ella había mantenido su puerta cerrada para todos. No había excluido a Henry Prest más rigurosamente que a los demás; él había sido sencillamente uno de los muchos que recibían, diariamente, la misma respuesta: «La señora Hazeldean no recibe más que a la familia».

Casi inmediatamente después del fallecimiento de su esposo había zarpado hacia Europa, en una largamente postergada visita a su padre, que estaba ahora establecido en Niza; pero, presumiblemente, aquella excursión le había proporcionado escaso consuelo, pues cuando arribó a Nueva York sus conocidos quedaron sorprendidos por su aspecto poco saludable y deprimido. Sin embargo, aquello habló en su favor; todos estuvieron de acuerdo en que se estaba portando del modo apropiado.

Miró a Henry Prest como si fuese un extraño; tan difícil le resultaba, de entrada, encajar su robusta y espléndida persona en la región de sombras crepusculares en la que ella había vivido aquellos últimos meses. Había empezado a descubrir que todo el mundo tenía un aire de cosa remota; era como si viese las personas y la vida borrosamente, a través del largo velo de crespón con el que era obligatorio para una viuda amortajar su aflicción. Pero le dio la mano sin poner de manifiesto renuencia alguna.

Él cogió la mano e inició un movimiento para llevársela a los labios en un obvio intento de combinar la galantería con la condolencia; pero, a medio camino, pareció sentir que las circunstancias requerían que la soltase.

—Bueno... ¡admitirás que he sido paciente! —exclamó.

—¿Paciente? Sí. ¿Qué otra cosa cabía? —replicó ella con una débil sonrisa, mientras él se sentaba a su lado, tal vez demasiado cerca.

—Oh, bueno... claro. Lo comprendí perfectamente, espero que me creas. Pero ¿no podías, al menos, haber respondido a mis cartas? ¿A una o dos?

—No podía escribir —dijo ella negando con la cabeza.

—¿A nadie? ¿O sólo a mí? —inquirió él, con énfasis irónico.

—Escribí únicamente las cartas que tenía que escribir, no otras.

—Ah, comprendo. —Rió ligeramente—. Y no consideraste que las cartas para mí estuviesen entre ellas.

Ella guardó silencio y él se puso de pie y dio una vuelta por la habitación. Su rostro estaba más rojo que de costumbre y de vez en cuando lo recorría una contracción. Ella comprendió que él sentía la barrera del crespón y que eso le ponía contrariado y resentido. Se podía percibir que dentro de él se desarrollaba todavía una lucha entre sus normas de comportamiento para un encuentro como aquél y los impulsos primitivos renovados por el recuerdo de las últimas horas que habían pasado juntos. Cuando volvió y se detuvo delante de ella su rubicundo semblante había palidecido, y quedó allí con el ceño fruncido, desconcertado y visiblemente disgustado porque ella lo hubiese puesto así.

—¡Te estás sentada ahí como una tumba! —dijo él.

—Me siento como una tumba.

—¡Oh, vamos...!

Ella sabía perfectamente lo que él estaba pensando: que el único modo de superar aquel mal inicio era coger a la mujer en sus brazos... y hablar después. Era lo clásico. Lo había hecho decenas de veces y, sin duda, se estaba preguntando por qué demonios no podía hacerlo ahora... Mas algo en los ojos de ella debía de haberlo paralizado. Volvió a sentarse al lado de ella.

—¡Por lo que debes haber pasado, querida mía! —Esperó un momento y carraspeó—. Comprendo que estés... deshecha. Pero no sé nada; recuerda que no sé nada sobre lo que realmente sucedió...

—No sucedió nada.

—En cuanto a... ¿lo que temíamos? ¿Ningún indicio? Ella negó con la cabeza.

Él se aclaró la garganta antes de la siguiente pregunta.

—¿Y no crees que durante tu ausencia pudo haber hablado... con alguien?

—¡Jamás!

—Entonces, querida, parece que hemos tenido la más increíble buena suerte; y no veo...

Poco a poco se había deslizado más cerca de ella y ahora posó sobre su manga la gran mano de los anillos. ¡Qué bien conocía ella esos anillos: aquellas dos serpientes de oro mate con malévolos ojos de piedras incrustadas! Permaneció inmovilizada como si las espirales la aprisionasen, hasta que él aflojó su presión tentativa.

—Mira, Lizzie —su tono era desanimado—, es una cosa mórbida...

—¿Mórbida?

—Cuando has salido sana y salva del peor apuro... y libre, querida, ¡*libre*! ¿No te das cuenta? Supongo que la tensión ha sido demasiado para ti; pero quiero que sientas que ahora...

Ella se puso súbitamente de pie y puso entre ellos la mitad del largo de la habitación.

—¡Basta! ¡Basta! ¡Basta! —dijo casi gritando, como le había gritado hacía mucho tiempo a la señora Mant.

Él se levantó también, con el rostro púrpura bajo el profundo bronceado, y sonrió con esfuerzo.

—Realmente —protestó—, después de todo... ¡y tras una separación de seis meses! —Ella guardó silencio—. Querida —prosiguió él blandamente—, ¿vas a decirme qué esperas que piense?

—Oh, no adoptes ese tono —murmulló ella.

—¿Qué tono?

—Como si... como si imaginaras que aún podríamos volver a...

Vio su cara de desánimo. Se preguntó si alguna vez habría tropezado con un obstáculo en su habitualmente despejado sendero. Intuyó que aquél era el peligro que corrían los hombres que «tenían un sistema» con las mujeres: que llegara un día en que pudiesen seguirlo demasiado ciegamente.

La reflexión se le ocurrió evidentemente a él al mismo tiempo que a ella. Exhibiendo otra conciliatoria sonrisa, se aproximó a ella y le cogió suavemente una mano.

—Pero yo no quiero volver atrás, mi amor... quiero marchar hacia adelante... Ahora que al fin eres libre.

Ella se agarró de la palabra como si hubiese estado esperando una señal.

—¡Libre! Oh, eso es: ¡*libre*! ¿No te das cuenta, no comprendes que me propongo permanecer libre?

Nuevamente una sombra de desconfianza cruzó por su semblante y dio la impresión de que la sonrisa que había iniciado para congraciarse con ella se le quedaba en los labios por su cuenta.

—Pero ¡por supuesto! ¿Imaginas que pretendo encadenarte? Quiero que seas tan libre como desees, ¡libre para amarme tanto como desees! —Quedó visiblemente complacido con esta última frase.

Ella retiró su mano, pero no de mal modo.

—Lo siento, Henry, lo *siento*. Pero no lo comprendes.

—¿Qué es lo que no comprendo?

—Que lo que pides es completamente imposible: definitivamente. No puedo continuar... como antes...

Vio que él gesticulaba nerviosamente.

—¿Como antes? ¿Te refieres... —Antes de que ella pudiera explicarle nada, él prosiguió apresuradamente, con un aire cada vez más majestuoso—: ¡No digas nada! Ya comprendo. Cuando justo hablabas de libertad me confundí por un momento, lo admito francamente, pensando que, después de tu desdichado matrimonio, podías preferir lazos más discretos... una aparente independencia que a los dos nos dejaría... Digo *aparente*, pues por mi parte no ha habido nunca el menor deseo de ocultar... Pero si estaba equivocado, si por el contrario lo que tú deseas es... es aprovechar tu libertad para regularizar nuestro... vínculo...

Ella no dijo nada, no porque tuviera el menor deseo de que él acabara la frase, sino porque no encontraba nada que decir. Era consciente de que con respecto a todo lo relacionado con el pasado común su alma no producía respuestas. Pero fue evidente que su silencio lo dejó perplejo; y en su perplejidad, él empezó a perder pie y a naufragar en un mar de palabras.

— ¡Lizzie! ¿Me escuchas? Si estaba equivocado, digo, y espero no ser incapaz de admitir que a veces *puedo* equivocarme; si lo estaba... bueno, Dios mío, querida mía, ninguna mujer me ha escuchado nunca decir... las palabras; ¡pero aquí me tienes, para bien o para mal, como dicen las Escrituras! Pero ¿no te has dado cuenta? ¡Lizzie, mírame!: *te estoy pidiendo que te cases conmigo.*

Ella permaneció todavía un momento sin replicar, mirando en torno suyo como si de pronto percibiera entre ellos unas presencias invisibles. Por fin dejó oír una pequeña risa. Fue notorio que a él le incomodaba.

— No tengo noción de haber dicho nada risible —siguió diciendo. Se interrumpió y le dirigió una mirada escrutadora, como si lo hubiese contenido la idea de que pudiera haber alguna cosa no del todo normal... A continuación, al parecer tranquilizado, farfulló la única frase que sabía en francés—: *La joie fait peur...* ¿eh?

Ella pareció no oírla.

— No me reía de ti —dijo—, sino de las coincidencias de la vida. Fue en esta misma habitación donde mi marido me pidió que me casara con él.

300

— ¿Sí? —Su pretendiente pareció dudar cortésmente del buen gusto y la oportunidad de mencionar aquella reminiscencia. Pero apeló nuevamente a sus reservas de magnanimidad—. ¿De veras? Pero, verás, querida, yo no podía saberlo, ¿verdad? Si hubiera imaginado que una asociación tan penosa...

— ¿Penosa? —dijo ella volviéndose—. ¿Una asociación penosa? ¿Crees que eso es lo que quise decir? —Y en tono más grave—: Esta habitación es sagrada para mí.

Tenía los ojos en el rostro de Prest, el cual, quizás por su acabado arquitectónico, parecía carecer de la flexibilidad necesaria para seguir los saltos del pensamiento: se trataba ostensiblemente de un sólido edificio, no de la tienda de un nómada. En lucha con su encrespado orgullo, él adoptó un aire de condescendiente magnanimidad y murmuró:

— ¡Ángel compasivo!

— ¡Oh!, ¿compasivo? ¿Con quién? Supones... ¿alguna vez dije algo que te haga dudar de la verdad de lo que te estoy diciendo ahora?

Él arrugó el entrecejo: empezaba a estar molesto.

— *Decir* algo no —insinuó irónicamente; enseguida, echando apresuradamente mano a su abandonada indulgencia, añadió con exquisita suavidad—: Tu tacto fue perfecto... siempre. Nunca he dejado de reconocértelo. Nadie podría haber sido de un modo más cabal una... señora. Jamás he dejado de admirar tu buena crianza, evitando cualquier referencia a tu... a tu otra vida.

Ella le repuso calmosamente:

— ¡Pues esa *otra* vida era *mi* vida! Ahora ya lo sabes.

Se produjo un silencio. Henry Prest sacó un pañuelo con sus iniciales y se lo pasó por los labios resecos. Al hacerlo, una vaharada de aroma a colonia llegó hasta ella, que parpadeó ligeramente. Era visible que él buscaba qué decir seguidamente; que se preguntaba, con bastante desconcierto, cómo recobrar el control de la situación. Por fin consiguió que sus facciones dibujasen nuevamente una sonrisa persuasiva.

—No tu *única* vida, querida —le reprochó.

—Sí: eso pensabas... porque yo lo decidí así —retrucó ella inmediatamente.

—¿Decidiste? —La sonrisa se volvió incrédula.

—Oh, sí, fue deliberadamente. Pero supongo que no debo tener ninguna excusa que pueda resultarte agradable oír... ¿Por qué no lo dejamos ahora?

—¿Dejar... esta conversación? —Su tono era de agravio—. Naturalmente, no deseo en absoluto verme forzado a...

Ella lo interrumpió con una mano en alto.

—Dejarlo para siempre, Henry.

—¿Para siempre? —Se quedó mirándola fijamente y tragó rápidamente saliva, como si aquella píldora lo atorase—. ¿Para siempre? ¿Estás realmente...? ¿Tú y yo? ¿Hablas en serio, Lizzie?

—Totalmente. Pero si prefieres oír... lo que no puede sino resultar penoso para ti...

Él se enderezó, echó los hombros para atrás y dijo en tono inseguro:

—Espero que no me tengas por un cobarde.

Ella no replicó directamente, sino que prosiguió:

—Pues bien, tú pensabas que te amaba, supongo...

Él volvió a sonreír, se atusó el bigote con un ligero ademán y casi imperceptiblemente se encogió los hombros.

—Tú... ejem... ah... te las arreglaste para producir la ilusión de...

—Oh, sí, bueno: una mujer *puede* hacerlo. ¡Es tan fácil! Eso es lo que los hombres a menudo olvidan. Tú pensabas que era una amante ávida de amor; y yo era sólo una prostituta cara.

—¡Elizabeth! —exclamó él en tono de asombro, pálido ahora hasta los rubicundos párpados.

Ella vio que la palabra había lastimado algo más que su orgullo y que, antes que darse cuenta del insulto a su amor, lo que lo hacía estremecer era la ofensa a su delicadeza. ¡Amante! ¡Prostituta! Esos términos estaban prohibidos. Nadie desaprobaba más que Henry Prest el lenguaje soez en las mujeres; uno de los mayores encantos de la señora Hazeldean (como le acababa de decir) había sido el mantener durante «todo aquello» su inefable condición de «señora». La miró como si de pronto le asaltase la duda acerca de su cordura.

— ¿Quieres que continúe? —dijo ella sonriente. Él inclinó la cabeza con gesto rígido.

— Todavía no logro imaginar con qué fin te burlaste de mí.

— Pues fue como te he dicho. Necesitaba dinero: dinero para mi marido.

Él se mojó los labios.

— ¿Para tu marido?

— Sí; cuando empezó a estar tan enfermo; cuando le hacían falta comodidades, lujo, la oportunidad de escapar. Él me salvó, cuando yo era una muchacha, de humillaciones y desventuras sin cuento. Nadie más levantó un dedo para ayudarme: nadie de mi propia familia. No tenía un centavo ni un amigo. La señora Mant estaba cansada de mí y trataba de encontrar una excusa para echarme. ¡Oh, tú no sabes lo que tiene que soportar una muchacha —una muchacha sola en el mundo— que para vestirse, para comer y para tener un techo, depende del capricho de una vieja vanidosa y antojadiza! Fue porque se enteró, porque lo comprendió, que él se casó conmigo... Me rescató de la aflicción para ofrecerme la dicha. Me colocó por encima de todos ellos... me colocó a su lado. A mí no me importaba nada más que eso; no me importaba el dinero ni la libertad; sólo me importaba él. Lo habría seguido al desierto, habría andado descalza para estar con él. Habría pasado hambre, habría pedido limosna, habría hecho cualquier cosa por él: *cualquier* cosa. —Se interrumpió, su voz convertida en un sollozo. Ya no era consciente de la presencia de Prest: todas sus percepciones estaban concentradas en la visión que había evocado—. ¡Era a *él* a quien le importaba: él, que quería que yo fuese rica, independiente y admirada! Quería invertirlo todo en mí. Durante los primeros años apenas podía convencerlo de que guardara dinero suficiente para él. Y luego cayó enfermo; y a medida que fue empeorando y fue abandonando poco a poco sus asuntos, sus ingresos disminuyeron y después cesaron por completo; y cada vez aparecían nuevos gastos que se iban acumulando, enfermedades, médicos, viajes; y él estaba asustado: no por él, sino por mí. ¿Y qué iba a hacer yo? Tenía que pagar todo aquello de algún modo. El primer año me las arreglé postergando los pagos: después fui pidiendo dinero prestado aquí y allí. Pero eso no podía durar. Y entretanto tenía que continuar luciendo atractiva y próspera, pues si no él empezaba a preocuparse y a pensar que estábamos arruinados y a preguntarse qué sería de mí si no se ponía bien. Cuando te presentaste tú yo estaba desesperada: habría hecho cualquier cosa. ¡Lo que fuese! Él creía que el dinero provenía de mi madrastra portuguesa. De hecho, ella había sido rica. Desgraciadamente, mi pobre padre intentó invertir su dinero y lo perdió todo; pero, cuando se casaron, ella había enviado mil dólares, y todo lo demás, todo lo que me diste tú, se lo confié a ella.

Se detuvo jadeante, como si su relato hubiese terminado. Gradualmente fue readquiriendo conciencia del presente y vio a Henry Prest lejano, una pequeña figura divisada a través de la bruma de sus ojos empañados. «No me cree», pensó, y ese pensamiento la exasperó.

—Supongo que te sorprenderá que una mujer se atreva a confesar estas cosas sobre sí misma... —empezó a decir. Él se aclaró la garganta.

—¿Sobre sí misma? No; tal vez no. Sino sobre su marido.

A ella le subió la sangre a la cara.

— ¿Sobre su marido? No osarás imaginar...

— Que yo vea, no me dejas otra alternativa —replicó él en tono gélido. Ella quedó alelada y él añadió—: En todo caso, explica ciertamente tu extraordinaria sangre fría: coraje, solía pensar. Yo era consciente de que no habría necesitado tomar tales precauciones.

Ella consideró sus palabras.

— Entonces ¿tú crees que él sabía? ¿Crees, tal vez, que yo sabía que él estaba al corriente? —Reflexionó de nuevo penosamente, y luego su semblante se iluminó.

— Él nunca se enteró. ¡Nunca! Con eso me alcanza: y para ti no tiene importancia. Piensa lo que quieras. Él fue feliz hasta el final: eso es lo único que me importa.

— No me cabe duda de tu franqueza —dijo él con los labios apretados.

Cogió su sombrero y observó minuciosamente el forro; después sacó los guantes que había dejado dentro y los estiró con gesto pensativo. Ella pensó: «¡Se va, gracias a Dios!».

Pero él depositó el sombrero y los guantes sobre una mesa y se acercó a ella un poco más. Su rostro lucía tan estragado como el de un juerguista al amanecer.

— ¡Verdaderamente no dejas nada a la imaginación! —murmuró.

— Te dije que era inútil... —empezó ella; pero él la interrumpió:

— Nada, es decir, si yo te creyese. —Se mojó otra vez los labios y se los enjugó con el pañuelo. De nuevo recibió ella una vaharada de colonia—. ¡Pero no te creo! —proclamó él—. Demasiados recuerdos... demasiadas... pruebas, querida mía... —Se detuvo, sonriendo de un modo un tanto convulsivo. Ella vio que él suponía que la sonrisa la aplacaría.

Guardó silencio, y él empezó una vez más, como apelando a ella contra su propio veredicto:

— Yo sé que no es así, Lizzie. Pese a todo, *yo sé que tú no eres esa clase de mujer.*

— Cogía tu dinero...

— Como un favor. Yo sabía las dificultades de tu posición... lo comprendía perfectamente. Te suplico que nunca más menciones... todo eso.

Ella empezó a comprender que cualquier cosa sería para él más soportable que pensar que había hecho el primo, ¡y menudo primo! No era un papel que pudiera admitir haber desempeñado. Su orgullo se había movilizado para defenderla a ella, no tanto por ella sino en beneficio de él. El descubrimiento le causó una desconcertante sensación de impotencia; todas sus afirmaciones podían ser inútiles ante aquella autosuficiencia inexpugnable.

— Ningún hombre que haya tenido el privilegio de ser amado por ti podría ni por un instante...

Ella alzó la cabeza y lo miró.

— Tú nunca has tenido ese privilegio —dijo interrumpiéndolo.

Él quedó desencajado. Ella vio que la expresión de sus ojos pasaba de la forzada súplica a una cólera fría. Produjo un breve y ronco sonido inarticulado antes de lograr recuperar la voz.

— No te ahorras esfuerzo con tal de degradarte ante mí.

— No me estoy degradando. Te estoy diciendo la verdad. Necesitaba dinero. No sabía ningún modo de ganarlo. Tú estabas dispuesto a darlo... por lo que llamas el privilegio...

— Lizzie —la interrumpió él—, ¡no sigas! Yo creo que estoy incluido en todos tus sentimientos: creo que siempre he estado. En una naturaleza tan sensible, tan hipersensible, hay momentos en que los escrúpulos barren con todos los demás sentimientos... Esos escrúpulos hacen que te respete todavía más. Pero ahora no quiero oír ni una palabra más. Si te dejase continuar en tu actual estado de... excitación nerviosa... puede que fueras la primera en deplorar... quiero olvidar todo cuanto has dicho... quiero mirar hacia adelante, no hacia atrás... —Enderezó los hombros, inspiró profundamente y fijó en ella una mirada de recuperada confianza—. ¡Qué poco me conoces si crees que podría fallarte *ahora*!

Ella le devolvió la mirada con fatigada firmeza.

—Eres amable. Estoy segura de que tratas de ser generoso. Pero ¿no comprendes que *no puedo* casarme contigo?

—Sólo comprendo que, con el natural ímpetu de tus remordimientos...

—¿Remordimientos? —lo interrumpió ella con una carcajada—. ¿Te figuras que siento algún remordimiento? ¡Volvería a hacerlo todo de nuevo mañana mismo si fuera con el mismo objeto! Conseguí lo que quería: le di ese último año, ese buen último año. Fue el estar libre de ansiedades lo que lo mantuvo vivo, lo que lo mantuvo feliz. ¡Oh, sí, fue *feliz*; de eso estoy segura! —Se enfrentó a Prest con una extraña sonrisa—. Te estoy de veras agradecida por eso: no soy una ingrata.

—¿Tú... tú...? ¿*Ingrata*? Esto... es realmente... impropio... —Cogió nuevamente su sombrero y se quedó en medio de la habitación, como si esperase ser despertado de un mal sueño— Estás... rechazando una oportunidad —empezó a decir. Ella hizo un leve gesto de asentimiento—. ¿Te das cuenta de ello? Todavía estoy dispuesto a... a ayudarte, con tal de que tú... —No hubo respuesta y él prosiguió—: ¿Cómo esperas vivir, ya que has optado por traer a colación esas consideraciones?

—No me preocupa cómo voy a vivir. Nunca quise el dinero para mí.

Él alzó una mano en ademán de súplica.

—Oh, no, ¡*otra* vez no! La mujer que yo había pensado hacer... —De pronto, ella vio sorprendida un brillo húmedo en sus párpados inferiores. Él se pasó el pañuelo, y la ráfaga de perfume hizo que ella neutralizase un momentáneo impulso de compunción. ¡Esa colonia! Le hizo evocar con odiosa precisión una sucesión de escenas.

—Bueno, valía la pena —murmuró obstinadamente.

Henry Prest devolvió el pañuelo a su bolsillo. Aguardó, paseó la mirada por la habitación, retornó a la señora Hazeldean.

—Si tu decisión es definitiva...

—¡Oh, sí, lo es!

Él hizo una inclinación de cabeza.

—Hay una cosa más... que yo hubiese mencionado de haberme dado tú una ocasión de verte después de... del día de Año Nuevo. Algo que prefería no poner por escrito...

—¿Sí? —preguntó ella en tono indiferente.

—Tu esposo, estás absolutamente convencida, no tuvo noción... aquel día...

—En absoluto.

—Pues al parecer, otros sí. —Hizo una pausa—. La señora Wesson nos vio.

—Supongo que sí. Ahora recuerdo que se esforzó para dejarme en evidencia aquella noche en lo de la señora Struthers.

—Exactamente. Y no fue la única persona que nos vio. Si la gente no hubiera quedado desarmada por el hecho de que tu esposo cayera enfermo ese mismo día, te habrías encontrado... condenada al ostracismo.

Ella no hizo ningún comentario, y él prosiguió, haciendo un último esfuerzo:

—La aflicción y la soledad no te han dejado darte cuenta aún de lo que va a ser tu futuro, de lo difícil que será. Es contra lo que yo quería protegerte; era mi objetivo cuando te pedí que te casaras conmigo. —Se puso derecho y sonrió como quien se mira a un espejo y le complace lo que ve—. Un hombre que ha tenido la mala fortuna de comprometer a una mujer está obligado por su honor... Aun si mis sentimientos no fueran los que son, tendría que considerar...

Ella lo enfrentó con una atemperada sonrisa. Sí, él se había convencido de que su proposición de matrimonio tenía por objeto salvar la reputación de ella. Ante aquel vislumbre de los viejos y trillados axiomas sobre los que él realmente creía que se basaba su conducta, ella volvió a percibir lo remota que se sentía de la clase de existencia a la que él la habría arrastrado nuevamente.

—Mi pobre Henry, ¿no comprendes cuán poco me importan todas esas señoras Wesson? Si toda Nueva York quiere decretar mi ostracismo, ¡deja que lo hagan! Yo he tenido mi hora de triunfo... ninguna mujer tiene más de una. ¿Por qué no habría de pagar por ello? Estoy preparada.

—¡Cielo santo! —murmuró él.

Ella era consciente de que él había hecho su último esfuerzo. La herida que le había infligido le había tocado una zona vital; le había impedido ser magnánimo, y la ofensa era imperdonable. Ahora estaba contento, sí, realmente contento de haberle hecho saber que Nueva York se proponía excluirla; pero ella, aunque lo hubiese intentado, no habría conseguido hacer que le importasen, ni la exclusión ni el placer inconfeso que le causaba a él. Sus propios placeres secretos estaban fuera del alcance de Nueva York y de Henry Prest.

—Lo siento —reiteró en tono afable.

Él se inclinó, sin intentar cogerle la mano, y abandonó la habitación. Mientras se cerraba la puerta, ella se quedó mirándolo con los ojos muy abiertos. «Tiene razón, supongo; todavía no me doy cuenta...» Oyó el portazo de la puerta de la calle y se dejó caer en el sofá, apretándose los ojos doloridos con las palmas de las manos. En ese momento, por primera vez, se preguntó cómo iba a ser el día siguiente, y el otro, y el otro...

— Si al menos me interesase más la lectura —se lamentó, recordando cómo había intentado en vano adquirir los gustos de su esposo y con qué dulzura y buen humor se había reído él de sus esfuerzos—. Bueno, siempre quedan las cartas; y cuando sea más vieja, tejer y tener paciencia, imagino. Y si todo el mundo me rehúye no me hará falta ningún vestido de noche. Al menos en eso podré economizar —concluyó, con un leve estremecimiento.

VII

«Ella siempre fue... *mala.* Solían darse cita en el Hotel Quinta Avenida.»

Debo volver ahora a esas frases de mi madre. Frases de las que me aparté temporalmente al comienzo
de mi relato para presentar más vívidamente esa pal-
pable imagen angustiosa de Lizzie Hazeldean: imagen
en la que los recuerdos de la vez en que fugazmente
la vi de niño se entremezclan con la información indirecta recogida posteriormente.

Cuando mi madre pronunció su condenatorio juicio, yo era un joven de veintiún años, recién graduado
en Harvard y otra vez bajo el techo familiar en Nueva
York. Había pasado mucho tiempo desde la última vez
que oyera hablar de la señora Hazeldean. Yo había
estado fuera, en la secundaria y en Harvard, durante
la mayor parte del intervalo, y es probable que en las
vacaciones no se la hubiese considerado tema adecuado de conversación, especialmente ahora que mis
hermanas se sentaban a la mesa.

En todo caso, yo había olvidado todo lo que alguna
vez pude haber pescado acerca de ella, cuando, la noche siguiente a la de mi retorno, mi primo Hubert Wes-

son —que ahora se alzaba a mi lado como una columna del Knickerbocker Club y convertido en una autoridad en cuestiones mundanas— sugirió que nos reuniésemos en la ópera.

—¿Con la señora Hazeldean? Pero yo no la conozco. ¿Qué va a pensar?

—Que está muy bien. Ven. Es la mujer más divertida que conozco. Después cenaremos con ella: su casa es la más divertida que conozco. —Hubert se retorció el incipiente bigote.

Estábamos comiendo en el Knickerbocker, en el que yo acababa de ser admitido como socio, y la botella de Pommery que estábamos por agotar me inclinó a considerar que nada podía resultar más adecuado para dos hombres de mundo que concluir la velada en el palco de la mujer más divertida que Hubert conocía. Me busqué a tientas el bigote, hice ademán de retorcer lo inexistente y salí tras él, después de repasar meticulosamente mi chistera con la manga del abrigo, como le había visto hacer a él.

Pero una vez en el palco de la señora Hazeldean volví a ser el chico demasiado crecido, bañado en idénticos bochornos que los que a su misma edad habían mortificado a Hubert, olvidándome de que tenía un bigote que retorcer y haciendo caer mi sombrero de la percha donde lo acababa de colgar, en mi afán por recoger un programa que a ella no se le había caído.

Porque ella era en verdad excesivamente encantadora: formidablemente encantadora. Para entonces yo estaba acostumbrado al encanto a secas, esa clase de encanto que la juventud y las libaciones tienden a colgar como un sonrosado velo sobre unos rasgos comunes, una silueta corriente y una alegría insustancial. Pero este otro era algo calculado, conseguido, completo... y un poquitín usado. Mi primer vislumbre de la infinitud de su belleza y la multiplicidad de sus añagazas me asustó. ¡Bueno! ¿Conque había mujeres que no tenían necesidad de preocuparse por las patas de gallo, resultaban más hermosas por su palidez, podían exhibir una o dos canas entre la negrura y unos ojos que miraban melancólicos hacia adentro mientras ellas sonreían y charlaban? ¡Pero entonces un joven no tenía salvación! Claro que el mundo que yo había conocido hasta entonces no había sido sino una tibia guardería infantil, en tanto que este nuevo era un lugar de tinieblas, peligros y encantamientos...

Fue al otro día cuando una de mis hermanas me preguntó dónde había estado la noche anterior y yo saqué pecho para responder:

—Con la señora Hazeldean, en la ópera.

Mi madre levantó la cabeza, pero no habló hasta que la gobernanta se hubo llevado a las niñas; entonces dijo, separando apenas los labios:

—¿Hubert Wesson te llevó al palco de la señora Hazeldean?

—Sí.

—Bueno, un joven puede ir a donde quiera. Tengo entendido que Hubert está todavía entusiasmado; Sabina se lo merece, por no dejarlo casar con la menor de los Lyman. Pero no vuelvas a mencionar a la señora Hazeldean delante de tus hermanas... Dicen que el esposo nunca se enteró: supongo que si se hubiera enterado, ella jamás habría conseguido el dinero de la anciana Cecilia Winter. —Y fue entonces cuando mi madre pronunció el nombre de Henry Prest y añadió aquella frase acerca del Hotel Quinta Avenida que despertó de pronto mis recuerdos de infancia...

Al otro lado del velo levantado por un instante vi nuevamente aquel rostro de mirada expuesta y congelada sonrisa, y sentí el estilete que a través de mi chaleco de persona mayor se clavaba en mi corazón de niño, y el murmullo desatado en mi alma; sentí todo eso y en el mismo momento intenté relacionar aquel primer rostro, tan lozano y limpio a pesar de su angustia, con el cauto semblante sonriente de «la mujer más divertida» que Hubert conocía.

Yo estaba acostumbrado al uso indiscriminado que Hubert hacía de su único adjetivo y no había esperado encontrar «divertida» a la señora Hazeldean, en el sentido literal: en el caso de la dama de la que él estaba enamorado, el epíteto significaba simplemente que ella justificaba su elección. De todos modos, al comparar el anterior rostro de la señora Hazeldean con éste, tuve mi primera noción de lo que puede sobrevenir en los largos años que van de la juventud a la madurez y de qué corta distancia llevaba yo recorrida de aquel viaje misterioso. ¡Si al menos ella me llevase de la mano!

No diré que no estuviese más o menos preparado para el comentario de mi madre. Cuando entramos al palco de la señora Hazeldean no había ninguna otra señora; ninguna se incorporó durante la velada, y nuestra anfitriona no ofreció ninguna disculpa por su aislamiento. En la Nueva York de mi juventud todo el mundo sabía qué pensar de una mujer que recibiese «a solas en la ópera»; si a la señora Hazeldean no se la colocaba abiertamente en la misma categoría que Fanny Ring, nuestra única notoria «profesional», era porque, por respeto a su origen social, Nueva York prefería evitar tales yuxtaposiciones. Joven como era, yo conocía aquella norma social y antes de que acabara la noche había adivinado que la señora Hazeldean no era una dama a quien visitaran otras damas, aunque tampoco fuese, por otra parte, una dama a quien estuviera prohibido mencionar delante de otras señoras. De modo que yo lo hice, como una bravata.

Ninguna señora se exhibió en la ópera con la señora Hazeldean; pero una o dos cayeron a la cena divertida anunciada por Hubert, un agasajo cuya diversión consistió en un nutrido intercambio de bromas inofensivas durante la comida de pato pelucón con apio, regada con el mejor champán. Damas como aquéllas volví a encontrar algunas veces en su casa. Eran casi siempre más jóvenes que su anfitriona y todavía, aunque precariamente, eran socialmente aceptadas: criaturas bonitas y triviales, aburridas de una prosperidad monótona y anhelantes de goces tan ilícitos como los cigarrillos, el hablar claro y el regresar a casa de madrugada con el joven del momento. Pero esos espíritus arrojados eran escasos en la Nueva York de la época, e infrecuentes y en cierto modo furtivas sus comparecencias. El círculo de la señora Hazeldean lo componían mayoritariamente hombres, hombres de edades diversas, desde calvos o canosos contemporáneos hasta aprovechados jóvenes de la edad de Hubert y novicios imberbes de la mía.

Una gran dignidad y un comportamiento irreprochable reinaban en su pequeño círculo. No se trataba de la opresiva respetabilidad que pesa sobre la *déclassée* reformada, sino del aire de naturalidad impartido por una mujer distinguida que se ha hastiado de la sociedad y ha cerrado sus puertas a todos excepto a sus íntimos. En lo de Lizzie Hazeldean uno siempre sentía que en cualquier momento podían anunciar a su abuela y sus tías; pero también la placentera certeza de que no.

¿Qué hay en la atmósfera de esas casas para que un joven desdeñoso e imaginativo las encuentre tan fascinantes? ¿Por qué es que únicamente «esas mujeres» (como las llaman las demás) saben cómo hacer sentir cómodo al torpe, controlar al confianzudo, sonreír un poco al sabelotodo y al mismo tiempo hacer que actúen con naturalidad? La diferencia de atmósfera se percibe desde el mismísimo umbral. Las flores crecen de otra manera en sus macetas, las lámparas y las butacas han descubierto un modo más inteligente de estar juntas, los libros que hay sobre la mesa son precisamente aquellos que uno está deseando conseguir. Puede que la coquetería más peligrosa de una mujer no esté en su modo de lucir su vestuario sino en su manera de arreglar el salón donde recibe; y en este arte, la señora Hazeldean sobresalía.

He mencionado los libros; incluso entonces eran, por lo general, los primeros objetos que atraían mi atención, no importa qué otras cosas bellas hubiese en el salón; y recuerdo, la noche de aquella primera cena «divertida», haberme detenido asombrado delante de los poblados estantes que ocupaban toda una pared. ¡Vaya! Entonces ¿la diosa leía? ¿Era también capaz de acompañarlo a uno en tales vuelos? ¿De guiarlo, sin duda? Mi corazón palpitó locamente...

Pero pronto me enteré de que Lizzie Hazeldean no leía. Hojeaba con desgana hasta las páginas de la última novela de Ouida; y recuerdo haber visto sobre la mesa, durante muchas semanas, un ejemplar sin abrir de *New Republic*, de Mallock. No me llevó mucho tiempo efectuar el descubrimiento: ya en mi siguiente visita ella captó mi mirada de sorpresa enfocada en los opulentos estantes, sonrió, se ruborizó un tanto y respondió con una confesión:

—No, no puedo leerlos. Lo he intentado, en *serio*, pero la letra impresa me da sueño. Incluso las novelas... —Se refería a una acumulación de tesoros de la poesía inglesa y a una rica y variada selección de historia, crítica, epístolas, en inglés, francés e italiano; sabía que ella hablaba esos idiomas, libros evidentemente reunidos por un lector sensible y de amplios intereses. Nos encontrábamos solos en ese momento, y la señora Hazeldean prosiguió, en tono de confidencia—: He conservado únicamente los que le gustaban más: a mi esposo, me refiero. —Era la primera vez que Charles Hazeldean era mencionado entre nosotros, y mi sorpresa fue tan grande que mi candoroso semblante debe de haber reflejado su rubor en el de ella. Yo había supuesto que las mujeres en su situación evitaban aludir a sus esposos. Pero ella continuó mirándome ansiosamente, casi con humildad, como si hubiese algo más que quisiera decir y estuviese en su interior rogando que yo comprendiese.

—Él era un gran lector: un estudioso. E hizo lo indecible por que yo también leyese: todo quería compartirlo conmigo. Y, de hecho, a mí me gustaba la poesía —cierta poesía— cuando él me la leía en voz alta. Después de su muerte, pensé: «Siempre estarán sus libros. Puedo acudir a ellos: ahí lo encontraré». Y lo intenté, ¡oh!, con todas mis fuerzas, pero es inútil. Han perdido sentido... como casi todo. —Se puso de pie, encendió un cigarrillo, empujó hacia atrás un leño del hogar. Sentí que esperaba que yo dijese algo. Si la vida me hubiese enseñado al menos cómo responderle, ¿de qué detalle de su historia no me habría enterado? Pero yo era demasiado inexperto. Pero ¡cómo! Resulta que aquella mujer a quien yo había estado compadeciendo por unas desdichas matrimoniales que parecían justificar su búsqueda de solaz en otra parte, aquella misma mujer, ¡era capaz de hablar de su esposo en un tono semejante! Me había dado cuenta instantáneamente de que el tono no era fingido; y una vaga percepción de la complejidad —o el caos— de las relaciones humanas me tenía tan atado de la lengua como el alumno a quien se le plantea de pronto un problema que supera su entendimiento.

Antes de que acabara de formarse ella me había leído el pensamiento y, con la sonrisa que le dibujaba aquellas líneas de tristeza alrededor de la boca, había continuado animadamente:

—Hablando de otra cosa, ¿qué proyectos tiene para esta noche? ¿Qué le parece ir a ver *Black Crook* con su primo Hubert y un par de amigos? Tengo un palco.

Era inevitable que, a poco de aquella franca confesión, yo me persuadiese de que la inclinación por la lectura era una cosa aburrida en una mujer y de que uno de los principales encantos de la señora Hazeldean residía en su ausencia de pretensiones literarias. La verdad era, desde luego, que el encanto residía en su sinceridad; en evaluar, con humildad, pero sin temor, sus cualidades y carencias. Yo no había encontrado nunca algo comparable en una mujer, independientemente de su edad, y el tropezar con ello tan pronto, y revestido de sus gracias y acentos, me salvó, en los años que vinieron después, de todo riesgo de fijarme en bellezas de menor rango.

Pero, de un modo totalmente inconsciente y cándido, yo ya había caído antes de haber alcanzado a comprender' eso o a tener noción de lo que el enamorarme de Lizzie Hazeldean estaba destinado a hacer por mí. Con la perspectiva de los años, el asunto resultó ser apenas un incidente menor en nuestra larga amistad; y si hago referencia a él es únicamente para ilustrar otra de las virtudes de mi pobre amiga. Si no era capaz de leer libros, en cambio sí podía leer en los corazones; y supo posar sobre el mío una mirada traviesa, pero compasiva, mientras éste todavía se debatía torpemente en la inconsciencia.

Lo recuerdo todo como si fuera ayer. Estábamos sentados a solas en el salón de su casa, en un crepúsculo invernal, delante del fuego. Habíamos alcanzado —en su compañía no era difícil— ese grado de compañerismo en que la charla amistosa se desliza con naturalidad hacia un silencio aún más amistoso, y ella había cogido el periódico de la noche mientras yo permanecía mudo mirando fijamente el rescoldo con el ceño fruncido. El pequeño pie que emergía apenas por debajo de su vestido se columpiaba, recuerdo, entre el fuego y yo, y parecía que toda ella estuviese contenida en la elástica suavidad de su empeine...

—Oh —exclamó—, el pobre Henry Prest... —Dejó caer el periódico—. Ha muerto su mujer: pobre hombre —dijo simplemente.

La sangre se me agolpó en el rostro; tenía el corazón en la garganta. Lo había nombrado: ¡había nombrado por fin al amante pusilánime, al hombre que la había «deshonrado»! Yo tenía las manos fuertemente entrelazadas: si él hubiese entrado en la habitación se las habría echado al cuello...

Y entonces, después de un breve intervalo, tuve nuevamente la humillante y descorazonadora sensación de no entender nada: de ser demasiado joven, demasiado inexperto para saber. ¡Aquella mujer, que hablaba con ternura de su engañado esposo, se compadecía de su amante infiel! Y hacía ambas cosas con la misma naturalidad, no como si tan imparcial benevolencia constituyese una actitud que ella hubiese decidido adoptar, sino como si fuese parte de la lección que le había enseñado la vida.

—No sabía que se hubiera casado —rezongué entre dientes.

Ella meditaba con aire ausente.

—¿Casado? Oh, sí, ¿cuándo fue? El año siguiente... —su tono volvió a bajar— ...al de la muerte de mi esposo. Se casó con una prima que siempre lo había amado calladamente, creo. Tuvieron dos varones. ¿Lo conocías? —preguntó súbitamente.

Yo asentí torvamente con la cabeza.

—La gente pensaba que nunca se casaría: él no solía decirlo —continuó ella, todavía con aire abstraído.

—¡El cabrón! —estalle

—¡*Oh*! —exclamó ella.

Yo me levanté precipitadamente, nuestras miradas se encontraron y sus ojos se llenaron de lágrimas de reproche y comprensión. Nos sentamos mirándonos en silencio. Dos de las lágrimas se derramaron, quedaron pendientes en sus pestañas y se deshicieron rodando por sus mejillas. Yo continué sin quitarle los ojos de encima, avergonzado; después me puse de pie, saqué un pañuelo y, con gesto tembloroso y reverente, como si hubiera tocado una imagen sagrada, se las enjugué.

Mi galanteo no pasó de allí. Un momento después, ella se las había arreglado para poner una distancia conveniente entre los dos. No deseaba hacerle perder la cabeza a un muchacho; hacía mucho (me contó más tarde) que tales diversiones habían dejado de excitarla. Pero sí deseaba contar con mi simpatía, la necesitaba tremendamente: me dejó ver que entre los variados sentimientos que tenía conciencia de suscitar, siempre había faltado la simpatía, en el sentido de una sentida comprensión.

—Claro que —añadió ingenuamente— nunca he estado realmente segura, porque a nadie le he contado mi historia. Sólo que doy por sentado que, si no lo he hecho, la culpa ha sido más bien de *ellos* y no mía... —Sonrió un poco despectivamente y yo, reconociendo la distinción, quedé con el pecho henchido—. Y ahora quiero contarte a *ti*...

He dicho que mi amor por la señora Hazeldean fue un fugaz episodio en nuestra prolongada relación. A mi edad, era inevitable que así fuese. El «rostro más fresco» apareció pronto y a su luz vi a mi vieja amiga como una mujer de edad mediana que encanecía, con una sonrisa mecánica y la mirada acosada. Pero fue cuando la primera eclosión de mis sentimientos que me contó su historia; y cuando aquel resplandor se apagó y examiné y verifiqué sus afirmaciones a la luz crepuscular de una prolongada amistad, descubrí que cada detalle encajaba en el relato anterior.

Mis oportunidades fueron numerosas, pues desde que contó la historia siempre quería estar contándola de nuevo. Una perpetua ansiedad por revivir el pasado, una permanente necesidad de explicarse y justificarse: la satisfacción de estos dos anhelos, una vez que se hubo permitido darles rienda suelta, se convirtió en el lujo de su vida vacía. Ella la había conservado vacía —emocional, sentimentalmente vacía— desde el día de la muerte de su esposo, como el guardián de un templo abandonado podría continuar por siempre barriendo y arreglando el que una vez fuera alojamiento del dios. Pero, cumplido aquel deber, no tenía ningún otro. Había hecho algo grande, o abominable, como queráis; en todo caso, lo había hecho heroicamente. Pero no tenía en sí misma nada que la mantuviese a esa altura. Sus gustos, sus intereses, sus posibles ocupaciones, estaban todas a un nivel medianamente doméstico; no supo cómo crearse una vida interior en consonancia con aquel único incomparable impulso.

Poco después de la muerte de su esposo, una de sus primas, la señorita Cecilia Winter, de Washington Square —a la que se había referido mi madre—, había muerto a su vez, dejándole a la señora Hazeldean una considerable herencia. Y un par de años más tarde, sobre la pequeña propiedad de Charles Hazeldean recayeron los beneficios del cambio favorable experimentado por los bienes raíces en Nueva York en la década de los ochenta. La propiedad que le había legado a su esposa dobló, y luego triplicó, su valor; y ella se encontró, al cabo de unos años de viudez, en posesión de unos ingresos lo bastante grandes como para proporcionarle todos los lujos que su esposo tanto había luchado por suministrarle. Fue una particular ironía de su suerte el ser inmune a la tentación cuando todo peligro de tentación había pasado; pues ella jamás, estoy seguro, habría tendido el dedo meñique a ningún hombre con el fin de obtener semejantes lujos para su propio goce. Pero si no valoraba su dinero por el dinero mismo, le debía —y acaso el servicio fuera mayor de lo que ella se daba cuenta— el poder de mitigar su soledad y llenarla con las triviales distracciones sin las cuales era cada vez menos capaz de vivir.

Aparentemente, ella había sido puesta en el mundo para entretener y encantar a los hombres; no obstante, fallecido su esposo, estoy seguro de que habría preferido encerrarse en una solitaria actitud conmemorativa, con pensamientos y objetivos a escala con su gran hora irrepetible. Pero ¿qué iba a hacer? No había conocido ningún modo de ganar dinero, a no ser mediante sus favores; y ahora no conocía ningún modo de llenar su existencia, aparte de las cartas, la charla y asistir al teatro. Ninguno de los hombres que la abordaron traspasó la barrera amistosa que ella me había presentado. De eso estaba seguro. No había excluido a Henry Prest para reemplazarlo: su semblante palideció ante la sugerencia. Pero ¿qué otra cosa se podía hacer?, me preguntaba, ¿qué otra cosa? Había que dedicar el tiempo a alguna cosa; y ella era incurable y desconsoladamente sociable.

Así vivía, en un rígido celibato que era tomado por quién sabe qué desarreglos; así vivía, apartada de todos nosotros y, sin embargo, necesitándonos tan desesperadamente, íntimamente fiel a su único impulso elevado y, no obstante, tan incapaz de poner su diario comportamiento en armonía con él. Y así, en el mismo momento en que cesó de merecer ser culpada por la sociedad, se encontró excluida de ella y reducida a la condición de viuda «disoluta» conocida por sus divertidas cenas.

Perplejo, examiné con cuidado las circunstancias de su penosa situación. Muchas veces me pregunté qué otra cosa podría haber hecho, en cualquier etapa de su carrera. Entre las jóvenes que veo crecer ahora mismo en mi entorno no encuentro a ninguna con suficiente imaginación como para hacerme una idea de la irremediable impotencia de la muchacha bonita de los años setenta, la muchacha sin dinero ni vocación, aparentemente puesta en el mundo para agradar y carente de todo medio de mantenerse en él merced a su propio esfuerzo. Sólo el matrimonio podía salvar a una muchacha de esas de morirse de hambre, a menos que tropezara con una anciana necesitada de que le cuidasen los perros y le leyesen en voz alta el *Churchman*. Ni siquiera los tiempos de pintar abanicos con rosas silvestres, de colorear fotografías para que «pareciesen» miniaturas, de fabricar a mano pantallas y adornos para los sombreros de sus amigas más afortunadas: ni siquiera esos precarios comienzos de independencia femenina habían alumbrado aún. Para la generación de mi madre era inconcebible que una muchacha sin dote no fuera sostenida por sus parientes hasta encontrar marido; y más inconcebible todavía era que una vez encontrado tuviese que ayudarlo a ganar el sustento. La pequeña sociedad autosuficiente de aquella desaparecida Nueva York no concedía gran importancia a la riqueza, pero consideraba a la pobreza de tan mal gusto que sencillamente no le prestaba atención.

Aquellas cosas abogaban en favor de la pobre Lizzie Hazeldean, aunque, para los observadores superficiales, su diaria existencia pareciera desmentir el alegato. Ella no había encontrado otro camino para hacer más llevaderos los últimos años de vida de su esposo que serle infiel; pero, una vez muerto él, había expiado su traición mediante una rigidez de conducta por la que no pidió otra recompensa que no fuese su íntima satisfacción. A medida que iba envejeciendo y sus amigos se iban dispersando, se casaban o permanecían apartados por una u otra razón, fue llenando los vacíos de su círculo con personas menos exigentes. Uno conocía en su salón a hombres aburridos, vulgares, hombres que, evidentemente, acudían allí porque no los invitaban en ninguna otra parte y esperaban utilizarla como escalón para ascender socialmente. Ella era consciente de la diferencia —sus ojos lo decían cuando yo encontraba a alguno de aquellos recién llegados instalado en mi sillón—, pero jamás lo admitió, de palabra o de hecho. Una vez me dijo:

—Encuentras esto más aburrido que antes. Tal vez sea culpa mía; creo que antes sabía mejor cómo animar a mis viejos amigos.

Y en otra ocasión:

—Ten presente que la gente que ahora conoces aquí viene por amabilidad. Soy una anciana y ya no tengo en cuenta ninguna otra cosa.

Eso era todo.

Asistía con más asiduidad que nunca al teatro y a la ópera; prestaba a los amigos centenares de servicios triviales; en su compulsión por estar siempre ocupada se inventaba atenciones superfluas, agobiaba a las personas ofreciendo ayudas que no necesitaban, rozaba a veces —a pesar de todo su tacto— los límites de la obsequiosidad gratuita del que está desesperadamente solo. En sus pequeñas cenas nos sorprendía con flores exquisitas y bocados novedosos. El champán y los cigarros se hacían mejores a medida que decrecía la calidad de los invitados; y a veces, cuando se había ido el último de los opacos contertulios, la veía entre los ceniceros dispersos y las garrafas de licor lanzar una furtiva ojeada a su figura reflejada en el espejo, con una mirada de agotamiento que parecía preguntar: «¿Y mañana vendrán siquiera *éstos?*».

Me disgustaría dejar el retrato en este punto; me satisface más la última visión que tuve de ella. Yo había estado ausente un año, viajando por el otro extremo del mundo; el día en que regresé me encontré con Hubert Wesson en mi club. Hubert se había vuelto pomposo y pesado. Me arrastró hasta un rincón y dijo, poniéndose colorado y mirando cautelosamente por encima del hombro:

—¿Has visto a nuestra vieja amiga la señora Hazeldean? Dicen que está muy enferma.

Yo estaba por reprocharle el «dicen», cuando recordé que, en mi ausencia, Hubert se había casado y pensé que probablemente aquella cautela era una concesión a su nuevo estado. Me encaminé apresuradamente a lo de la señora Hazeldean; y en la entrada, para mi sorpresa, tropecé con un sacerdote católico, quien me miró gravemente, saludó con una inclinación de cabeza y se alejó.

Yo no estaba preparado para semejante encuentro, pues mi vieja amiga nunca me había hablado de temas religiosos. El espectáculo de la carrera de su padre había desalentado probablemente en ella cualquier incipiente fe; aunque en su más tierna niñez, según me había contado a menudo, la elocuencia del doctor Winter la había impresionado tanto como a cualquier miembro adulto de su rebaño. Pero ahora, en cuanto mis ojos se posaron en ella, comprendí. Estaba muy enferma, era evidente que se moría; y en el momento de su inminente fin, el destino, no siempre generoso, le había enviado el consuelo que necesitaba. ¿Había acaso despertado en ella alguna oscura herencia de sentimientos religiosos? ¿Había recordado que su pobre padre, al cabo de una larga vida de vagabundaje mental y moral, había finalmente hallado reposo en el viejo redil? Nunca supe la explicación: probablemente, nunca la supo ella misma.

Pero supo que había encontrado lo que necesitaba. Por fin pudo hablar de Charles, confesar su pecado, ser absuelta de él. Puesto que las cartas, las cenas y la charla se habían terminado, ¿qué barrera más venturosa podía hallar contra la soledad? Toda su existencia consistió en lo sucesivo en una constante preparación para aquella diaria hora de expansión espiritual y consuelo. Y entonces aquel misericordioso visitante, que la comprendía tan bien, pudo a su vez decirle cosas sobre Charles: sabía dónde estaba, cómo se sentía, qué delicadas atenciones se le podían ofrecer todavía a diario y cómo, redimida toda indignidad, podría al fin tener la esperanza de llegar hasta él. Interpretado de ese modo, el cielo jamás podría resultar extraño; cada vez que la veía, durante las semanas de su gradual apagamiento, más parecía un viajero que, con el rostro vuelto hacia su tierra, aguarda no obstante con sonriente resignación la convocatoria para partir. La casa ya no parecía solitaria ni las horas tediosas; incluso habían encontrado para ella, entre los libros que tan a menudo había intentado leer —aquellos libros que durante tanto tiempo la habían mirado con rostro tan hostil—, dos o tres (los tenía siempre sobre su lecho) que contenían mensajes provenientes del mundo en el que Charles esperaba.

Y así, provista y guiada, un día fue hacia él.

Índice